东临碣石

"碣石杯"散文、诗歌精品选

王双忠 ◎ 主编

燕山大学出版社
·秦皇岛·

图书在版编目（CIP）数据

东临碣石："碣石杯"散文、诗歌精品选 / 王双忠主编. -- 秦皇岛：燕山大学出版社，2024.10. -- ISBN 978-7-5761-0716-6

Ⅰ．I217.1

中国国家版本馆 CIP 数据核字第 2024XL6451 号

东临碣石
——"碣石杯"散文、诗歌精品选
DONG LIN JIESHI

王双忠　主编

出 版 人：陈　玉				
责任编辑：孙志强			策划编辑：孙志强	
责任印制：吴　波			封面设计：刘馨泽	
出版发行：燕山大学出版社			电　　话：0335-8387555	
地　　址：河北省秦皇岛市河北大街西段 438 号			邮政编码：066004	
印　　刷：秦皇岛墨缘彩印有限公司			经　　销：全国新华书店	

开　本：787 mm×1092 mm　1/16	印　张：17
版　次：2024 年 10 月第 1 版	印　次：2024 年 10 月第 1 次印刷
书　号：ISBN 978-7-5761-0716-6	字　数：305 千字
定　价：79.00 元	

版权所有　侵权必究

如发生印刷、装订质量问题，读者可与出版社联系调换

联系电话：0335-8387718

编 委 会

主　　编：王双忠

副 主 编：王志勇　梁　坤　张奕璇

编　　委：张剑东　肖沛昀　常兴忠

　　　　　李　娜　田可歆　方向升

封面题字：方向升

封面图片摄影：刘文军

序　　言

2024年10月1日，是我们新中国的75岁生日。75年来，华夏儿女同心携手，几度风雨，几度春秋，既有创业的艰辛，又有丰实的收获。为深入贯彻落实党的二十大精神，为欢庆祖国的75岁华诞，进一步弘扬中华优秀传统文化，全方位展现河北昌黎厚重、博大、深邃的文化底蕴和人文情怀，多角度、多层面展现昌黎的自然神韵和时代风采，歌颂昌黎敢为天下先、勇于改革创新的精神，昌黎县文联特以有奖征集大赛方式，组织开展了"碣石杯"散文、诗歌有奖征文活动。为全面展示征文成果，我们现择优遴选其中优秀作品，结集成册，以便温故知新，砥砺奋斗。

碣石山，连绵起伏有大小上百座奇险峻峭的峰峦，其主峰仙台顶，顶尖呈圆柱形，远望如碣似柱，极像直插云霄的天桥柱石，故名为"碣石"。因主峰险峻，且濒临大海，位置重要，古时即载入最早的地理名著《山海经》和《尚书·禹贡》，素有"神岳"之美誉。207年，曹操领兵东征乌桓凯旋，由辽西走廊返回，途经碣石，在此留下诗篇《观沧海》："东临碣石，以观沧海。水何澹澹，山岛竦峙。树木丛生，百草丰茂。秋风萧瑟，洪波涌起。日月之行，若出其中。星汉灿烂，若出其里。幸甚至哉，歌以咏志。"此后，碣石山以观海胜地闻名九州。1954年夏天，毛泽东主席在北戴河度假，创作诗词《浪淘沙·北戴河》，其中"东临碣石有遗篇"中的碣石，亦指此。碣石山南侧山麓建有"韩文公祠"，以纪念唐朝文学家韩愈（郡望昌黎）。1908年到1924年，革命先驱李大钊先后八次来到这里，并著书立说。他在《游碣石山杂记》中用"天外桃源"形容碣石山。在这里，李大钊先生创作了革命理论著作《我的马克思主义观》《再论问题与主义》。

昌黎县是典型的鱼米之乡、干红葡萄酒之乡、钢铁产业之乡。玫瑰香、龙眼等鲜食葡萄享誉国内外；依托碣石，吸引了干红葡萄酒企业如中粮华夏、茅台干红、朗格斯酒庄等聚集于此，形成了极具特色的碣阳酒乡；安丰钢铁、宏兴钢铁发展势头强劲，成为重要的经济引擎。此外，昌黎的缝纫机钩针、貂狐貉特色养殖、海产品加工、粉条加工等多项产业构建了良好的经济发展格局。

"碣石"不只是一座山，更蕴含着一种孜孜以求、奋发向上的精神，我们珍视，我们仰望，我们发展。在征文中，我们强调作品必须坚持正确的政治方向，紧扣"赏鉴碣石神韵 发现昌黎之美"主题，不只是全方位展示昌黎形象，更是展现我们的无限宽广的革命胸怀和坚韧开放的奋斗精神。

此次征文，得到了广大文学爱好者的广泛支持，相继收到全国各地稿件达千余篇（首）。作品格调高昂，气势恢宏，从不同的视角展示了昌黎的新发展、新面貌，令人鼓舞。

每逢"十一"来临，我们每个华夏儿女的心中都感到无比欣喜与自豪。新中国成立七十余载，在各方面建设都取得了辉煌的成就，生逢盛世，我们当铭记这些光辉成果，感恩前行。

编者

2024 年 9 月

散文部分

忘不了的柳趟子	赵郁儒	//003
梦幻滦河	王玉梅	//006
碣石山上的歌声	陈俊舟	//009
秧歌扭出《西江月》	王建东	//012
昌黎四季咏叹调	钟志红	//016
凤凰栖落在碣石山旁	孙志文	//020
昌黎这座小城	张丽颖	//022
儿子的第十八个夏天	周宗毅	//025
悠悠碣石情	李 伟	//031
城市有耳	林文钦	//035
昌黎的宏大叙事与小城故事	郭 菲	//039
我与昌黎的缘分	刘 朴	//043
我的碣石，我的山	孙永秋	//048
神岳碣石赋	常习芳	//051
山是爹来海是娘	刘志红	//055
二十五年后的相会`	李 国	//060
昌黎四季	陆 萍	//063
瞭望碣石山	李俊功	//066
昌黎粉条，我所青睐的绿色美食	徐景春	//069
心灵深处的呼唤	马 健	//072
深度体验与文化探索之旅	书 甜	//077
碣石之气	谭国伦	//081

目录

岁月缝花　碣石有声	孙晓明	//086
寻找郭亚珠	胡　涛	//090
葡萄沟，心灵的打卡地	余显斌	//093
碣石山韵昌黎情	千里草	//098
萄满架香满院	李冬梅	//102
这里是碣石，这里是昌黎	赵志诚	//107
昌黎印象	郭丽萍	//110
凭栏怀古——碣石韵	赵春莉	//116
地王酒的友情	王金石	//119
美哉！家乡的山	王雅君	//121
魅力昌黎之美	王秀娟	//125
碣石山下	张中华	//128
拜谒碣石山	刘　刈	//131
山脊水肤兮，我的昌黎	耿志民	//134
碣石，我一生的情缘	赵善奎	//137

诗歌部分

碣石隐喻，抑或昌黎手指上的神韵（组诗）	温勇智	//143
临碣石，抒新篇（组诗）	丁小平	//146
昌黎：用美安慰人间（组诗）	那　朵	//150
昌黎册页：写在山海间的诗札（组诗）	郑安江	//153
碣石短章（组诗）	十六春华	//159
在碣石山怀海，兼致昌黎（组诗）	陈于晓	//162

诗意昌黎的生活实录（组诗）	祝宝玉 //169
碣石，为你写真（组诗）	李国存 //174
到长峪山约会秋天	王　英 //182
自然景观与人文景观融合下的昌黎之美（组诗）	
	张增伟 //185
北纬39°，或者紫红色的爱情（组诗）	予　衣 //191
昌黎走笔，一幅水墨画卷的写意或抒情（组诗）	
	黄济琛 //195
昌黎的村庄	涂燕娜 //200
碣石歌咏（组诗）	周启垠 //202
一座神谕碣石山修炼的长短句（组诗）	厉运波 //205
昌黎山水神韵，和那些被春天秋天命名的幸福词（组诗）	
	方小为 //209
昌黎：甜蜜的葡萄沟（组诗）	陈思侠 //214
昌黎之韵	丁济民 //217
梨花带雨，昌黎的醉美抒情（外一首）	袁斗成 //219
山海情（组诗）	金　池 //223
中国·昌黎（组诗）	杨文霞 //227
山海，昌黎（组诗）	张志荣 //232
碣石写生	王　刚 //236
落户碣石的凤凰	王淑芳 //238
一座山的哲学	辛泊平 //243
魅力昌黎	方　菲 //245
每一回醉酒，我都看见爱情最初的模样（组诗）	
	简　枫 //249

目录

昌黎（组诗）	陈寿才	//251
在昌黎（组诗）	王东宇	//254
观海记	李冬侠	//258
昌黎赋	李树渭	//259

散文部分

忘不了的柳趟子

赵郁儒

滦河水跌跌撞撞地冲出燕山山脉，进入冀东一眼望不到边际的平原，河水一改狂躁不羁的性格，深情平缓地流淌着，好像母亲亲吻久违的儿女。河水的吻痕遍布这块土地，留下了片片细沙，它们宽三五里，七八里；长二三十里，六七十里，一直绵延到渤海岸边。

涝洼的沙地里，植物生长的养分大部分被河水淘走了，滦河故道沙化严重，土地贫瘠。每到初春，在骤变的气温作用下，沙地上狂风四起，沙土弥漫，天昏地暗。有时遇大风，刮得连人都站不稳，走不动。

勤劳智慧的滦河沿岸人民，在长期的生产中，创造出了抵御自然灾害的办法。他们在滦河故道的涝洼地上，每隔三十米或五十米不等，就挖一条深一米多、宽两米左右的沟，在沟底栽种一行柳树趟子。沟里挖出的土抬高了地面，汛期沟内又能存水。沟里的柳趟子防风固沙，还避免了与庄稼抢养分、争阳光的弊端。

柳树有着惊人的生命力和耐贫瘠的能力，只要把柳枝埋在有湿土的地方，它就会生根，发芽，吐叶，抽枝。涝洼地雨季沟内积水，柳树在水中被泡三四个月，一直到冬季结冰。第二年开春，柳趟子照样生长如初。沙地不保墒，有时春旱不下雨，草都长不出来，但柳树从来都是叶茂枝挺，像英勇的战士一样，忠实地履行着自己防风固沙的职责，从不退缩。

俗话讲，五九、六九，沿河看柳，初春绽放第一抹鹅黄的就是柳树。柳树发芽时，正是青黄不接的季节，偶遇灾荒年，人们就向柳树要吃的，柳叶成了人们果腹的食物。人们从柳树的枝条上捋下柳叶，用水焯过，再用清水泡洗几遍，去些苦涩。有的直接用酱拌了吃，有的与糠和在一起贴成饼子，蒸成窝头。不知有多少生命得到了救济。柳趟子在抵抗风沙中是勇士，不动摇，不退却；在赈济人们饥饿时全心全意，舍自己，度众生。

　　随着气温的升高，柳树的嫩芽变成了新叶，展现出郁郁葱葱的景象。柳海浩浩荡荡，波涛阵阵，一眼望不到边际。天下了一场透雨，柳趟子成了鸟雀及一些小动物的乐园，满耳都是鸟儿的歌声和各种昆虫的鸣叫声。树尖上总是绿意荡漾，不时有各种各样的小鸟站在上面鸣唱，睁着亮晶晶的眼睛，望着你，好像在向你问好。

　　谁说空气没有味道？深吸一口柳趟子中的空气，清新得有些发甜，沁人心脾。人行走在晨雾里，身边有鲜花相伴，鸟儿相随，真犹如仙境一般，让人产生醉意。

　　青翠蔓延了整个滦河故道，柳趟子忠诚、坚定地站在抵狂风、阻飞沙的岗位上。经过人们多年的努力，涝洼地变成了良田。与老农们聊天，他们说，现在花生亩产达到了千斤，白薯亩产达到了万斤。由于土地成分以沙子为主，长出的花生粒大，皮白，仁满，含油量高，成为东北、冀中、冀南市场上的抢手货。白薯的淀粉含量也比其他土质长得高出百分之十左右。随着科学技术的发展，涝洼地在柳趟子的护卫下，成了农家人的脱贫地，致富地。

　　这是一片涝洼沙地的海洋，柳趟子是层层海浪。如此壮观，如此繁盛，隔着那么远，我都能感受到柳枝间喜悦的颤动。深藏心中的很多念头，很多期盼，在柳趟子绿色的涌动中萌生了，苏醒了。那是对生命的思想与期盼，是理想之梦，是几辈人愿望的汇聚。

　　柳趟子长成了材料，略短些的做了镰刀把，再长、粗的做了耙子把、铁锹把、锄头把。柳趟子中萌出的特别茁壮顺直、生长旺盛的枝条，人们会把它们保留下来，修掉其身上的枝枝杈杈，以利它们健康成长。整个柳趟子都是同种同宗，出类拔萃的，长成了大树，履行着它们的职责。

　　祖先们来定居时，要解决的一个重要问题，是御寒。他们从碣石山搬来石头，做房子的地基。垒墙的土坯可以自己做，砖瓦可以自己烧。柳树林已为人们准备好了梁、檩、椽，坚定地扛起了为人们遮风挡雨、御寒避暑的责任，庇护着人们繁衍生息，安居乐业。

　　在乡亲们中流行着一句话："下房的柳木赛过铁梨。"说的是经过几十年甚至更长的时间，盖房的柳木充分熟化，用这种柳木做家具，质量超过铁梨木。话虽夸张，但充分肯定了柳木的品质。1976年大地震时，有人对房屋的木质建材部分作了统计，有一半以上是柳木。

　　建房用过的柳木，经过长时间与人间烟火气相濡以沫，改变了纤维形状，结构更紧密，性质更稳定，经久不变形、不干裂。既有韧性，又有硬度，给人一种恰到好处的感觉。木质像堆积的脂肪，做出的家具有独特的光泽和手感，还散发着一种特有的香气。是昔时嫁闺女、娶媳妇不可缺少的陪嫁和陈设。

柳趟子的生长，催生了一个产业。柳编，是我们民族劳动的一个重要记忆，一个具有深远广泛影响的生产活动。新石器时代，我国就出现了柳条编织的篮、筐。春秋时，劳动人民用柳条编成了杯、盘等。广大劳动人民在柳编的过程中，制作了各种器具和包装物。柳编产品是人民生活当中不可缺少的器具。后来人们用桑条、荆条、紫穗槐条编织的一些生活器具也一直被统称为柳编。柳条在编织生活器具中的牢固地位，其他是取代不了的。

每年入了伏，农家人就顺着柳趟子收割柳条，就像夏季收麦子，秋天收苞米一样。人们割回一捆又一捆的柳条，扛回家中，很容易地剥去树皮，柳条散发出一股略带苦味的清香。人们把雪白的柳条晾干，以备编织使用。柳趟子不但遮了风，挡了沙，还给劳动人民聪明才智的发挥提供了丰富的原材料。

人们在编织柳条的劳动中，把聪明才智发挥到了极致，使编织达到了无所不能的程度。他们编织了各种炊具，各种筐、篓，有在炕上使用的针线笸箩，有在场院、仓库使用的笸箩、簸箕，还有当前普遍使用的拉杆箱的鼻祖——柳条衣帽箱。劳动人民把荒野上长成的柳条编织成精美的行李箱，使其身价倍增，与达官显贵相伴。人们编织了生活，编织了梦想，编织了希望。

柳趟子与人们生产生活联系得是那么密不可分。柳趟子把自己的一切都献给了人们，人们爱护它，欣赏它，赞美它，歌唱它，对它寄托着无限希望。让人敬重和爱戴的柳趟子。

伴随着农业科技的发展，特别是地膜的应用，近年来，柳趟子越来越少了。我努力寻找柳趟子的存在，在好友的带领下，终于看到一片柳趟子，好像见到了久违的老朋友。我站在它身边，深情地欣赏着它。一阵风吹来，柳趟子顶上的枝条对我招起了手，好像和我打招呼。我望着晃动的柳条，啊，离家五十多年了，柳趟子仍在召唤着我，呼喊着我！这是家乡人的亲情、友情和乡情，寄托着那么多的意象与情思。让人怎么也忘不掉的柳趟子。

梦幻滦河

王玉梅

四月春风,有些暧昧有些暖。在这样的风的吹拂下,河北省昌黎县荒佃庄一带的滦河防护林都绿起来了。起初,绿是一抹抹的,有些梦幻,仿佛这绿是在梦中,醒来定睛专注的空儿,就有可能不见了。渐渐地,这绿就变得一层一层了,好似女人身上的香云纱裙,绿中晕染着不规则的铁锈红,微风抚过,氤氲在树冠的绿意便一圈一圈向外荡漾开去,荡漾开去,涟漪由有至无。

防护林带的杨树,有树龄三五年的,有今春新栽尚未来得及吐出一枚新叶的。它们个个身体笔直,趁别的植物花苞紧闭的空儿,正欣欣然绽开黑色花苞,表达着对春天的钟情。不多日,杨花脱落,满枝的新叶蓬勃而出,这新叶仿佛沾染了母体的羊水,湿漉,润泽,看似单薄,却足以抵挡住初春的寒风。

此时的滦河有些消瘦,大面积裸露的河床,形成许多大小不一、形状各异的沙洲,使得滦河从某些角度看起来不像是河,更像是近海处的潟湖。举目远眺,蓝天、白云,时缓时急的风力发电车,刀切一样笔直的绿色防护林带,齐整利落的房屋村舍,塞满红花绿树的小院一隅等竞相入眼,我有些恍惚,在某些时刻,有点不相信自己置身的是一个真实所在。

突然间起了风。风似一群凶猛的野兽,从不为我知的方向集体窜来。风卷细沙,我不敢睁眼,深一脚浅一脚地逃向防护林带的另一侧。风将我也追逐成一只怪兽,我凌乱着头发,气喘吁吁,张牙舞爪,使出浑身力气进行着"逃亡"。

防护林带里,那些相互间早已熟稔为兄弟的速生杨,正以舒展的叶片、密织的枝丫,组成一面防风固沙的铜墙铁壁。它们不仅终止了风沙狂暴粗野的举动,让风沙以薄如蝉翼的轻柔,或静候,或抚触,或摩挲,还过滤掉所有不和谐的噪音,使那些尖刺的追杀、惊恐的吼叫统统转换成绵绵情话和沙沙的掌声。终于穿过了防护林间的小路，我平喘了呼吸，捋顺了头发，整理好衣衫，将身份从狼狈的逃窜者恢复为春光的享有者。

走进杨树的仪仗队里，抬头仰望，阳光透过叶片罅隙洒落下来，落在新翻耕的林带地面上，落在滚在地面的肥料颗粒上，落在我右脚旅游鞋的白色鞋带上。沿滦河而生的人们，在日出而作、日落而归的生活和劳作中，早已用明亮的眸子看穿了滦河水、滦河风、滦河林、滦河草和他们衣食住行之间的秘密，明白了自家羊圈里的羊靠什么才能肥壮、自家粮囤里的稻谷仰仗着什么才能丰收。这些靠谱的农人，一旦看穿了什么、悟出了什么，就一定会身体力行地去做些什么。于是在晨起料峭的春风里，他们肩扛镐锄，手提铁犁，臂挎小桶，来到这片防护林，然后以肩拉犁，在此翻地撒肥，并用双脚培土，把肥料一点一点埋入犁沟。他们要照顾好这片杨林，以此收获到内心深处比大海还要广阔的安宁。

老家人习惯把滦河叫作滦河套。为什么？夏天一到，滦河便自然会给出答案。此时，充沛的雨水把滦河滋养为丰腴的孕妇，孕育和生长的气息浓烈凝聚，滦河周围，百草丰茂，绿植丛生，小池塘里游鱼如织，漫长的林带羊儿成群。从外而内，形成一个个层次分明、主题不一的圈子，仿佛一个巨大的套子，将滦河紧紧套住。最外面的一层，是滦河大坝，它似一条蜿蜒的长龙，给滦河水制定了森严的规章和底线。之后便是密不透风的防护林带，林带中有坚硬的小路，容得下车辆行驶。车在林间行驶，总有一种说不出的新鲜和神秘，会让人情不自禁地推开车窗看看外面的世界。不时有白色的羊群迎面而来，见到驶过的车辆也并不惊慌，依然吃草的吃草，漫步的漫步，撒欢的撒欢，或者凝视一番旋转的车轮，目光里充满了好奇。轻风抚在杨树叶上，偌大的杨林似乎荡漾着一首旋律，旋律的名字大概叫作《世俗以外》，林中的羊儿、鸟儿们定是因为聆听这样的旋律太多了，所以在它们的眼里，深入林间的一个人和蓝天里的一片云、杨树上的一枚叶、泥土中的一株草没有任何区别，它们把眼里所见的一切都视为最可信赖的朋友。穿过防护林带，视野顿时开阔，小池塘、芦苇荡、细沙滩错落交接，别致优雅，人行其中，一步一景，如坠天堂。池塘有大有小，雨水多时就和滦河连为一体，雨水少时就单独成池。单独成池的小塘内水草繁多，密密麻麻，一片连着一片，水草内游鱼成群，小鱼儿们喜欢排队在水草内逶迤而行，大鱼们则喜欢不动声色地猫在深水处，只是在万籁俱寂时偶尔跃出水面练习一下弹跳。大鱼们也许是有些智慧的，它们时刻严防着垂钓者的鱼钩，却总是控制不住欲望一次次上钩。这样，池塘近岸总会传来一阵阵水洗般的笑声。这笑声在池塘四周弥散，荡漾，最后又消融于池塘的周围。连接着池塘的细沙带，也连接着每一个人的童年。赤足走在细沙上，顿时觉得身体变轻了，年龄变小了。在那些轻风吻出来的细沙小格子里，总会发现一片片形状和颜色都非常诱人的贝壳，它们打开一扇又一扇童年的大门，看到了太多人童年的秘密。

　　春之滦河含蓄多情，夏之滦河豪放恣情，而秋之滦河则妩媚深情。秋风吹呀吹，不知道是一个什么时候，滦河近岸的杨树们就逐一披上了黄色的披肩。也不尽是黄色，其间还夹杂着绿、赭、棕等别的色彩，大自然的调色法则过于高深，我无法描摹这色彩的具体内容。但可以肯定的是，这色彩是那么和谐，养眼，绚丽。滦河远处那些年轻的杨林，在秋之一刻，之前葱郁的绿叶便失去水分，色彩变浅变淡，继而随轻风落下，给地面铺上一条会弹奏音乐的地毯。走在这无尽的地毯上，林中凝香扑面而来，秋的味道便越发浓厚，日历也要紧跟着翻新了。

碣石山上的歌声

陈俊舟

五月的碣石山风景区游人如织。

碣石山位于河北省秦皇岛市昌黎县，有"天下神岳"之美称。为佛、道、儒三教圣地，遗址遗迹众多，传说封神榜中的三霄娘娘和赵公明在此修炼。郭沫若曾在北戴河疗养时远观碣石山，留下了"五岳之首是泰山，神岳之冠碣石山"的感叹。秦始皇、汉武帝、曹操、李世民等多位帝王在此留下了壮美诗篇。拾级而上，这里的景点有仙台顶、天桥柱、五峰山、龙潭洞、水岩寺、碣阳湖、韩文公祠、李大钊白玉雕像、碣石山、碧云峰等等。走近碣阳湖畔，耳边忽然传来熟悉的王洛宾先生的歌曲《达坂城的姑娘》，循着歌声望去，见一群老中青的人们在歌声中翩翩起舞。

我上碣石山，心中有一段不解之缘。在王洛宾先生健在的时候，他多次给我讲过他三上碣石山的故事——三次在昌黎的农家挑灯写歌。我走进歌舞群里欣然起舞，我跳的是新疆维吾尔族的舞蹈，踏着歌声里的节拍吸引了不少目光。有一位也是独跳维吾尔族舞蹈的女士走近我，和我一起跳起来。在跳舞的期间，我得知她叫刘丽红，是昌黎县的一位教师。她从小就在新疆的南疆跟着化剑为犁、屯垦戍边的爷爷奶奶一起生活，在那里学会了新疆民族舞蹈。当知道我是王洛宾先生生前的忘年挚友，更是《我与王洛宾的故事》一书作者时，她惊喜地告诉了领舞的队长张大姐，张大姐也是昌黎县有名的文体爱好者。偶遇中的相识，传递相知的心声，大家连续播放王洛宾先生的歌曲。在水波荡漾的碣阳湖畔，在跳舞累了小憩的空间，我给大家讲了王洛宾先生三上碣石山的故事。

王洛宾先生第一次上碣石山，是他在北京上音乐师范学院的时候。王洛宾先生出生在北京牛角湾的四合院里，他在暑假里喜欢跟着昌黎的同学在乡下度日。

他对最早的地理名著《山海经》和《尚书·禹贡》都系统地阅读过。素有"神岳"之美誉的碣石山更是王洛宾先生暑假里采风的最好去处。王洛宾先生熟背曹操的《观沧海》诗篇，由此萌发的一首歌，歌名叫《碣石山上的云朵》，歌词大意是："碣石山上的云朵/轻润的神情让我如饥似渴/碣阳湖里云影/那是你下凡走进了我的心窝/月夜里的昌黎书桌前/化羽成仙的你陪着我/陪着我……"

王洛宾先生第二次上碣石山，是毕业后在昌黎村的大伯家游玩的时候，他和大伯家的小弟天天登上碣石山。王洛宾先生晚年说："依山傍水的昌黎是个好地方，悠久的历史文化滋润着粮丰、水美、林茂的人间天堂。"

王洛宾先生第三次上碣石山，是在抗战时期。抗战初期，王洛宾先生在山西洪洞县万安镇参加了由丁玲领导的八路军西北战地服务团。这个团主要是演唱、创作抗战剧目与歌曲，激励全国人民积极加入抗战。王洛宾先生为战友塞克写的歌词《老乡上战场》谱了曲，并在抗战的前后方传唱。王洛宾先生在披月而眠的夜晚，忽然想起了碣石山上的天桥柱，那不是抗战人们举起的手臂、举起的刀枪吗？想起了昌黎县美丽的大好山河，决不能让敌人践踏。尤其是刚到团里的昌黎战友李方格介绍了昌黎抗战的近况。中共冀热边特委遵照中共中央的战略部署和中共北方局的指示，在中共河北省委的领导和八路军第四纵队的直接配合下，发动了冀东人民武装抗日大暴动，成立了中国共产党领导下的华北抗日联军第三军区。昌黎县的农民群众，在共产党员张其羽的领导下，也举行了声势浩大的农民武装暴动，并迅速组建了华北抗日联军昌黎支队，以革命的武装反抗日本帝国主义的侵略。

王洛宾先生和昌黎的战友李方格回到了昌黎县的村子里，老村长方向如给王洛宾先生介绍了昌黎的受敌欺压的历史。老村长方向如说："自1900年开始，日军开始入侵昌黎并驻兵，侵占期间制造了多起惨案。人们不会忘记光绪二十六年，也就是1900年秋，英、俄、日、法、意、美、德、奥组成的八国联军侵入昌黎境内，烧杀抢掠；民国二年，也就是1913年9月11日晚，昌黎车站日本兵枪杀5名中国铁路巡警。当时李大钊正在昌黎山居，闻讯后吊唁死难同胞，并撰写《游碣石山杂记》，盟誓与日本侵略者不共戴天；民国9年，也就是1920年3月1日，日军在昌黎车站刺死中国警官1人，中日军警发生冲突。4月17日，日军侵入昌黎。"老村长方向如越说越气："我只是挂一漏万地控诉，小鬼子对昌黎犯下的罪行罄竹难书。自从七七卢沟桥事变后，我们的八路军和广大的人民群众同仇敌忾地打击了小鬼子后，敌人的嚣张气焰才算被压制下去。"

王洛宾先生听后义愤填膺，战友李方格把王洛宾先生此行传歌的事说给了老村长，老村长高兴地承诺："明早就干！"第二天一早，老村长就把自家村及邻村的村民召集到碣石山上，王洛宾先生一字一句地给大家教唱《老乡上战场》这首歌，歌词大意是："打起火把拿起枪 / 带足了子弹干粮赶快上战场 / 日本强盗到处杀人抢掠 / 多少村镇都被他们烧光 / 打起火把拿起枪 / 带足了子弹干粮赶快上战场 / 驱逐日本强盗赶快滚蛋 / 才能挽救中华民族危亡 / 打起火把拿起枪 / 带足了子弹干粮赶快上战场 / 日本强盗实在残忍猖狂 / 求生存的烽火已经高扬 / 打起火把拿起枪 / 带足了子弹干粮赶快上战场 / 要活命的别彷徨 / 老乡们要想解放只有上战场。"后来，王洛宾先生得知，昌黎各个村子里的青壮年，唱着这首抗战歌扛起了枪，走向了抗战的前线。

王洛宾先生在新中国成立前夕，跟着王震司令员的部队凯旋进疆。进疆后的王洛宾先生被新疆南疆军分区政委、断臂将军左齐邀请到南疆文工团工作。南疆是民族朋友聚集的地方，王洛宾先生此生酷爱民族歌曲的采集、填词、创作，他到了南疆，就像是蜜蜂飞进了花丛，鸟儿飞进了林子，可采写的素材很多。这个时候，王洛宾先生就已经准备创作祖国诞辰十周年的大型献礼音乐剧。王洛宾先生在繁忙的工作中，没有忘记昌黎的战友和村长，没有忘记碣石山上那天教唱抗战歌曲的情景。1954年夏天，毛主席在北戴河度假，创作诗词《浪淘沙·北戴河》，其中"东临碣石有遗篇"中的"碣石"让王洛宾先生倍感亲切。王洛宾先生把毛主席的这首诗词抄写在一张纸上，贴在自己的床头，时时背诵，时时牢记。由此引发的创作灵感写出了《我心中的碣石山》的歌词，并糅进了献礼的音乐剧中，讴歌了新中国昌黎人民浴血奋战的场景，歌颂了美丽的碣石山。

碣石山上的歌声，始终在我的心中及脑海里回旋，经久不息。我爱壮美的碣石山，我更爱经过血与火考验的昌黎人民，他们珍惜这份来之不易的幸福生活，他们放开歌喉唱起来，跳起来。我坐在昌黎的篱笆门前。想象着王洛宾先生如果看到昌黎人民欢歌笑语的情形，他也会翩翩入群跳起舞来……

秧歌扭出《西江月》

王建东

三月的风，从南方吹来，温婉和煦；仲夏的雨，向北边飘落，散淡润泽。这德风仁雨啊，惠泽了这片土地，惠泽了这方子民。几经历史风烟的涤荡，这片土地终于在金大定二十九年（1189年），以"黎庶昌盛"的美好愿景得名"昌黎"。兹此，这个"昌黎庶之民"的地方，就用她的仁厚、用她的物产、用她的文化，惠泽着冀东，惠泽着华北，也惠泽了华夏。

太姥爷是永平府中学的毕业生，曾和李大钊同窗。李大钊毕业后到天津政法专门学校继续深造，太姥爷则回到家乡昌黎，进汇文中学任国文教员。太姥爷除了教书课徒，最大的兴趣就是扭秧歌，研究昌黎秧歌。他是昌黎有名的"秧歌头"，被昌黎人尊称"大先生"。大先生曾用一首《西江月》词概括昌黎秧歌的特点：

碣石滦水沃野，厚土嘉禾碧波。宝地昌盛黎庶民，秧歌扭得婆娑。

扮相妩媚生俏，脚步扎实灵活。抻筋拉骨韵独特，声誉总能远播。

大先生认为，昌黎秧歌，因为有了滦河的淘洗和碣石的支撑，其步伐和乐曲更具思想之美，是雅俗共赏的艺术瑰宝。音乐情义切切，婉转缱绻。动作天然质朴，俏丽醇和。无论伴奏还是动作都带着滦河的清幽，带着碣石山的刚毅，带着葡萄的馨香，带着高粱的质朴，都释放着活泼的原生态。有散文的大开大合，又有诗词的节奏韵律。用丑、妞、扎演绎着社会万象，在扇子、手绢、棒槌的飞舞中展示着命运浮沉。昌黎，是用宫商角徵羽和手眼身法步的完美结合筑造的一方文化高地，并以此呈上了这方土地的文化尊严。

昌黎人生活的境界及生命的价值，总在这唢呐的吹奏里和步伐的腾挪中，演绎着美丽而朴素的故事。

大先生有一个闺女叫翠珠，是他的掌上明珠。不裹脚、上学堂、扭秧歌，大先生啥都依从她的意愿。街坊上总是有着关于翠珠的传言：

"哎，你们看见没？大先生那个宝贝闺女脚可真大啊，能踩死小狗子。咋不裹脚呢，到时候带着俩大脚片子，叭叭地，谁要啊？"

"喂，听说没？大先生家的翠珠去县立高中念书去了，一个丫头家，念哪门子书啊，难道还想识文断字当先生不成？"

"哎，我说给你，昨天我在庙会上看到大先生的闺女翠珠扭秧歌了，小模样俊得恶，身段也好得邪乎，就是和那丑儿眉来眼去的叫人看着忒不自在，幸亏老扎的棒槌不是吃素的，一下子就打开了。"

翠珠一直是乡里街坊长舌妇们的谈资。翠珠不但不在乎，还有点儿引以为傲。十六岁那年，翠珠又随她爸去了汇文中学读书。此时的她不仅出落得落落大方，明眸皓齿，窈窕婀娜，功课也好得令人生羡，写得一手娟秀的蝇头小楷，还是学校舞蹈队的台柱子。

1953年，翠珠将要中学毕业，年近二十的大姑娘还待字闺中，就是一向开明的大先生也不免有些着急。他想必须利用暑假，给这宝贝闺女寻下婆家。

到了七八月份，抗美援朝胜利，一拨又一拨的志愿军从东北凯旋入关，翠珠所在的舞蹈队一直忙碌着用秧歌的形式欢迎着英雄们的归来。这一天，翠珠正和伙伴们用"排街秧歌"欢迎队伍，队伍中竟然也出现了一支秧歌队，为首的上身穿黑地镶黄边的对襟袄，下身穿黑地黄边灯笼裤，公子巾上扎着"英雄胆"，动作洒脱干净，颇显威武、雄健之气。在表演《大摆队》《对脸看媳妇》的节目中，恰好和翠珠打个照面。这时这位军人秧歌角，扭到大先生跟前，马上停下立正，敬礼："老师好，我是您的学生周德润。"大先生上下打量着这个站在自己面前的威武的军人，一下子想起来了，这是他最好的学生周德润啊，他一把抱住周德润："哎，孩子，你好啊，欢迎你凯旋，有空到家里坐，咱爷俩好好唠唠。"

翠珠看到父亲和那个扭秧歌的军人唠得亲近，就来到父亲面前。大先生马上拉过闺女给周德润介绍道："这是我闺女翠珠，也是汇文中学的学生，也爱扭秧歌。"周德润马上对着翠珠啪地敬了一个军礼。翠珠被这刚健洒脱的军礼敬得心旌荡漾双颊绯红，一时竟不知说什么好，只呆呆地站在那里。此时，周德润说："老师您多保重，明天我去看您。"说完，就一个漂亮的鹞子翻身加一个半蹲错肩步，回到了秧歌队伍里去了。

第二天，周德润穿着那身洗得发白的军装，在前胸别上军功章，就提着点心到大先生家拜访老师。师生二人分坐在客厅的八仙桌的两旁回忆往事，周德润也给老师介绍朝鲜战场的惨烈和志愿军战士的英勇。站在一旁倒茶的翠珠听得入神，用眼睛瞟了一眼周德润，就觉得心跳加快。送走了周德润，翠珠来到父亲跟前问道："爸爸这个人家是哪里的？"大先生回答说："他就是昌黎西关人，是个好孩子啊，读书好，也有德行，三年前响应国家号召，报名参加了志愿军。他大概有二十五六了吧。"

翠珠回到自己的西厢房，心潮起伏，那个挺拔威猛的军人总在脑海扭着秧歌。"难道他就是我曾在梦里追寻的伟岸挺拔和大义凛然？就是我等待的铁马秋风里的硕硕长鞭？就是我梦中写下的平仄和谐的浪漫诗篇？"翠珠就是翠珠，不扭捏不矫情，她知道她是爱上这个军人了，于是铺上一张纸，拿笔濡墨，凝心聚力，用蝇头小楷写了一首《西江月》：

  碣石草木葳蕤，滦河柔波迂回。宝地昌黎多英雄，阿哥援朝抗美。
  唢呐声声清脆，鼓点槌槌惊雷。秧歌扭出新风采，妹愿与你相随。

写完，翠珠看了又看，满脸潮红，小心翼翼地把这首词夹进一本刘义庆的《世说新语》里。

天刚亮，翠珠就起来，对苹果树下打太极的父亲说："你那个学生人家是英雄了，拜访你了，你不回访一下吗？"大先生对女儿的心事洞若观火，随即说道："我岁数大了，明天你替我去回访一下子吧。记着摘上一篮苹果带上。"

早秋的风吹送着院子里苹果的芳香。翠珠摘了满满的一篮"美夏"苹果，然后从柜橱里挑了一件藕色旗袍穿上，脸上稍微扑了些粉，把那本《世说新语》放在篮子的底下，就挎着篮子向昌黎西关袅袅地走去。

周家的房舍是用碣石山花岗岩垒成的三间瓦房，虽然有些简陋，但收拾得很干净，院子内两棵粗大的鸭梨树，正婆娑着肥绿的叶子庇荫着整个小院，明亮的阳光从树叶缝隙筛下来，在院子里洒下了斑斑驳驳的光影，梨树叶子中隐约可见金黄的鸭梨挂在枝头。两人在梨树下坐下来，像老熟人一样谈论着学校的老师们，谈论着朝鲜局势，谈论着秧歌，谈论着文学。周德润说他最喜欢辛弃疾的词，翠珠说她也喜欢辛弃疾，此时，一只小鸟正跳跃在梨树的枝杈之上，一只蝉正在欢快地鸣叫，于是翠珠随口就背出了辛弃疾的《西江月》"明月别枝惊鹊，清风半夜鸣蝉"的词句。周德润马上接到"稻花香里说丰年，听取蛙声一片"。两人合背下半阕"七八个星天外，两三点雨山前。旧时茅店社林边，路转溪桥忽见"。和谐的背诵后，是翠珠惬意的微笑和周德润爽朗的笑声，似乎两人都感觉到了这"路转溪桥忽见"的绝佳意境。翠珠说："我爸爸让我给你送点苹果，我送你一本《世说新语》。苹果是早熟的'美夏'，记得给叔叔婶子留着尝尝鲜，书你自己留着，里边有你喜欢的《西江月》呢。"说完翠珠就放下篮子，面带赧然之色，跑了。

送走翠珠，周德润也是心潮澎湃，他把篮中的苹果捡到小桌上，翻开那本书，一张漂亮娟秀的蝇头小楷映入眼帘。正是翠珠的那首西江月。

他读罢，不但佩服翠珠的文笔，更佩服她的大胆，在字里行间仿佛看到了翠珠婀娜的身段，听到了欢快清脆的唢呐声。夜里他反复读着这首《西江月》，辗转反侧，夜不能寐，觉得翠珠就是凌波微步的婵娟。面容和气质就是深山空谷的幽兰，就是他用钢枪和身躯保卫的诗篇。周德润索性拨亮油灯，用颤抖的手铺纸写下了一阕《西江月》：

贤妹词句柔美，愚兄心胸激荡。长君七岁伤且残，爱慕不敢痴想。

聪慧却又玲珑，淑婉并兼奔放。愿与阿妹扭秧歌，共度美好时光。

多少年没写词了，谓性之所至，诗意骤来；情之所至，信手为诗。这手从拿枪到拿笔又一次轮回，没想到竟能一气呵成。他感觉到六六七六的句式，是一种刚毅柔曼的理想的文字结构。这首词虽然没有惊涛裂岸汪洋恣肆的豪放大气，但却有着婉转曲折之至柔肠百结之美。周德润把这首词用他在战场上缴获的美国派克牌自来水笔抄写整齐，郑重地夹在了那本《世说新语》里。第二天，他摘了一篮子枝头上金黄的鸭梨，把那本书放在底下，就又去拜访他的老师。

转瞬到了1953年春节，正月十五，照例要扭秧歌。这一天，昌黎县的秧歌角都集中在源影寺塔广场，总指挥是县长宋沛然。宋县长站在塔座下，高声说："今天的秧歌既是庆祝抗美援朝胜利，也是给英雄周德润和翠珠同志举行婚礼。听说他们是通过《西江月》成就的美满婚姻。我作为他们的学长，也作一首《西江月》：

秧歌牵出情缘，美人爱慕英雄。秧歌扭出西江月，互道一声珍重。

今朝合卺大喜，明年贵子玲珑。比翼双飞齐努力，共赴美好前程。"

读完这首祝福的西江月，宋县长发令："秧歌扭起来！"此时唢呐滴滴答答吹起来，锣鼓铿铿锵锵敲起来。这声音，这动作，既有黄钟大吕磅礴巨流的宏伟气魄，也有余音绕梁涓涓细流的清幽淡泊。这片土地，在这唢呐和鼓点当中，用秧歌演绎成一部沧桑而辉煌的历史，抒发出昌黎人碣石一样的沉稳，滦河一样的灵动和大海一样的豪情。

昌黎四季咏叹调

钟志红

春，水韵芳菲

　　山论峰岭，水言四季。
　　曙光温良。终止冬眠的朝露盘坐碣石山，少女的几分羞赧昭然若揭，暗藏怀春小秘密；心无旁骛的滦河加速地穿行，任凭每一缕晨风振揉眼睑，或弹奏新年的序曲。
　　动态的云雾，悠闲信步山水间。不再蛰伏的我，终止一夜的缱绻、稀释心口的薄凉，踩着浪的节拍、风的舞步，悄悄在红衣女的发髻，虔诚地插上一支逸香的绿簪……
　　"天街小雨润如酥，草色遥看近却无。"（韩愈）辞别梦呓的细雨，窃听出阁女子的碎步，光鲜等高线喷薄的一芽芽新词，在皱褶版图上经纬唤春的一串串风铃。
　　又到一年好时光。祖籍黎庶昌盛的花朵，眷望隐身的冬月，若有所思，或激情哦吟：
　　复醒的清溪泉瀑，杏树园一枚枚竞相飞舞的玉音；
　　养眼的蜂飞蝶舞，正明山一帧帧梨花溢彩的剪影；
　　采撷的纤纤玉手，桃花山一树树娇艳落英的诗句；
　　刷新的谷雨光景，翡翠岛一组组槐花如雪的传奇。
　　掬一捧澄澈透凉的流水，透明着怎样的追昔抚今？体悟山海的花语，简雅隐约、荡舟心许，布局暖阳下沐日浴月的瑞芽，丰腴唐诗宋词的平仄，让青涩的刻骨铭心辽阔筑梦的张力。

青山抚润的枝叶，锃亮静水流深的锋棱；滑过天空的一串鸽哨，清晰采花丽人惯性的轻盈：无论山风珠玑，还是止水如镜，彼此乐在其中一曲花韵，邀你走出蜷冬的苍凉、剔去纠结的冷霜，赓续嘹亮或饱满又一季花汛。

一山一河，习惯感恩；一花一木，唇齿相依。

夏，酒香滴绿

阳光，可是绿的魂，还是酒的魄？

山作词，水谱曲。嶙峋陡峭虚怀若谷，一抹生命绿涢开豁达的胸襟；雄狮仰天贯穿日月，一滴葡萄酒凌越云端与天宇……

逆风溯源，剑胆琴心。憩歇五峰山的夏风，信手可及，每一道棱角满怀锋芒——这一把江湖锻造的剑，斩裂山谷的寒光，眉批马嘶烽烟的标题——朝阳砌起的丰碑，可知坐标伴乐多少绝美或悲壮的绝句；向海而升的峭帆，可晓屏蔽多少坎坷与峥嵘的风云；

肝胆相照先驱者，岁月峥嵘的一缕诗风；

民歌秧歌皮影戏，风情万种的一缕朔风；

山海披绿梦华录，初心不改的一缕晓风；

滑沙踏浪美酒香，凉爽一夏的一缕惠风。

"碣石何青青，挽我双眼睛。"（刘叉语）一山碧绿，以默为辩千载春秋，保鲜江河青春的美学；一座酒庄，醇厚味浓今朝蝶变，演绎诗情画意。

的确，熟悉的万物每天准点逗留在窗棂，往往被我的忽视所漠视，如同以为不陌生的自己和爱，却在时刻寻找高海拔的光域。

雨润琼花，风潜急流。无论烈日似火，还是如磐风雨，与英雄山为伍的儿女，侠骨如山，柔情似水；解读庭院飞绿水，烁石炽烈流金，就不难寻味红酒的日月精华、山水隐喻？

眼见为实，心怀慈悲。滑过滦河大桥的颤音，拈来天涯若比邻的幽芳，不改戳穿夜黑的初心。

相约昌黎，一半回忆；同饮佳酿，一半继续。划过古今的双桨，纵深与生俱来的血性；素面朝天的童年，也有泻玉流翠的愿景，每一枚诗眼时刻绽放柳暗花明。

秋，稻浪咏怀

　　秋菊轩昂，"丰"光迤逦。焦距轻曳的枝梢，跟随灵动的节奏起伏，撩开我遐思的闸门；轻拭晃动的果实，体悟生息繁衍的哲理，拓展我想象的半径……

　　落叶填词，葡萄小镇的视觉盛宴，只是舞台的背景；金风谱曲，劳绩附丽的田园阡陌，赢得霞的赞美词、云的注目礼。

　　无论花草，还是鱼鸟，撒落在碣石山小径的乳名，蕴藏一方净土的不渝丹青。

　　无论稻花，还是硕果，乡村流行如歌的行板，注册异口同歌、春华秋实的作品：

　　一口地道的乡音，铺排十里葡萄长廊的笑语；

　　两行深情的热泪，题写大红灯笼高挂的匾额；

　　三口润心的甘甜，恒温苹果柿子山楂的玉音；

　　四面繁荣的景象，附丽中国驰名商标的遒劲。

　　"秋风萧瑟，洪波涌起。日月之行，若出其中。"（曹操）写在版图的情诗，无论押韵的唯美，还是遐思的无际，补白一生无需完美、但求完整的无悔——谁还会把落叶视残叶，谁又能漠视这个写诗秋天、作画的节日？

　　一果藏海，识得此中滋味；一叶知秋，觅来无上清凉。儿女每一次弯腰的深浅，决定收获的多少、日子的冷暖，每一滴血汗的轻重，定夺脱贫的速度、致富的质地。

　　小酌怡情。暂停匆匆的跫音，限速名利的欲望，我存心承包此刻田野，赎回自己。

　　山海河湖醉九天。金风如昨，一道螺旋降落的秋叶，培壅"撸起袖子加油干"的信念；黄金海岸人间行，一缕从"大海与沙漠的吻痕"升起的金句绝律，拔节"幸福是奋斗出来的"立体。

冬，家园月韵

　　月光映水，流星飞歌。晶莹的雪花，纷纷辞别朔风的挽留，乘坐从月牙驶来的小舟，停靠在庭院深深的暖怀。

　　老畲文化的脉络，风物史册的底蕴，溶解一鳞鳞历史病句的月光，稀释市井喧嚣的分贝。蛙鼓虫箫远离，与境由心造零距离——月光，因了一尊碣石的回响，注册氤氲不遁的芳华：

红色引领的西山场村，只是唯真而行的标题；

鸥群帆影的滨海旅游，也是唯善而立的导语；

欢歌笑语的东山公园，仍是唯美而生的约定；

沿海强县的魅力昌黎，还是唯爱而为的乡情。

"往事越千年，魏武挥鞭，东临碣石有遗篇。"（毛泽东）物因人而美，人因物而动。我借诗词丈量蓝天碧海，万家灯火照亮振兴乡村的征途，草滩芦苇看见，沙滩湿地也看见了；我用情翰墨钢铁产业、鱼米之乡，踔厉奋进谱写美丽家园的凯歌，一千二百平方千米的热土听见了，勤劳善良的五十六万儿女也听见了……

抚拭海风鬒浪，审美昌黎荣光，从吮乳的婴孩到蝶梦韶华，夙兴夜寐地把月擦得更亮；展开风调雨顺的农历，阅读筚路蓝缕的经典，蛰伏在鸟语花香、诗韵词情的芝兰之气，伴枕冬夜，正是有了一日又一日接力的勤劳和传递的智慧，一季又一季高歌筑梦、民族复兴……

一泓水、一座山，与苍穹浩瀚等距。行吟在碣石山大道，每一道浪漫的月光，都在谛听新时代的歌唱，再创奇迹。

春雨拜花、夏光卧绿。读山月倾心，再迎新时代昌黎。

秋水映日、冬月抚琴。走山水四季，不会写诗也会吟。

凤凰栖落在碣石山旁

孙志文

碣石仙台之阴，有川谷西向，纵十里许，野径幽深，寻可探碣石邃峻，揽可观云峰林壑。谷口则有凤凰栖落，翅若依偎，首似含垂。左承天柱之擎碧，右揽饮马之野沃，望夕霞于日下，目紫辰于云间，守灵气之充盈，护福泰之怀藏。其间村舍，烟火萦绕，鸡犬相闻，桑麻花果，共生态于斯隅；天道民生，伴岁月于流逝。凤翥祥峦，致景碣石，仪生和瑞如华佩，润养垂挂于长裾，昭天缘地设之奇美，合人间方胜之慕情。

如果要为凤凰山的毓秀灵川臆想出一段神奇，应是瑶池神苑中私奔的仙女与锄郎，窃取了一段葡萄藤，以凤凰为筏，栖落在碣石山旁。在这里的川谷中，他们垦田辟院，植下葡藤，演绎着葡萄架下，从神仙眷侣到凡尘人家的佳话。秋风方度的葡萄甜蜜，是他们借取了天庭神苑的一缕精华。而玫瑰香的醇浓则是他们忠贞爱情、长相厮守的凝结，伴入脉脉霞晖，弥散于世俗山居，历久不去。川谷中百禽和鸣，凤凰则从未离去，依然护卫在他们的身旁，可能也与这里誓约了万年的守望。沐浴松风，卓立于碣石川谷，小溪系挽在她的颈项，而葡萄架成为她片片羽毛，葡萄则成了羽毛斑斓的点点珠光。被碣石仙台隔断的海潮，常常撩拨起她对先庭的冥想，稠稠烟火幻化成一方生灵的献祭，让他的内心更加笃定世事沧桑。

枕着古老的传说，借得凤凰的栖落，神岳碣石融入了一股甘甜和亲和。乡民们则依偎在这里种下了轮回，百年老藤生机不绝，结出的果实卓誉四方。系在藤身上的红绡，年年岁岁飘荡在山坳的庭院，挽来了家民的四季康宁。葡藤与人共沐阳光、风雨，把依依钟情挥洒山川，人儿有幸，山川亦幸。川谷退守成山民心中的自我封地，葡萄则成了他们累年逐月的供奉。当葡萄熟了的时节，凤凰羽翅下的村庄便裹进了一季不散的紫气，从中飘转出沁人心脾的芳香。子民们点燃虔诚，剪刀沾满甜蜜，笼筐充盈成色，借取惠风把和畅祭祀给了上苍。

可能是谙习了凤凰执守的精髓，这里的人笃信执念，因为坡岗、庭院的葡萄，他们搁下世俗的浮躁和诱惑。默然厮守，钟情于物候时令。直到棵棵、架架、片片的葡萄布满了天，垂挂如星，心中便悠然地摇荡起慰足。自乐于川谷田舍，奔走在石板小路，秋色的阳光炫亮了眉梢，浑然忘记了耕耘辛苦与忙碌。人们把灵魂与葡藤一同植入，循了天道，浇灌培植，耗尽了所有的心力。任凭一方独特的生态，随了秋信结出奇迹。让烟火世界的人品尝到了超脱世外的方物，也让心灵体悟出眷属是何等的得偿所愿。山中无荒芜，归于农勤务本的信条，汉子们朝拜地恩天泽，用一双双粗手打磨着岁月，为葡萄的成色潜心所能。山姑村嫂身上印染上了葡萄架的斑驳，像极了葡萄的穗穗朵朵。他们似乎在践行凤凰作筏的爱情，生于一斯、守一业的笃定，始终厚待着秋望，让这里每一块土地都生长出梦想。

地域资源的珍贵让乡民选择了葡萄棚架式的栽培，这也注定了葡萄会在石岗山林间夺出一片天地，让生长舒展在山的脊背，产业也就有了高远的走向。葡萄在庭院屋顶撑起一片阴凉，人们才有了乐享生产与生活的重叠空间，生计和福佑就这样纠缠着，直至悠长。而葡萄藤则扭着强劲的筋骨，宣誓执念，扎根山谷却仰望星空。用佝偻匍匐表达信守虔诚，似老脉传承缔结岁稔追求。当一切的沧桑和风霜都倒影给过往，葡萄便把世间萃取的风味，又回馈给了炊烟。

凤凰和葡萄一样，扯下天庭阆苑的高冷，一副和顺，一缕香魂，栖息在岁月的道场，牵动着游子难以释怀的衷肠。吮吸着灼灼的秋光，咀嚼着凤翥祥峦的寄托，徜徉在凤凰庇护的村庄，我词穷窘迫得有些慌张。这里，人们钟情而努力，人与葡萄，凤凰与村舍，道场与传说，无不是跨越时空的忠守。

山望、老屋、葡藤、川流、石径、炊烟，悄悄地走入了我的诗章。蓦然回首，我似乎窥视到了，天道在碣石山折射的一束光——福祉黎庶，庇祐众望。

昌黎这座小城

张丽颖

近日重读林海音《苦念北平》，竟有与少年时期不一样的震撼和感动，那朴实的文字里蕴含了多少深厚的感情，也许只有同样经历的人才会知道：在一座城市里度过童年、少年、青年的珍贵时光后远离它，该是多么的留恋不舍，快乐与悲哀，欢笑和哭泣，昌黎那个小城里倾注了我多少感情啊，我是多么熟悉她的每一条街道，每一个季节，熟悉她的一草一木啊！

春天的小城，微风里带着暖意，邀三五好友，骑上小电驴，直奔碣石山。"神岳"碣石，山清水秀，通古之幽，尤其是雨后，空气中都带着一丝清甜的味道，青松欲滴，翠柏含绿，远山如黛，近水如烟，看晶莹的水珠在树叶上滚动，听流淌的泉水发出清脆的声响，感觉自己也要融化在这人间仙境里，融化在这绝世美景里，真是"云飞人还尚有青山在，泉流月近绝无白处空"。

我们沿着上山的石阶，在蜿蜒的山路上缓缓移动着双腿。抬眼望去，瓦蓝瓦蓝的天，洁白无瑕的云，群山巍峨耸立直插云霄，参天碧树，青草悠悠，真如置身于世外桃源一般。在花草茂盛的地方，忍不住轻轻地躺下，周身一片柔和，软软的，就像躺在一片宁静的水波之上。一片白云，轻轻擦过我的脸颊，四周是残存的淡淡的草的馨香，人仿佛在漂浮，如同鸟儿在心灵的天空自由地滑翔。心像静水明月，一片澄明，沉静自在，走在山路上，是一种彻底的放松和休闲。相互搀扶着，我们终于走到了山顶，驻足极目远眺，真有些"会当凌绝顶，一览众山小"的感觉。众峰一收眼底，目光一去万里，绝无阻滞，天地交接处分不清哪里是云，哪里是影……远处云层时隐时现，缭绕于山峰之间，恍如仙境。

碣石山脚下是千年名刹水岩寺，许多夏日的午后，我们都在水岩寺静穆的松林下消磨，听夏蝉长鸣，懒洋洋地坐在寺院回廊上，仰望松林上的天空，听寺院里悠长的钟声，心就变得格外安宁，在这样的午后，不需要交谈，各自拿着一本心爱的书看，或者起来走走，幸运的话会碰到拖着大尾巴的松鼠在树上跳来跳去。时间保持着上帝创造时的形态，是寺院里盛开的莲花，是在夏日风吹中晃动的树叶，是阳光照射下斑驳的影子，是悠悠荡荡的岁月和光阴。

小城的夏天实在是热闹得很，下班后沿着街道走一走，熙熙攘攘的人流，此起彼伏的叫卖声，真真切切让人体味到什么叫作"人间烟火气，最抚凡人心"。网上有部爆火的纪录片《人生一串》，里面有句解说深得人心："没了烟火气，人生就是一段孤独的旅程。"这话简直就是为烧烤量身定制。在炎炎夏日的街头巷尾、市井里弄，在身心疲惫的不眠之夜，没有什么是一顿烧烤不能解决的。烧烤可以说荤素不计，万物皆能一烤，不管是烤茄子、烤辣椒、烤韭菜，还是烤虾、烤肉、烤鱼，都让人沉迷于美味不能自拔。肥瘦相间的羊肉，烤到颜色金黄时，肉皮外面焦香，里面充满胶原蛋白，混合着肥肉烤出的油脂，又香又弹，口感奇妙。烤生蚝也是难得的美味，一经加热，蚝肉会渗出汁水，加入蒜蓉可以激发生蚝的鲜味儿，生蚝肉质Q弹、细嫩爽滑，安然享受，格外惬意。

吃烧烤人越多越热闹，亲朋好友围坐在一起，无论你的生活是高兴还是颓废，是成功还是失败，无论是取得了如何显赫的成就，还是经历了怎样艰难，只要一桌烧烤，就可以把千言万语都扔进那滚滚火苗里，随着豪爽的酒，放肆地吃进胃里。烧烤桌上没有界限和阻隔，没有酒桌上推杯换盏虚情假意的客套和寒暄，女人可以大快朵颐，男人更能谈天说地，你来我往，热烈而诚挚。多少心思与人情，吃完这一顿，豁然开朗；多少委屈与不易，吃完这一顿，烟消云散。离开家乡这几年，常常会回忆起午夜我们留在烧烤摊上的欢笑，常常会想起街边小店短暂的邂逅，常常恍惚听到那一声熟悉的招呼："您几位啊？"小小烧烤摊上，汇聚了太多细小的悲欢，承载了太多肆意的呐喊。唉，这烧烤的江湖啊，这平凡热辣的市井人生啊，吃完这一顿重整行囊再出发吧！

海子说："我们最终都要远行，最终都要与稚嫩的自己告别，告别是通向成长的苦行之路。"可是告别这样一座充满魅力和温情的小城，告别这样一座充满人情和烟火的小城是多么痛苦的一件事啊！直到现在我还记得离开小城去雄安的时候，2019年的腊月，在那个下着雪的冬日，我自己踏上征程，去一个陌生的城市开始人生的另一场打拼。在火车站，看着亲人的身影越来越远，看着熟悉的街道、熟悉的房屋从我眼前一一掠过，我的心颤抖着，是一种离开多年抚育的乳娘的滋味，眼泪毫无征兆地浸湿眼眶，浸湿那颗不舍的心。

无论再舍不得走，再舍不得离开，再舍不得这里的人与食物，再舍不得这里的生活，都要挥挥手说再见。只有到了一定的年纪，才会突然懂得一首歌，懂得歌里的感情和情绪；只有经历了人生的风风雨雨，才会在离别的痛哭过后更加坚强地走下去。人生就是一场接一场的告别，当年一起约定要做英雄的人早已为了生活各奔东西，曾经人生路上陪我一程的也不知道在天涯何处，只有当年我们的梦想还在遥远记忆里熠熠闪光，只有那段充满着英雄主义侠骨柔肠的激情岁月还时不时浮现在眼前，让胸腔内那颗自以为已经很世俗很麻木的心，被触动被温暖，然后在骨感的现实世界里再次朝着梦想出发。

如今，离开小城已经整整5年，又是一个下着雪的冬日，我坐在窗前，一行行地写着文字，写着我的思念。我梦中的小城，那院里墙边棚架上的豆角秧子，那一串串一嘟嘟的玫瑰香葡萄，那肥美新鲜的鱼虾螃蟹，那汁多甘甜的两山京白梨，那畅谈未来的伙伴，那母亲做的家常小炒，那老树下爷爷辈含糊不清的不知道年代的故事，那冬日背风向阳的老屋前的家长里短，都那么清晰地闯入思绪。无论我走多远，飞多高，根永远在小城这片温热的土地里，我愈思念，便扎得愈深，汲取养分，让我有追逐的勇气，奔跑在梦想的道路上，去摘那颗遥不可及的星，去遇见人生更多的精彩。

儿子的第十八个夏天

周宗毅

一

在我儿子的第十八个夏天，他站在了人生的一个新起点上。高考的结束铃声，标志着他童年和少年时代的结束，也预告成年生活的开始。在这个夏天，他向我提出了一个问题，一个关于如何活出豪迈人生的问题，这个问题像一颗种子，在我心中悄然发芽。

他问："爸爸，人生如何才能豪迈，才能不虚度此生？是否只有像历史上的伟人那样，缔造了历史，才算是真正的成功者？"他的眼睛里闪烁着对未知世界的好奇与渴望，那是一种青春特有的、对充满无限可能的未来的期待。

我没有立刻回答他。在我看来，这个问题太过沉重，需要更多的经历和智慧才能给出答案。但我知道，这是一个教育和启发的绝佳机会。

大学时候，我读了不少历史书。其中，印象最深的是关于昌黎县和碣石山的。在我的记忆中，昌黎县如同一颗明珠镶嵌在中国河北省的东北部，其绵延的海岸线和壮丽的碣石山构成了一幅绝美画卷。沿着海岸线漫步，海浪拍打着岸边，似乎在诉说着岁月的故事，微风拂面，带来一阵阵清凉，让人不由自主地陶醉在这片自然之美中。

而那座雄伟壮观的碣石山，则是昌黎县的一颗明珠，屹立在这片土地上，承载着无数的历史记忆和自然神秘。山峦起伏，苍翠葱郁，仿佛一幅精美的山水画，吸引着游客前来探寻。登上碣石山巅，视野豁然开朗，众山尽收眼底，宛如置身云端,感受着大自然的恩赐与厚爱。

昌黎县与碣石山,相得益彰,相辅相成。昌黎县依托其独特的海滨风光和丰富的历史文化,吸引着游人纷至沓来;而碣石山则作为这一风景的最佳背景,为这片土地增添了一份神秘而深邃的气息。在这里,人们不仅可以领略到大自然的奇妙,还能感受到历史的温柔和文化的魅力。昌黎县和碣石山,仿佛是一首动人的诗篇,带领人们走进一个美丽而神秘的世界,让人心驰神往,流连忘返。

经过再三思考,我决定带他去昌黎县,去碣石山,通过这些地方的历史与现实,让他自己去寻找答案。

在那个充满期待的夏日,我带着儿子踏上了前往昌黎县的旅程。夏风轻拂,带着海的味道,仿佛能吹散心中所有的烦恼。儿子的问题还在我心头回响:"人生如何才能豪迈,才算不虚度此生?"

二

走在碣石山的山路上,我开始给儿子讲述那些与这座千年传诵的山密切相关的人物。我想通过他们的故事,给儿子一些人生的启示。

首先,是曹操。他的一生充满了传奇色彩,不仅在政治和军事上留下了深刻的印记,他的文学作品也展现了其非凡的才华。曹操的人生,是对权力、智慧和文化的极致追求。

接着,我讲到了韩愈。这位唐代的文学巨匠和思想家,他不仅在文学上有着巨大的成就,更以其深邃的思想影响了后世。韩愈坚持文以载道,提倡复兴儒学,他的一生是对知识、道德和社会责任感的不懈追求。

当我们的脚步沿着碣石山的古道缓缓攀缘,我又向儿子介绍了李大钊和毛主席的革命精神。李大钊是中国共产党的主要创立者之一,他的思想和行动为中国的革命历史写下了浓重的一笔。而毛主席,不仅是伟大的革命家、政治家,也是一位深具影响力的诗人。他们的生活和奋斗,展现了为了理想和信念,即使面对重重困难和牺牲,也毫不退缩的豪迈精神。

在碣石山的古道上,我和儿子边走边谈,谈到了曹操和毛主席,他们不仅是历史上的伟人,还是杰出的诗人。我想通过他们的诗词,让儿子感受到那种超越个人成就,向着更高目标努力的豪迈精神。

"看这碣石山的壮丽,"我指着远处连绵的山峦说,"曹操有一首诗,'对酒当歌,人生几何?譬如朝露,去日苦多。'这是《短歌行》里的词句。曹操通过这首诗表达了人生短暂,应当珍惜时间,奋不顾身地追求自己的目标和理想的思想。"

随后,我轻声念出毛主席的诗句:"红军不怕远征难,万水千山只等闲。"这首诗描绘了红军长征的艰苦历程,反映了无畏困难、勇往直前的革命精神。我继续说:"在《沁园春·雪》中,他写道:'北国风光,千里冰封,万里雪飘。望长城内外,惟余莽莽;大河上下,顿失滔滔。'毛主席通过这首诗描绘了坚定的革命决心,无论面对多么艰难的环境,都要勇往直前。"

我停下脚步,转向儿子,认真地说:"从曹操到毛主席,他们的诗词不仅表达了个人的情感,更折射出他们面对生活、面对困难时的态度和精神。这种精神,是我们每个人都应该学习的。它告诉我们,无论生活给予我们什么,我们都应该以积极的态度去面对,去战斗。"

儿子聚精会神地听着,似乎被这些诗句中的豪迈情怀所吸引。

三

我们在碣石山上漫步,每一步都仿佛踏在了厚重的历史之上。我告诉儿子,虽然我们回顾历史时往往只记得那些名人英雄,但历史的每一次浪潮,都是由无数普通人的汗水和泪水共同铸就的。

"李大钊和毛主席,在他们的时代中扮演了重要的角色。但他们真正的伟大,不仅仅因为他们个人的成就,更因为他们代表了人民的力量,彰显了人民是历史的真正缔造者。"我望着儿子的眼睛,试图让这个信息深深地印在他的心里。

"看看这碣石山,它见证了无数的历史变迁。但不要忘了,历史是由像我们这样的普通人一点一滴堆积起来的。每个人都有能力为社会作出贡献,哪怕是最微小的努力,也是推动历史前进的力量之一。"

昌黎这个曾经的鱼米之乡,如今已经转变成为钢铁产业和干红酒之乡的典范,展现了一个地区如何适应时代的发展,实现自身的豪迈。昌黎县的变化,不仅是经济结构的转型,更是一次关于理念、精神和价值观的更新。

在昌黎,钢铁产业的兴起,如同新时代的筋骨,坚实而强大。安丰钢铁、宏兴钢铁等企业的发展壮大,不仅推动了地方经济的增长,更为数以千计的家庭提供了稳定的生计,实现了社会的和谐与进步。而干红酒产业的兴起,更是为昌黎县增添了一道独特的风景线。中粮华夏、茅台干红、朗格斯酒庄等企业的聚集,使得这里成为全国乃至世界瞩目的干红酒产区，展现了昌黎县在传统与现代交融中的独特魅力。

而在这一切的背后，是无数普通人的辛勤汗水和不懈努力。他们或在田间地头精心栽培，或在工厂车间精益求精，或在研发中心孜孜不倦，每一个人都在自己的岗位上贡献着力量，共同书写着昌黎县豪迈发展的新篇章。这些普通人，用自己的实际行动证明了，豪迈不仅仅是历史上的伟人的专属，每个人都可以在自己的领域内，为社会、为国家、为民族作出贡献。

在昌黎县的现代化进程中，我们看到了一个地区如何通过不断的努力和创新，实现自身的转型与飞跃。更重要的是，我们看到了普通人如何在这一过程中实现自我价值，展现出属于自己的豪迈人生。这不仅是昌黎县的故事，也是当代中国每一个地区、每一个人共同努力奋斗的写照。

"昌黎县，这片我们脚下的土地，曾经是一个以农业为主的鱼米之乡，"我开始了我的叙述，"但随着时间的推移，它不仅仅满足于此。通过思想的转变和不懈的努力，昌黎县逐渐发展成为重要的钢铁产业基地和干红酒的重要产区。"

我指着远方，那些隐约可见的工业园区和葡萄园。"看那边，安丰钢铁、宏兴钢铁，它们的发展不仅仅改变了昌黎的经济面貌，更为这里的人们提供了大量的就业机会。而这些葡萄园，生产的干红酒远销国内外，成为昌黎的一张新名片。"

我希望通过这些例子，让儿子看到，昌黎县的发展不是凭空而来的，它背后是无数普通人辛勤劳动和智慧汗水的结晶。每一个在自己岗位上努力工作的人，都是这个社会发展不可或缺的一部分。

"你看，"我继续说，"这些变化告诉我们，无论是在哪个领域，只要我们勤劳智慧，勇于创新，就能够为社会的发展贡献自己的力量。不需要成为历史上著名的伟人，每个人都可以在自己的岗位上，实现自己的豪迈人生。"

我希望儿子能够从昌黎县的例子中学到，无论是在生活还是工作中，都应该保持积极向上的态度，不断追求自我提升，为社会贡献自己的一份力量。这也是豪迈人生的一种体现，每个人都能够参与到建设国家、服务社会中来，共同实现个人价值，贡献于国家和民族。

"记住，儿子，"我总结道，"豪迈的人生不仅仅是个人的成功，更是在于我们如何为社会的进步贡献自己的力量。昌黎县的故事，就是最好的例证。我希望你也能在未来的日子里，无论走到哪里，都能以积极的态度和行动，参与到这个时代的发展中去，书写属于自己的豪迈篇章。"

回望碣石山，再看现在的昌黎县，我深深地感受到了从古至今豪迈精神的传承与发扬。我希望儿子能够从这些故事中汲取力量,无论未来走向哪里,都能够记住,豪迈不仅仅是成就一番事业,更是在普通的岗位上,以平凡的行动,书写不平凡的人生。这份理解与信念,将是我给予他的最宝贵的财富。

四

下山后,我们继续在昌黎县探索。我不仅是作为一个向导,引领儿子了解这片土地的变迁和发展,更是作为一位父亲,希望通过这次经历教会他人生的深刻意义。每一步,每一个故事,都是我精心准备的课程,旨在向他展示,无论是伟大的历史人物还是我们身边的普通人,都能在自己的领域内展现出真正的豪迈。

走过昌黎的田野,看着那些辛勤工作的农民,再到钢铁厂边,观察那些日夜奋战的工人,我尽力向儿子解释每一个人的重要性。我告诉他,这些看似普通的岗位,正是社会运转不可或缺的部分。通过他们的努力,昌黎县实现了从传统农业县到现代产业强县的蜕变,每个人都是这个伟大转变的参与者和见证者。

在这个过程中,我看到儿子的眼神逐渐发生了变化,从最初的好奇和迷茫,到后来的敬佩和思考。他开始主动向我提问,想要更深入地了解这些变化背后的故事。每当这时,我的心中都充满了欣慰,因为我知道,这次旅行带给他的不仅仅是知识的增长,更是心灵的成长。

"在今天的昌黎县,我们可以看到现代盛世的缩影。这里的每一个进步,都离不开普通人的努力。无论是在农业、工业还是文化上,每个人的贡献都是宝贵的。"我试图通过这样的例子,让儿子理解到普通人的价值。

"所以,我的儿子,豪迈的人生并不仅仅是成为历史上的伟人。它更在于我们每天的生活中,如何为社会作出贡献,如何在自己的岗位上发光发热。这样的生活,才不会虚度。"我轻轻地说。

五

离开昌黎的前一天晚上,在小旅馆里,我们一起回顾了这几天的经历。儿子说:"爸爸,我以前总觉得只有成为科学家、企业家或者伟大的艺术家才算成功。但这些天,我看到了每个人都在为社会的发展贡献着自己的力量,他们也很伟大。"听到这些,我感到无比的骄傲和满足。是的,这就是我想要他理解的——豪迈人生不仅是追求卓越这些外在的标签,更是在平凡中寻找意义,在自己的岗位上尽自己最大的努力。

这次昌黎之行,不仅让儿子对这个世界有了更深刻的认识,也让我们的父子关系更加紧密。在探索外界的同时,我们也探索了彼此的内心。我相信,这段经历将成为儿子人生旅程中宝贵的财富,引导他在未来的道路上,无论遇到什么困难和挑战,都能勇往直前,书写属于自己的豪迈篇章。

随着夏日的尾声,我不禁回想起这个季节里,与儿子共同经历的点点滴滴。从碣石山的历史探索到昌黎县的现代发展,这不仅仅是一次简单的旅行,更是一次关于人生、梦想和价值的深刻教育。看着儿子的眼神从疑惑到明亮,我感受到了他对生活的新理解和对未来的无限期待。

这个夏天,对儿子来说,是成长的一个重要转折点。他从一个青涩的学生,逐渐变得成熟,开始思考人生的意义和个人的价值。我看到了他在碣石山下对历史人物故事的聆听,看到了他在昌黎县面对现代化成就时的赞叹,更重要的是,我看到了他对于如何在自己的位置上奉献社会的深刻思考。

现在,站在夏天的尾巴上,我对儿子即将开始的新生活充满了期待。我相信,这个夏天的经历将成为他人生中宝贵的财富,引导他在未来的道路上勇敢前行,无论面对怎样的挑战,他都能够坚守内心的信念,用自己的行动书写属于自己的豪迈篇章。

作为父亲,我希望儿子能够记住这个夏天的教训和启示,不仅仅追求个人的成功和成就,更要关注于如何以自己的能力和智慧,为社会带来正面的影响和改变。我希望他能够理解,一个人的力量虽小,但聚沙成塔,积水成渊,正是这些看似微不足道的贡献,汇聚成了推动社会前进的强大力量。

这个夏天,我们一起探索了历史,一起见证了现代化的成就,更重要的是,我们一起发现了生活的真谛和个人的价值。我期待着儿子在未来的日子里,能够带着这份豪迈的精神,走得更远,飞得更高,实现自己的梦想,成就一番事业,为这个世界带来更多的光和热。

悠悠碣石情

李 伟

1973年至今,我在碣石山周边七十里的范围内生活了五十一年。

五十一年里,我经历了对碣石山从遥望到感悟的过程,而且这一过程远远没有结束。

从遥望到仰慕

十六岁之前,我在五十里外遥望她。村里人把她叫作"娘娘顶",隔壁的马二嫂还会讲一个关于皇后娘娘的传说。说是南面有个叫"皇后寨"的村子曾经出了一个皇后,这个皇后是皇帝根据梦境找到的,最初是一个头顶生疮、面目奇丑的女子,光着一双大脚板,经过"黄土庙"时,被风一吹就变成了倾国倾城的美女,经过"尖角"时,大脚变成了三寸金莲。"后来到哪儿去了?"当年我这样问马二嫂。可她说她也不知道,按照路线来看,应该是一路往北吧。我想往北不就是"娘娘顶"了吗?难道这个皇后到山上去了,这座山就叫"娘娘顶"了?

后来不知道从哪里弄了一本残缺不全的《昌黎民间传说》,才发现"娘娘顶"是因云霄、碧霄、琼霄三位仙女而得名,为了争夺这座仙山,她们还和张果老、曹国舅有过一场争执呢。难道山上真的有神仙吗?可正如《童年》中唱的"没有人能告诉我,山里面有没有住着神仙"。既然没有人能告诉我,那我就自己去看吧!

到了初二下学期,学到了曹操的《观沧海》,我才得知连那么有名的魏武帝都曾经登临过碣石山,那么那么慷慨激昂,那么那么豪情万丈的诗篇竟然诞生在昌黎，作为昌黎人的那种自豪感就油然而生了。对碣石山，我已不仅仅是单纯的遥望，而是变成了仰慕。

仰慕，一种更深层次的遥望。

十六岁，我人生中一个非常重要的时间节点。这一年，我离开了生我养我的小村庄，沿着当年自认为是皇后走过的路线，一路向北，向着碣石山的方向出发了。

走近与执着

沿着曾经的西护城河一路向北，那时没有高大的楼房、宽敞的街道，群山像一座高大的屏风矗立在人家的屋顶上，51403部队的营房显得更加庄严肃穆。在部队大院的西北方向，有一座小桥，小桥北边是早点铺，直到现在还经营得非常红火。转过小桥，就是斜插向昌黎一中的小路。

"碣石山文明的光芒，渤海水深沉的乐章，编织着我们的摇篮，亲爱的昌黎一中，一中，我们成长的地方……"碣石山是通过昌黎一中的校歌出现在我的生活中的。三十五年前的一中校园，绿树成荫。我们最初的教室在瓦房里，教室前有一座高度几米的小山，更像是一个盆景。一个月后，搬进了教学楼的四楼，北窗下是一排高大的杨树，再向北望去，院墙像一个镜框一样，把碣石山镶在了天地之间。

秋天，我们徒步去韩文公祠祭拜李大钊烈士。出了东北角的院门，碣石山下，一片辽阔的山野映入眼帘，让我想起老舍的《草原》，"一望无际而并不茫茫"，只是这里的树比草多，山坡上散落着人家，家家院子里都种着花。我们走过村庄，从一座山斜插过去，山上长满了松树。当这种我在初二美术课上学画了一个月的树，成片成片地出现在我眼前时，那感觉就像是茅盾在西北黄土高原初见白杨树一样。此时山风吹来，满山的松树如波澜壮阔的大海，发出阵阵涛声。原来，这就是"绿海无边"，这就是"松涛阵阵"啊！当这些书本上的文字和眼前恢宏的景象融合起来的时候，我的心是震颤的。纸上得来终觉浅，纸上得来终觉浅啊！无怪乎古人说"读万卷书，不如行万里路"。

初次走近碣石山，它竟给了我这如此奇妙的感受。就像海伦·凯勒在井池边，水从她的掌中流过，唤醒了她的灵魂。碣石山的松涛林海一下子激发了我的诗情。我开始疯狂地写诗，给同学写，给朋友写，给老师写，连毕业留言也是一首首的诗。现在想想，我那蹩脚的诗是不是被善意地嘲笑过，而自己却丝毫不知呢？

第二年的春天，十七岁的我终于登上了"娘娘顶"。举目四望，昌黎城尽收眼底，源影寺塔的塔尖依稀在望。后来高楼林立，在山顶已经看不到源影寺塔了。但每次登临，我还是会执着望向塔的方向，因为我无法理解古人为什么用"霞晖窣堵"来形容夕阳下的源影寺塔，还把它列为"古碣石十景"之一。直到读《大唐西域记》，才知道"窣堵"是梵语音译，就是"佛塔"的意思。而此时距离我第一次从碣石山顶眺望源影寺塔，已经过去了三十年。

第一次登上"娘娘顶"，已经不再关心"山里是否住着神仙"这样幼稚的问题了，我第一想印证的是不是在碣石极顶真的能"观沧海"，结果真的是看到了海！东边蔚蓝的天际线上，一带白光在阳光下跃动，正是"白浪滔天"的海啊！可是，"水何澹澹"呢？"洪波涌起"呢？后来我常常思考这个问题，也没想出个所以然来。于是，每次登临，也总要向东眺望很长时间。

有一天我读到"韩湘子借地"这个传说，才豁然开朗。韩湘子为了让家乡人有更多的土地可以耕种，向龙王借地四十里，并说到期必还。龙王就把渤海向东南退了四十里，昌黎人民借这些土地，把昌黎变成了花果之地，鱼米之乡，生活日渐富足。到该归还的时候，韩湘子不忍乡亲们再受苦而爽约，才引出八仙过海，与龙王斗法。这个故事形象地解释了沧海桑田的变迁。

一座山，一方塔，一首诗，一片海，竟然曾经令我如此执着。

追思与畅想

上大学时，我曾经两次横穿五峰山和娘娘顶。

第一次是在秋天，从五峰山山麓直上，穿过庄窠顶上齐腰高的菅芒花（几十年来我都认为那是芦苇）直达娘娘顶，再下碧云峰，直到宝峰山的水岩寺而下。这一路高峰峻岭，深谷幽壑，风光旖旎，景致无穷。"水岩春晓"虽然没有看到，但秋日余晖下的水岩寺，在苍松翠柏的掩映下，更加幽深宁静。

第二次是在春天，穿过水岩寺拾级而上，直达娘娘顶。这时芳草遍地，菅芒还没有长高，视野反比秋天更开阔。满目青翠，苍鹰在脚下的山谷中盘旋，觉得自己也像是飞起来了。再由平斗峰直下，到韩文公祠歇脚。以前来的时候，不是所知甚少，就是匆匆而过，那天时间尚早，我决定在这里多停留一段时间。

这座岁月斑驳的祠庙显得寂寥破败。抚摸着李大钊用过的石碾、石桌，瞻仰着简单的行李、发黄的文稿和报刊，我思潮翻涌。

这位心系着天下苍生、心系着民族危亡的年轻人，从十六岁开始八上五峰山，或游览，或避难，或战斗。他的武器是一支笔。他从事的是一项伟大的事业，一项艰苦卓绝的事业；他说"试看将来的环球，必是赤旗的世界"，他为了这个世界，慷慨就义！他已经化作了擎天凌云的碣石山，引领着中国人民为民族的解放和国家的繁荣昌盛奋勇拼搏，砥砺前行！

　　因此，再上碣石山，我仰慕的不再只是峻峭秀丽的风景，不再只是"儒、道、释"三教合一的文化，更多的是英雄的卓然风骨。

　　中国共产党百年华诞，我再次登上五峰山，韩文公祠已修饰一新，李大钊革命活动旧址得到更新改造。阳光照耀着飘扬的国旗和党旗，照耀着烈士"铁肩"的雕像，他坚毅的面容和宽厚的双肩让我感到了一种责任。

　　现在，我已经登不上碣石山山顶了，但我相信在山顶上一定能看到一个崭新的昌黎。西部工业园区的钢铁企业正在崛起，南部的蔬菜种植已成规模，东南沿海的水产养殖不断扩大。皮毛交易日益繁荣，食品加工企业沿205国道一路同行，晶莹的葡萄甜醉了远方的客人，醇美的红酒飘溢着浓郁的芬芳。新农村建设日新月异，交通航空飞速发展，卫生文教蓬勃生春……

　　我亲爱的父老乡亲们，正以一颗颗拳拳的赤子之心，怀着碣石山般深沉坚定的豪迈情怀，把光荣和梦想镌刻在共和国的旗帜上。

　　碣石山下，一个富强、民主、文明、和谐、美丽的昌黎正在阔步向前！

城市有耳

林文钦

在声音变幻中体验昌黎，可以感受城市成长的文明节拍。

每一个经典的城市，都应有所处时代的声音表达，就像那些在历史中风化了的城市记忆。只要那些老市民闭眼想象一下那时的民房、街道，然后感慨改革开放四十多年以来时代的变迁和生活的幸福。

在昌黎培训的时日，我见证了城乡在现代化进程中的不凡演绎。大小建筑工地，轰轰烈烈的挖掘机和脚手架，指挥台上响起的开工哨子，太阳在头顶上缓慢地移动，天空中飞过的鸟群……拆迁和重建，像在城市上空频繁吹响的起床号和冲锋号，而这种号角却在这里演变成了若干新的楼群、新的马路、新的公共设施。在这一过程中，城市建设也由单一的号角演变成了宏大的交响乐。

日复一日地，耳朵里的城市在周而复始地奏鸣时代乐章，车轮声、机械的轰鸣、流行音乐以及各种人声组成的市声，这种繁杂的声音里面别有一种铿锵的力度，很像动车车轮向前奔跑时的音律，很能激发人的想象。我有时想，时代在前进的时候，不仅会留下万象更新的物证，在前进的过程里面也是有声音的，这种声音伴着光彩、热度、力度，在生活的海洋里全方位地开花。有时我心想，尽管我们无法抗拒城市的喧嚣，但这又何妨呢？对于一个心智健康的人而言，城市的喧哗不正交汇成一支摇滚乐吗？

一个人独处时，我不由打量起昌黎——古老而年轻的北方海滨小城，我细听她发出的声音，竟发现其中蕴藏的独特味道。那些消失的声音已经永远消失，保存下来的声音，如地秧歌、民歌小调、贩夫走卒的吆喝声，随着生活方式的剧烈变迁，渐渐成为老一代人的回忆。"磨菜刀""补雨伞""箍桶哟"……这些城乡接合部最熟悉的吆喝声，它隐匿于街头巷尾，带着最本土、最亲切的记忆，曾散发着过往岁月的芬芳。市场经济的浪潮风起云涌，城市的小街上又飘荡起一种新的吆喝："收购旧桌椅、老家具、红木家具……"最有趣的是，吆喝声中夹杂着南腔北调，各具特色，抑扬顿挫。这声音听起来就是精彩的小品相声，不啻是一种原汁原味的艺术享受。

　　城市的蜕变需要漫长的过程，当昌黎开始逐渐长大变强，我慢慢学会了倾听：城市的新生，正在市民身边。跟着这多元化的城市声音，我们可以去探寻它的成长脉络。复式调的声音里，隐藏着城市的长和城市的深，以及与这个城市一起成长的文化。在城市里，文化大讲堂、网络文学论坛、新媒体展示周等文化品牌活动方兴未艾，吸引着我加入了"听讲座一族"，独享属于自己的精神生活。

　　城市的声音尽管纷繁，而我仍然用心去感受，感受那难以抗拒的诱惑。当我站在城市的边缘，如同站在大海的边缘，海浪轰然巨响冲击耳鼓，这种声浪对于生命的洗礼是何等彻底！尽管我在城市边缘感受到的，是一种把我排斥在外面的声浪，但它常给我一种说不清的斗志。

　　春日的清晨，我悠闲地步入东山公园，感觉到这里的声音悄然更换了音色。晨风中，公园广场上飘来了激扬的旋律，退休大妈们在动感激情的《好日子》中翩翩起舞。富有音乐细胞的姑娘们，拉响了手中的手风琴，优雅的琴声掠过清澈的眼镜湖面。晨光抚摸着城市，树上早叫的鸟鸣，卖早点的叫唤声，又像是城市交响曲中突然插入的轻快小调，突然间让我精神一缓，心情随之放松。当日午后，我聆听了社区诗歌朗诵会，开场的一首《观沧海》就让人心旷神怡。想来，现代城市是复杂而和谐的，不同音色的声音组合在一起，传统文明与现代城市的交融，让我觉得这声音是如此灵动而亲切。

　　作为昌黎的客居者，我的耳朵是有福的。在城市公共文化体系完善后，我在城区里聆听的时间多了起来。我的耳朵里，不再是多年前单调的地方戏和影视配音。当我充分打开自己的耳朵，敞开自己的心灵，所听到的不仅是天籁音乐声、朗朗诵读声和铿锵讲演声，更是城市文化拔节成长的声音。

　　城市在扩展，建筑在拔高，这是发展年代必然发生的景象。像火车站、汽车客运站、音乐喷泉广场等公共场所，它们发出的声音并不仅是动人的乐章。工业园的敲敲打打声、华联购物中心的促销广告、昌黎大道的车来车往声、戏院街扩音器的叫卖声……每一种声音，都增加了城市音响的分贝。而这些纷繁的景象，却又掩盖不了城市的休闲品质。在昌黎，这座被誉为"常来看一看"的小城，四处流淌着如同葫芦丝般丝滑的声音。当你走过一个个茶馆、休闲厅、便利店，观察着每个市民匆忙而祥和的表情，每个表情都是一个音符，共同汇成了这座城的淡雅之音。这种声音的节奏是慢的,乍听起来,有着下午茶的慵懒,仔细回味,却发现在这慵懒之中,有着数不尽的安宁与恬淡。

走在昌黎的大街小巷,迎面而来的是荡漾着五颜六色的笑脸,那争奇斗艳的姿势,像不谢的鲜花一样,盛放着欢欣的表情。

昌黎,昌黎。我默念着这因碣石文化而闻名的县城,不由怀想起它带给我的几个感动时分。

一次是前年的秋日。在碣石中学的大操场,去看助学公益演出中的焰火表演。焰火打到高空中的隆隆响声,人声一浪高过一浪的欢呼声,在那一刻,我像没有见过世面的小孩子一样惊奇地睁大了眼睛,仿佛看到只有梦中才可能出现的幻象。那样的光亮,那样绚烂,好像整个银河系的星星都落在了这一片上空,来自四面八方人群的欢呼,足以把一个人的情绪从头到脚都浇透成欢快。原来,欢快是不问来源的,更是不分地域、不分民族的,汹涌成了一个喜悦的汪洋。

再有一次,是在县艺术中心看演出。我踏着厚实的红地毯,靠在宽大的座椅中,屏幕上正放映着《大美昌黎,幸福碣石》的城市旅游宣传片。画面聚焦着各个民族的脸孔,汇集着碣石文化的要素,它们分布在老街新城、院校民居,在工业园区,在城市的各个角落,相互融合,相互撞击,相互渗透,相互交汇,不断排列组合成一批又一批新的带有本土特质的要素,它们在昌黎这块得天独厚的土壤生根、开花、结果。

昌黎,是一座总会让人感动的幸福之城,因为它凝结了太多的故事。故事,是改革开放四十多年发展间的事,但它们带来的感动总是常驻心间。

当我坐着车子在市区观光,一个个养眼的情境在视线中掠过:民生广场、碣石国家公园、圣蓝海洋公园、源影寺塔、博物馆、滑冰馆、中瑞影城、灯塔乐园……车水马龙的街区,一幢幢刚刚崛起的高楼大厦;白昼的生机盎然,黑夜的五彩斑斓。我忽然觉得一直埋藏在心底而又怯于开口的热爱,以及深刻的幸福感油然而起!

古意而新潮的昌黎,它日新月异的发展汇成一首大型的交响乐,汇成一曲更新更美更动听的"新时代颂歌"。

混合多种色彩的声音,记录了昌黎成长的历程,也融入了市民复杂的文化情怀。前日,我听在县融媒体供职的朋友于君说,他将城区大街小巷录入的数十小时的声音重新剪辑编排再放出,在耳机里再现的是一个完全陌生的城市。其中,大家听到的城市声音并非枯燥乏味。通过声音的再现,那些被掩盖在"众声喧哗"里的城市细节,以及隐藏在声音背后的城市表情和情绪都别有一番滋味。

"城市，明天会更美好"，这个目标离人们并不遥远。只是昌黎在发展进程中，要经历一些时代的变奏。我要告诉你的是，城市的声音并不比自然天籁缺乏韵味，关键是你要练就一双能闻善听的耳朵。

昌黎的宏大叙事与小城故事

郭 菲

和很多人一样，我初识昌黎，无非是通过初中时学的那首《观沧海》。

回想起来，对这首诗，我的印象总是会比其他同学更深上几分。1997年元旦，学校举办新年晚会，要求每个班必须出一个节目上台演出，当时我们正值初三，面临巨大的中考压力，语文老师兼班主任不打算在此事上费神，便安排三男三女共六个同学，以朗诵三首诗词的方式做一个节目。其中一个男生是我，其中一首诗便是《观沧海》。

虽带有应付性质，但为了朗诵出真情实感，我们还是在此事上着实下了一番功夫，外加演出男生中正好有一人名叫周洪波，我们不时拿其中诗句"洪波涌起"对他打趣，于是，我便对此诗有了些特别的回忆。

不仅如此，20世纪90年代，《吞食天地》《三国志》等三国题材的街机、电脑游戏风靡全国，成为男孩子们热度不减的话题，《观沧海》的作者曹操，作为游戏中武力、智力、统御力等综合数值最高的人物，人气颇高，使得与之相关的三国题材课文也成了我们眼中的瑰宝。

我还记得，《观沧海》的配图正是曹操伫立于碣石山山崖边远观沧海的一幕。"日月之行，若出其中；星汉灿烂，若出其里。"随着课堂上整齐划一的念诵声响起，魏武帝策马扬鞭的场景便情不自禁在我心中涌现，顿觉豪情万丈。

我爱上了这首诗。可在那个信息并不发达的年代，我并不知道，碣石山所在的地方，叫作昌黎县；也无从得知，原来除了魏武帝曹操，历史上还有其他一众帝王将相，亦纷纷视此山为圣地，不惜花费千里脚力前来登临。

年少的我，缺乏一种宏大叙事的视角，但随着年龄和阅历的增长，我与中华传统文化的缘分愈发深厚。研究生毕业之后，我成了一名大学教师，2014年，一个偶然的机会，我被国家汉办（孔子学院总部）选中，外派至印度理工学院甘地分校从事汉语和中华文化教学。自此，全面而深入探寻中华文化，成为我的事业，也成为我的热爱。

在印度，面对这个文明古国璀璨而厚重的传统文化，我常常被一种"不甘落后"的家国情怀所驱使，发自肺腑地利用一切可能的机会，向印度的学生传播同样博大精深的中华文化。其中当然包括诗词歌赋，于是《观沧海》，再次成了某堂课的主角。

面对外国人，我很难用英语向他们讲透诗句中细微的汉字之美、平仄之美、对仗之美，这进一步促使我必须用更宏大的视野来对其解读，让印度学生接受并喜爱中华文化。于是，诗歌相关的地理坐标、历史背景、精神价值和知识延伸，成为我的主要备课方向。那些原本我并不了解的关于昌黎、关于碣石山的更多故事，在初识《观沧海》二十年后，被迅速"恶补"了起来。

原来，早在战国时期，此山就已经被世人传为仙人隐居之所。秦始皇为了追求长生不老之术，来此登山求仙，为碣石山作了一番最好的"炒作"，惹得后世帝王纷纷效仿。曹操北征乌桓胜利后，便顺便去这"网红地"以吟诗的方式"打卡"，抒发胸中豪情，而《观沧海》也只不过是其《步出夏门行》组诗中的一部分而已。

除此之外，据记载，还有汉武帝、唐太宗等多位帝王登顶碣石山，可惜他们在文采上"稍逊风骚"，无力留下诗篇供后人铭记。

反观魏武帝，一口气作那么多诗，你说，凯旋的曹孟德，当时该是何等的意气风发。

如此探寻中华文化，又是何等生动，何等有趣！

2016年8月，我从印度回国，根据工作安排，第一站需到北京的国家汉办（孔子学院总部）述职。时值暑假，在述职完毕之后，我便趁机在北京及周边旅游一番——位于河北省的秦皇岛市昌黎县，成为我的其中一站。

久别重逢的祖国大地，突然从我的PPT变为了活生生的体悟，又逢经济社会日新月异发展之时，那段时日，我心中总觉有一股豪情不吐不快，总觉祖国山河大地、英雄豪杰皆在自身血脉中流淌。那碣石山也仿佛在召唤我，若能登顶其上，一定更能设身处地感悟两千年前那位枭雄所感，更能体悟中华优秀传统文化之宏大叙事。

于是我只身来到了昌黎——这个以"黎庶昌盛"命名的地方。

这是一座充满生机与活力的海滨小城，宛如一颗璀璨的明珠镶嵌在渤海之滨。

到达时，已是傍晚时分，在街头美美品尝了一顿特色小吃——金杂酱之后，暮色便已四合。华灯初上，整条滨海大道宛如一条璀璨夺目的玉带延伸出去，在海风的轻拂中，散发出迷人的光芒。远处，碣石山在夜幕下显得影影绰绰，透出一股神秘而庄严的气息，犹如一位守护神，静静地守护着这片土地。

在很长一段时间，我是将"昌黎"与"碣石山"画等号的，仿佛除了此山，这座小城再无他物。可当我两日来行走于灯火阑珊处，漫步于人间烟火中，我才意识到，这种刻板的认识，有些浅薄，有些傲慢，也带有对这座城市的不尊重。

昌黎之美，系于历史的宏大叙事，也系于由黄金海岸和特色产业编织而成的小城故事。前者，需要用脚步去丈量；后者，则需要用真心去体会。

身居西南内陆的人，很难体会北方海滨城市的调调，即便上海、深圳这样的沿海城市，忙碌的人们也难得起心去海滩待上一阵子。但昌黎的黄金海岸不同，那些烦躁于难耐酷暑的人，那些疲惫于长途跋涉的人，那些困顿于心灵迷雾的人，总会怀着无限期待，从四面八方纷至沓来。他们抚触丝滑的海水，踩踏调皮的沙子，沐浴轻柔的凉风。不自觉间，恋在境中起，情从心中漫，便注定依依不舍，在这片"大海与沙漠的吻痕"中享受与蔚蓝海天和谐相处的天籁。

大海馈赠了养眼的景致，也馈赠了丰富的物产。放眼望去，海面上漂浮着密密麻麻的渔船。这些渔船，如同大海的使者，带来了新鲜的海鱼、海虾，以及贝类，也带来了渔民们的笑脸与期盼。码头上，海鲜市场的繁忙景象更是引人注目，一笼笼、一箱箱刚从海里捕捞上来的海鲜，整齐地摆放在市场的摊位上。那鲜艳的鱼鳞和贝壳在阳光下闪闪发光，仿佛在诉说着大海的神秘与伟大。空气中弥漫着海鲜特有的咸鲜味，与市场的喧嚣声交织在一起，谱出了一首海滨小城独有的交响曲。渔民们忙碌地将捕获的海鲜卸下船，随后迅速地送往市场。这些海鲜，有的会直接运送到附近的餐馆和生鲜市场，为食客们提供美味佳肴；有的则会进入加工车间，经过一系列的处理和加工，变成各种海鲜制品，销往全国各地乃至海外。

心血来潮间，我主动结识了一个渔民——一个三十岁左右的黝黑汉子。他说，他从小在海边长大，以捕鱼为生，虽然工作辛苦，但他对大海有着深厚的感情，喜欢在海上漂泊的日子，也喜欢与家人分享满载而归的喜悦。怕我不相信，他还迫不及待地向我展示昌黎扇贝的地位："扇贝界有这样一个说法：世界扇贝看中国，中国扇贝看河北，河北扇贝看秦皇岛，秦皇岛扇贝则要看昌黎。"

这是昌黎人的自信，在大海的滋养下，他们鲜有大城市人的距离感。他们勤劳朴实地经营着自己的生活，也心胸开阔地欢迎着远方的客人。

昌黎还是著名的干红酒之乡。这里的葡萄种植历史悠久，得天独厚的自然条件为葡萄的生长提供了优越的环境。在碣石山背风坡下的葡萄沟，我看见一排排葡萄架整齐地排列着，葡萄藤蔓缠绕其上，绿叶间挂满了紫红色的葡萄果实。这里的葡萄品种繁多，有巨峰、皇家秋天、红宝石等世界著名的葡萄品种，也有本土培育的龙眼和一些叫不出名字的品种。这些葡萄在适宜的气候、土壤和阳光的共同作用下，孕育出了浓郁的果香和深邃的口感，再经过精心修剪和采摘，为酿造高品质的干红酒提供了优质的原料。每年的葡萄收获季节，果农们脸上都洋溢着丰收的喜悦，人们欢聚一堂，品尝着美酒佳肴，共度欢乐时光。

我采访了一位老农，他说，他和妻子、儿子都住在葡萄沟附近，每天清晨，他们会一起到葡萄园工作，虽然生活节奏缓慢，但这种简单而充实的生活让他们感到非常满足。他还得意地说，昌黎干红葡萄酒远销海外，想到遥远国度的人们品尝昌黎葡萄酒时陶醉的模样，那里面有自己的一份功劳，就会觉得自己所做的一切充满了意义。

听说，红酒酿造技艺在昌黎已传承了上千年，直至今日发展为当地的支柱产业。若是细细了解，你会更加惊叹，原来，昌黎是中国第一瓶干红葡萄酒的诞生地，"昌黎葡萄酒"是全国葡萄酒行业第一家国家地理标志保护产品。这份殊荣，源自于昌黎人精益求精、追求卓越的工匠精神——当地酒厂凭借精湛的酿造技术和严格的质量控制，将新鲜的葡萄转化为醇厚的干红酒。酿造过程中，每一个环节都凝聚着酿酒师的智慧与心血，从葡萄的采摘、发酵到陈酿和调配，无不遵循着极高的标准进行，方才使得酿好的干红酒色泽鲜艳、口感醇厚，具有浓郁的果香和橡木桶香气，回味悠长。

仁者乐山，智者乐水。在中国，鲜有城市能像昌黎这般，将好山和好水于咫尺之间交互，于同一张画卷上描摹。如果说，山给昌黎注入了史诗般宏大的气质，那么，水便给昌黎谱写了情书般灵动的故事。

诚然，仅仅两天的浮光掠影，还远远不够我去发掘这座小城的美好。但作为一个外地游客，站在中立的角度，将昌黎的宏大叙事与小城故事融合讲述，或许也能给生活其间和关注它的人们带来一些别样的思考。

如今，离我的昌黎之旅已然过去了七八年的时间，乡村振兴、环境保护和民生改善等元素又给这里带来了全新的气息，相信乘着新时代的春风，今日之昌黎，一定比那些年更加繁荣富足。

可叹秦皇汉武、魏武唐宗，他们登临了这座小城的地理至高点，却何来福气享受此地今日之"黎庶昌盛"。

我与昌黎的缘分

刘 朴

初识昌黎

我第一次到昌黎,是在1979年秋天。印象最深的,便是那高入云霄的古塔。

我那时候在承德县文化馆工作,主要业务是文艺创作。那时候,"文化大革命"刚刚结束,各行各业百废待兴。文化馆的馆长听说昌黎县挖掘民间艺术,皮影演出和新剧本创作很有成绩,就决定带我们去参观。同去的还有一位姓刘的农民,他也是从事皮影演出的。

当时的昌黎县城什么样,我已经记不得了。第二天早晨,我从旅馆出来,一眼就看见了那座巍峨的古塔。

在一大片鳞次栉比的房屋之中,这座塔显得高大突出。在清晨的阳光下,它那黑色的塔身,高耸的姿态,令人景仰。只是,周围都是封闭的院落,我转了一圈,竟然找不到入口。所以,塔身上的装饰,构造特点,我只能从外面了解个大概。当然,我当时还是个对文物懵懂无知的小伙子,对古塔这类古建筑兴趣寥寥。

多年后,我从昌黎的朋友那里得知,这塔叫作源影寺塔。据说原来有一座寺庙叫作源影寺。它的建造年代大概为辽代。

多年后,这座古塔在我对昌黎的印象中占有相当的分量。

昌 黎 的 人

从1979年开始，我算是对昌黎有了接触，也就接触到昌黎的人。

第一个人应该是当时的昌黎县文化馆馆长王世杰。

我们坐了一天的火车、汽车，到达昌黎县城已经是晚上了。第二天上午，打听着找到县文化馆，王馆长先是感到意外，然后是极为热情。他说："天下文化是一家，你们来我们这里参观，我们感到荣幸。"他介绍了昌黎县的群众文化尤其是皮影艺术，原来他就是皮影专家。说起皮影的渊源、皮影的传承，如数家珍。最后，他打开橱子，搬出来几十大本皮影剧本（也叫影卷），我们钦佩得瞠目结舌。

我们的馆长说，咱们既然来了，取到真经了，就不能空着手回去。怎么办？抄吧。当时既无复印之术，又无照相之说，我们就在昌黎县文化馆的一间小办公室里，闷头抄了起来。三天后，抄写了洋洋几十部，我们馆长高兴得合不拢嘴。

我接触的第二个昌黎人叫王恩林。

1988年，河北省文物局在承德市营子区柳河岸边的四方洞举办旧石器考古培训班，来自全省各地的文物专业人员几十人会聚一堂，昌黎的这位就是县文保所的王恩林。他比我大几岁，当时不到40岁。

王恩林给我的印象，就是两个字：认真。上课时，他认真听讲，记笔记一丝不苟；下了课，拉住主讲老师问个没完。到了洞里的发掘现场，王恩林戴个大草帽，手拿小铲，低头一干半天不直腰。发掘当中，需要用筛子把探方挖出来的土一遍遍地筛，如果有一块骨头，一颗牙齿，或者一件石器，都是重要成果。王恩林太仔细了，不但用筛子筛，还用手摸，用鼻子嗅。培训班结束的时候，他当之无愧地被评为优秀学员。

2001年，我被河北省文物局选派去重庆丰都县参加三峡考古，在石家庄集中的时候，没想到遇到了王恩林，这太让人高兴了。在三峡考古的工地上，他还是那个姿态：微弓着腰，紧握着手铲，眼睛紧盯着探方，精神高度集中。当然这样一天下来，也最累。他的这种精神让我们佩服。

王恩林很爱说。闲聊的时候，我听说他对地方方志学很有研究。他是滦县《滦河文化》的特约作者，经常写一些考证文章发表。这让我更敬佩他了。而且听说，自打参加了承德四方洞的旧石器考古培训班，他潜心钻研，现在已经是省内颇有名气的旧石器时代考古专家了。

2008年，第三次全国文物普查河北普查队转战到承德。我是全省首批13支队伍中第一队的队长,手下有两名队员。春天,我们和另一支队伍分配在承德县。按照省里部署,7月转移到沧州地区,9月又回到承德。在承德的第二个回合我们被分到了丰宁县。我的队员换了,来了一个大个子,叫齐学军,是昌黎县文保所的业务人员。

那几天我的情绪很差。一是在结束沧州的短暂休整中,我去医院看病,诊断为慢性萎缩性胃炎。那个漂亮的女医生说,这病治不好。二是来到丰宁,并不像在别处那样被招待,吃一顿接风饭后,就再也不管了。我们只好自己找饭馆,这让我觉得特别失落。三是我在家安了一个假牙,在丰宁一个小饭馆吃饭,"当啷"一声,那假牙竟然掉了。找到一个牙科诊所,那黑黑的汉子扔掉烟头,竟然连黑黄的手都不洗,就给我装牙。

那时候,正好河北省长城调查队也在丰宁。长城队里有我先前的一个队友,叫冯琰,也是昌黎人,他请我和新队员齐学军吃面条,说齐是他姐夫,要拜我为师,要求关照。这大个子是个什么样的人呢?

我们在丰宁县城只待了一天,就奔赴乡下。在接下来的普查日子里,我发现这齐学军有三个特点。一是话少。平常日子基本是少言寡语,不问不说。二是聪明。他负责遗址拍照和电脑录入,上手几天就非常熟练。三是肯干。发现遗址后,他除了捡拾标本,还要找到最佳拍照位置,有时候需要爬到悬崖上边。每到住地,不用吩咐,他就拿起标本袋去清洗。而且他力气大,每逢搬家,他总是抢最重的搬。

普查中间集中的时候,又接触了几个昌黎的队友:徐永江,石守仁,王明奎。在全省总共不到百人的普查队伍里,竟然有4个昌黎人,这个比例在全省文保所中位列第一,这足以说明昌黎的业务力量之强。

又 到 昌 黎

2009年8月,河北省在秦皇岛和唐山两市同时进行文物普查。我们和另外4支队伍被分到了秦皇岛市的青龙满族自治县。

小齐说,到了他的家乡了,必须去昌黎看看。几天后赶上周末,本来我们是不休周末的,小齐说单位来电话,正式邀请我们。我们就收拾了一下,坐班车来到昌黎。当天晚上,县文保所置酒为我们接风。我们见到了小齐的媳妇,也是文保所的副所长,一位干练爽快的女性。同桌还有在昌黎调查的几支队伍,我和另一位队长、河北省文物研究所的赵战护随便聊了昌黎的历史，小赵说："了不得！才来几天，就发现旧石器了。早期遗址到处都是。"已经退休的王恩林赶过来，让我很是高兴。饭后王恩林又来到旅馆，我们一直聊到深夜。

第二天，昌黎县文保所为我们安排了三项内容：上山、下海、品葡萄。给我们当向导的是一个奇怪的人：他只有一只完整的胳膊，却走路飞快，说起昌黎的历史和掌故，滔滔不绝。

昌黎的山很多，最著名的当然是碣石山和五峰山，而且两山是连在一起的。看到碣石山，当然想到曹操那首著名的《观沧海》，毛泽东的"东临碣石有遗篇"更把历史与文化推到了极致。

我们一直登到了碣石山的最高处。据说这里原来有水岩寺，现在仅存遗址。旁边的悬崖上刻着"碣石"二字，不知何人所刻。这座紧临大海的山海拔不到700米，却显得巍峨险峻。东望大海，不禁想到曹操的胸襟。那些嶙峋的怪石，险峻的磴道，把我们引向历史的深处。

旁边的五峰山因为五座山头并列而得名。其中最著名的就是李大钊曾经在此停留、居住。我们在山半腰的李大钊纪念馆参观，耳边似乎回响着他那著名的诗句："铁肩担道义，妙手著文章。"关于这位革命先驱，我以前在乐亭县的李大钊纪念馆也曾瞻仰过，今天在这大海之滨，再一次聆听那些来自"觉醒年代"的声音，自然是心潮澎湃。

五峰山上最著名的自然景观，莫过于玉液泉井。据向导说，其地先后建有圆通寺和韩文公祠。玉液泉井在祠宇背后所依的峭壁根处，居于峭壁东部的一道高坎之上。峭壁根处原有三眼泉井，分别坐落在西、中、东部的峭壁底部。对这三眼泉井，李大钊在《游碣石山杂记》时有详细记述："盖闻祠后故有三泉，今仅存其东西二者，中泉正与祠宇相值，巍石壁立，有小泉突出石隙，可一尺。尤侗题壁诗云：'五峰青不断，引入白云中。春后山崖雪，秋空海上风。三钩菩提井（祠后有泉三口），一尺大夫松（石隙进松长仅尺许，寺僧云已数十年矣）。怪石排如笔，森严拱巨公。'而范氏诗中亦有'三泉涓涓清且涟'之句，则松与泉已久供诗人吟咏之资。泉水自石罅流贯入口，浸润松根，收天然灌溉之利。厥后泉忽涸而松亦随枯，工人伐木，辄加雕斲成龙形，置案上，为存一故迹也。"20世纪40年代后期塌毁后，西井湮没，东井尚存。其井口为石砌，深不足丈，却常年玉液满盈，泉水甘甜喜人；在井的上方壁面，镌有"玉液泉"三字。1987年，韩文公祠重修一新，玉液泉井继续使用，成了远近游人凭吊、歇息的地方。

从五峰山东望，众山逶迤，烟岚渺渺。

下了山，我们分坐几艘小艇，去县城旁边的海上游玩儿。小齐带着他的女儿，一个乖巧可爱的女孩儿。到了海上，长期野外生活带来的疲劳和困顿一扫而光，面对海天一色的汪洋，大家豪情大发，吟咏起那些古人描写大海的诗篇。

然后，昌黎的朋友们把我们带进了一条长长的山沟，啊，满沟都是葡萄！据说近年来昌黎的葡萄酒产业非常火爆，先前小齐曾经让我们喝过昌黎生产的"张裕赤霞珠"红葡萄酒，味道纯正，质量上乘。这铺天盖地的葡萄，对当代现代化产业的规模和发展作了最好的诠释。我们在葡萄架下穿行，品尝着种种风味的葡萄。我发现，家家葡萄架下的圆桌上都摆着大瓶小瓶的"干红""干白"，随口问了句："这酒好喝吗？"那家主人立刻打开一瓶，倒出半杯让我喝。

在这醇香浓厚的葡萄世界里，想不醉都难！

离开昌黎又有十多年了，深刻而美好的印象却长存在记忆里。说起昌黎，人们会脱口而出：黄金海岸，人文历史。而我却觉得，渤海之滨的旅游胜地昌黎，除了美好的风景，深厚的历史，最可爱的，是昌黎的人！

我的碣石，我的山

孙永秋

当火车窗外故乡连绵的山峰映入眼帘时，我心中总会涌起莫名的激动，因为这是我的昌黎，我的碣石，我的山！

从县城火车站下车后，需要在民生街往北步行一段时间到停车处。临近八旬的老父亲这次也来接我。父亲和侄儿在前面引路，看着城北的高大的碣石山和父亲佝偻矮小的背影重合到一起，恍惚间，我好似又回到了20世纪90年代——1991年，父亲第一次带我登碣石山……

我的老家，冀东北平原一个叫绕湾的小乡村，位于昌黎县城西南，直线距离县城大约12里。从村中任何一个角落，往东北望去，都会看到一座高耸入云的大山——碣石山。昌黎碣石山虽不在五岳之列，但素有"神岳"之美誉，主峰仙台顶俗称"娘娘顶"，位于昌黎县城北大约3里，因毛主席的"东临碣石有遗篇"和曹操的"东临碣石，以观沧海"而闻名遐迩。

当时，由于升普通高中无望，中考后的我颓废起来，每天过得浑浑噩噩，除了跟父母去地里干农活儿，几乎就是不出门了。午后常常自己一个人坐在后门槛上，看着北面山峦发呆，并且透露出想辍学去打工的意愿。父亲是个普普通通的庄稼汉，有一门泥瓦匠手艺，农闲时，早出晚归，和其他匠人一起揽零工。不过，我的异常表现还是引起他的注意，一天晚饭后，父亲把我叫到屋外去走一走，那一晚是他跟我说话最多的一次……

第二天清晨，没有活计，父亲要去县城给奶奶抓中药，就带了我，并打算先去登碣石山。

破旧的二八大杠有节奏地响着，清晨的微风拂过面庞，凉丝丝的感觉让我的心情稍显好转些。父亲在前面骑行，微微弯曲的背影和前面的碣石山重合在一起，好像父亲抱着山，又好像父亲就是山。

一路上，父亲断断续续地跟我说起他的故事：……他出生于旧社会，在那个特殊的年代，虽然本人学历是初中，但是入学需要政审，由于自己出身地主，无法上高中，自己也难受好几个月，茶不思饭不想，都到快要自杀的地步了，后来自己登了娘娘顶（我估计他当时想跳山），才逐渐想通了，回到生产队务农，并跟师傅学习瓦工手艺养家糊口……

正听父亲讲得意犹未尽，转眼间，就到了山底下的碣阳湖。此地距离山门还有几百米的陡坡，我俩只好把自行车寄存在老乡家里，步行上山。

穿过当时还没有修缮的千年古寺——水岩寺，就算真正开始登山了。我们爷俩沿景区路曲折向上，边走边赏读两边山体上的很多石刻，从那些不同字体的碑刻中更多地了解碣石山的前世今生。

时值初夏，曲径通幽，山间披红挂绿，万千色彩在丽日晴空下交融汇聚，成就了碣石山的醉美风景。

开始登山大约在早上 7 点，那时我浑身都带着清爽的气息，劲头十足。不一会儿，父亲看起来还好些，而我就有点儿气喘吁吁了。

只得让父亲迁就着我，边爬山，边休憩。不断回望着山底的碣阳湖，湖面大小已经从初起的伞面变成车轮啦。

山路越来越崎岖陡峭，我也越来越口干舌燥，初登山的兴奋和新奇都被身体的不舒服占据了——浑身油腻闭塞，嘴里好像含了一把干面粉，连唾液都似乎停止了分泌。我开始抱怨起父亲不带水壶来，父亲走过来，轻轻拍我肩膀：儿子，我当时的感受也这样啊！我只得勉强振奋起精神，重新跟上父亲的脚步……

突然，左手边出现了巨大的岩石平面，恰似一面巨大的瀑布，让人叹为观止。只见巨崖凌空而立，与半山腰的平台几乎垂直，仿佛武夷山的晒布岩。崖的阳面都是连体巨石，寸草不生，崖顶却苍松翠柏，林木丰茂。崖体上有一条人工凿出的浅浅的石阶路。说它浅，是因为石阶宽不过十几厘米，仅容手脚并用一阶阶上攀，我不敢有一丝马虎，回望时更有些胆战心惊。

悄然间，我发现此时父亲已经在身后了，我回过头问父亲也累了吗？父亲先是一错愕，后又微笑着点点头。后来，我明白，父亲这是担心我的安危！在时刻为我保驾护航啊！

爬山，出汗，出汗，爬山，再一次回望山底的碣阳湖时，已经变成盘子大小啦。

"看哪，解脱岭！"父亲让我抬头。我抹了一把脸上的汗水，左右甩了下头发，向上看去，几块巨石横亘在上山的路上，狭小逼仄的路蜿蜒穿过。最大的一块巨石上刻有"解脱岭"字样。不知从哪儿来了一股劲儿，我脚步紧急起来，任由汗水滴落在摸踏过的岩石上，穿梭登上了解脱岭的岭顶。

岭顶是一个山腰小平台，视野开阔，一阵阵清风窜袭而来，仿佛打开了周身千万个毛孔，让我浑身通透，好似浸入冰水里，又好像飘乎在云中。我想，大概升仙的感觉也就这样吧？父亲看出我轻松了许多，示意我坐在身边，他卷起一只旱烟，猛吸一口，然后瞅着山下：人哪，哪能总是一帆风顺呢？可不管咋样，都应该有一股奔劲儿！这一辈子，跟爬山一样一样啊……听着父亲的话，我环顾这周围的奇峰峻岭，几个爬山客零落在其中，或有低吟，或有长啸。可不是嘛！人生路如同登山路，曲折坎坷，跌宕起伏，最可怕的就是失去斗志呢！我倏忽起身，对着空谷也回应着长啸……

好似一切烦恼燥热都吐了出去，我的心像酷暑暴雨后一样，清静，安凉。看山景也愈发的美丽可人。往下瞧，水岩寺和昌黎县城一览无余；往上看，"娘娘顶"坚毅地直插云霄……

和父亲继续前行，高高耸立的裸石上，红色的"碣石"刻字，望海长廊红柱蓝瓦，老虎口的悬崖峭壁，都深深印在记忆中。

上午大约11点，我们登临了碣石山主峰仙台顶。这里是至高点，向山南极目远眺，渤海的海岸线清晰蜿蜒在天边。我们和其他山客挥衣相庆，席地而食。直到现在我还纳闷，当时在山顶吃的农家大饼子和老黄瓜，怎么就觉得比现在高级宴席还更有滋有味呢？

我坚信，故乡碣石山就是我的转运山。那次登山后，我命运的齿轮开始转动起来：复课，上重点高中，考重点大学，工作，结婚生子，定居广州……一切都显得那么顺理成章！后来我琢磨，过程中是真的没有遇到困难吗？不，困难重重啊！可一个人只要拥有登山的坚毅精神，任何困难都会被轻松踩于脚下。

如今，我到了知天命的年纪，开玩笑对着高龄的老父亲说，走啊，咱再一起去爬"娘娘顶"啊！父亲摆摆手，笑着说，爬不动喽，爬不动喽。是啊，人是会老的，但是，山永远不会老啊，而且我的山，也应该永远不会老！

五岳名山固不可少，神岳碣石也别有风味。我心中将永远伫立着一座山——我家乡昌黎的碣石山！因为，她是这么近！更因为，她是那么美！

神岳碣石赋

常习芳

昌黎城北，碣石神山；绵延十里，百座峰峦。屹立于浩瀚渤海之滨，横亘于华北松辽平原之间。其主峰仙台顶呈圆柱形，故名"碣石"，载于《山海经》，有"神岳"之美誉焉。其雄伟似泰山，秀美如峨眉。峰峦之峻，佳木之秀；山石之奇，洞穴之幽；艳压群芳也。山间十景者：天柱凌云于绝壁，碣石观海之壮观；水岩春晓之清秀，石洞秋风之灵泉；东峰耸翠而旖旎，西嶂排青而奇险；龙蟠灵壑之神秘，凤翥祥峦之腾骞；霞晖崒堵之寺塔，仙影沧浪之怪山。佛道儒之圣地，九帝王而登临。战国燕人宁毋忌，形解销化术传奇。引得诸王信为真，坚贞名士皆传习。遣人入海访蓬莱，秦皇汉武更着迷。寻访长生不老药，丰功伟绩刻碣石。

云开丽日，容曳和风；妖桃枝艳，杨柳啼莺。馒头山，东西立；状如门，间谷地。其两旁伸延之峰峦，均巅连仙台顶两侧之诸峰也。东馒头山，绝壁陡峭，云气缭绕佛影现；造型优美，活灵活现，观音菩萨和罗汉。西馒头山，大块板石；色泽雪白，比比皆是；适合镌刻，流芳百世。千古一帝之秦始皇，求仙观海于碣石山。丞相李斯于山崖刻，《碣石门辞》而越千年。其辞曰："堕坏城郭，决通川防，夷去险阻。地势既定，黎庶无繇，天下咸抚。男乐其畴，女修其业，事各有序。"派遣徐福，率领童男童女数千；入海求仙，船队一去不复还。众山之水而齐聚首，长堤横拦而碧波荡，此乃碣阳湖也。碧水澄澈，明丽如画；小鱼尾游，撒欢跳达。芳岸瑶草弥清香，鸥鸟三五而摇翅翔；渔翁挥竿而闲垂钓，波光潋滟而轻舟荡。而青山倒影，触手可及；伸手可拔，奇妙无比。一路相隔之水岩寺，翠木环映而翘飞檐。其背依巍巍之碣石山，东峙锦绣之香山；面朝如玉之碣阳湖，西携如冠之纱帽山。千年古刹，唐朝筑于宝峰台上，其山门对联曰："水出杨柳枝头春风乐参禅，岩生须弥座下晓月映古寺。"山环水抱，鸟语花香；曲径通幽，峻宇红墙。仙台顶东之绝壁处，洞流潺潺之绕宝峰。其寺内璃宫珠殿，重檐飞甍；错金镂彩，雕梁画栋；花木鲜秀，烟翠葱茏。辽代石幢而立中院，一口古井而水甘甜。拾级而上之千佛殿，十八罗汉而金光闪。其衣褶不爽分，面目不爽毫，眉目不爽忽，颇有鬼斧神工之概焉。其正殿供奉如来佛祖之金身塑像。两侧长廊，画框挂满；佛家经典，教人向善。唐朝诗人刘叉赋诗赞曰："碣石何青青，挽我双眼睛。爱尔多古峭，不到人间行。"余喃喃自语曰："事能知足心常惬，人到无求品自高。"游得月亭，观秀丽春光。峰峦环绕而百花艳，泉水淙淙而流画图。桃杏欲笑，含露浅醉，冉冉红云映翠微；樱花梨枝，镂雪成花，冰姿玉骨弥清香。有诗赞曰："晓日瞳瞳雨乍晴，山光悦性鸟争鸣。春风吹放花千树，惹得游人尽出城。"行云望愈远，更青山楚楚。览之令人赏心悦目也。江山如画，春色醉魂。一川芳景，一壶春酒，一襟幽绪，人生还有何求哉？

　　古刹向右，迤逦前行；山坡缓处，香光古亭。其青松立于亭旁，且置石鼓，鼓边巨石刻毛泽东手迹"东临碣石有遗篇"。遥想当年，新中国刚刚诞生；百废待兴，五年计划提前完成。憧憬未来，对工商业进行改造；快马加鞭，农村之合作化运动。挥毫泼墨而起风烟，收放自如而舞龙蛇，其词曰："大雨落幽燕，白浪滔天，秦皇岛外打鱼船。一片汪洋都不见，知向谁边？往事越千年，魏武挥鞭，东临碣石有遗篇。萧瑟秋风今又是，换了人间。"人民领袖，气度恢宏；纵横古今，豪迈激情。　观音洞，岩砌成；观音像，雕刻精。"曲径通霄"处，台阶近三千。一路风景秀，山溪自潺潺。天然石洞于绝壁之上，洞口有门而深约三丈；下有巨石而石刻斑驳，云气蒸腾而水自壁淌。传黑龙曾于此而修炼成仙，行云布雨而泽被百姓，故名龙潭洞，曾为"水岩上院"所在地也。其峭崖之下，紧贴岩壁；古有祠宇，令人称奇。龙潭洞之下方，山心洞而匿藏。因洞口有"悬石如心"而得名，面刻"海天景会"之四字。洞内较深阔，古人曾居住。洞之南下方，迎面壁石间。北平牧高侯，游记刻巉岩。"穷幽绝胜，磅礴啸歌，不减唐、晋名流。宾从请磨崖以记，顾谓客王密书之。"穿过"观心""旧约"之石刻，悦心亭上而远眺。"飞来石""祭天亭"而景壮观，昌黎县城而美如画。风抚松林，涛声阵阵。如暗泉而走石濑，似天籁而奏雅乐。不禁令人烦恼尽忘，心情愉悦焉。淡黄绝壁，石刻"碣石"；一人多高，醒目红字。而"振衣千仞"之石刻，令人想起"振衣千仞岗，濯足万里流"之诗句也。石阶陡峭，往上攀登；穿过险隘，"解脱之岭"。翻过老虎口，访观海长廊。极目远眺，碧涛澜汗；万里无际，浮天无岸；浪飞潮涌，鸥鸟翩跹。"地尽忽惊天水合，怒涛千尺腾蛟龙。"不禁令人心胸为之一阔，遥想曹操而征乌桓，胜利班师而登碣石；踌躇满志而观沧海，以景托志而赋雄诗。

"东临碣石，以观沧海。水何澹澹，山岛竦峙。树木丛生，百草丰茂。秋风萧瑟，洪波涌起。日月之行，若出其中；星汉灿烂，若出其里。幸甚至哉，歌以咏志。"真乃千古之绝唱也。

枝系经幡，树长石缝；陡峭天梯，乘胜攀登。斜坡名曰八仙台，小憩片刻而登顶；围坐闲聊之昨日游，韩文公祠而兴犹浓。夫韩文公祠者，坐落于平斗峰之山半腰也。十景之一五峰山，峭拔高耸肩并肩。环列如椅互挽臂，近观五指伸向天。山石道，范志完；谒孤竹城，登碣石山。见此地五峰环抱，山腹圣境；下临深涧，佳木欣荣；远望渤海，碧波万顷。而锦绣峰前，有一石柱如塔，极似"文笔峰"，故云"昌黎文气全萃于斯，宜建韩文公祠以镇之"。访韩愈后裔之同意，于圆通寺旁而再筑祠；并于祠后之峭壁处，镌有"泰山北斗""五峰环翠"之巨字。夫韩愈者，进士及第；任节度推官，累监察御史；至吏部侍郎，病逝靖安里。追封为昌黎伯，准其从祀孔庙焉。其致力于复兴儒学，被尊为"唐宋八大家"之首。韩文公祠而心向往，草长莺飞而访春山。山径蜿蜒而野花艳，秀木郁葱而鸟啼闲。静谧山村而房舍整，果园花枝而蝶翩跹；山坡羊群而食嫩草，肥鸭嘎嘎而步态慢。好一派田园风光也。山前高台，面海背山；大钊雕像，浩气凛然。其七游五峰山，或闲居于此，或政治避难，视之为第二故乡也。歌谣曰："北大红楼两巨人，纷传北李与南陈。孤松独秀如椽笔，日月双悬照古今。"夫孤松者，平斗绝顶；孤立不群，傲视苍穹；大钊山居，情有独钟；故起为笔名也。避暑其间赋诗曰："云在清山外，人在白云内。云飞人自还，尚有青山在。"并写成《再论问题与主义》《我的马克思主义观》之名篇。缅怀先烈，学习党史；敬献鲜花，重温誓词。先驱音容眼前浮，从容走向绞刑架，耳边回荡："勇往奋进以赴之，瘅精瘁力以成之，断头流血以从之。"进发半山腰，空气松香淡。"文笔"门匾挂，青砖筑小院。此乃韩文公祠也。正殿供台，韩愈塑像；正襟危坐，器宇轩昂；左右侍从，分列两旁。观之令人肃然起敬也。龛顶雕刻典雅，悬"百代文宗"匾，系叶圣陶手书也。峭壁根处，三眼泉井；清冽甘甜，常年满盈；此乃玉液泉也。峭壁岩面，镌"三点水"绝句。"源滋浩泽湛，清净法演洪。江海深潭潆，济流派瀛溟。"挂月峰峭壁，原有刘九洞，深不足丈，封门刻字云："若要洞门开，还得刘九来。"范志完，来此游；言小名，叫刘九。故凿开筑门，石额刻"范公洞"三字。坐观云起，耳听响泉，不禁令人物我两忘也。

一鼓作气，直冲峰顶；千仞绝壁，奇特尖顶；南北对峙，峰峦叠成；南望一体，柱石凌空。石上镌"碧云峰"三字，昔汉武帝筑"汉武台"于山顶，祈仙求神，即今之仙台顶；传三霄娘娘修炼于此；曾是八仙聚会之所也。东五峰，形如笔架，迤逦清秀，直插云天；西五峰，怪石嵯峨，青松如画，环列如屏。晚霞映红之半边天，色彩变幻之调色板；时而红黄而互交替，时而紫色而夹淡蓝。远眺秦皇岛而似明珠，滦河入海而势蜿蜒；依稀可见之老龙头，黄金海岸而一条线。巍巍高矗势凌天，俯瞰沧浪气万千。众水朝宗来眼底，层云出岫荡胸前。流金叠翠而山岛峙，万顷波涛而金灿灿；疑似锦缎而随波舞，又若碎银而闪海面。云蒸霞蔚，红深紫浅；缥缈瑰丽，如梦如幻。目睹琅環之幻景醉，紫云仙府而人神游。余痴痴而自语曰："此乃仙境乎，抑或人间兮。"

山是爹来海是娘

刘志红

今天是我的生日,除了爹娘,没有人认为这个日期有什么特殊。可是爹娘都已魂归大地,融入了泥土,汇入了江河,流入了大海。爹娘不在了,可是家乡仍在,爹娘融入了家乡的山水,家乡的山水便是我的爹娘。其实,如果爹娘尚健在,我也仍是碣石山的女儿,渤海湾的姑娘。是家乡的山和海养育我长大,培养我成人,他们怎能不是我的爹娘?

我的家乡是昌黎西部的一个小乡村,家乡的泥土是肥沃的,适合种植各种农作物,来养育他的这些儿女。这块土地上生长着小麦、玉米、花生、白薯、大豆、高粱,我天天在田野里和这些农作物打交道,看着他们是那么亲切,因为这是让我们填饱肚子的粮食,看见他们就如同儿时看见母亲的乳房。

如今,家乡的田野里更多的是白色的塑料大棚,学名叫作日光温室。家乡的种植业已经发展很久了。从 20 个世纪 80 年代中期,我的乡亲们便在自家的田里搭起了一个个塑料大棚,开始种植黄瓜。滦河东岸,温度、湿度和土壤为黄瓜生长提供了绝佳环境,这里长出的黄瓜皮薄色绿,气味芬芳,咬上一口,黄瓜的香甜迅速扩散到各个味蕾,让人齿颊留香。家乡人觉得我们的黄瓜味道太美了,于是摘下来,包装好,进京参加博览会,打开包装让人们随便尝。吃的人点头称赞,随即又摇摇头,黄瓜的味道确实非常好,可是大小不一,长短不齐,弯的弯,直的直,没有卖相。那次博览会,一根黄瓜也没有卖出去。可是家乡人不灰心,至少我们知道了我们的产品长处在哪里,短处在哪里。于是,家乡人请来了技术专家,从选种、育苗、栽培、嫁接、施肥、滴灌各个环节进行科学指导,家乡的黄瓜越长越漂亮,越长味越美。经过 30 多年的发展,家乡的黄瓜已经变成了名牌。"马芳营旱黄瓜"已成为河北省名牌产品、中国国际农业博览会知名品牌,被农业农村部认证为无公害农产品。家乡的黄瓜通过新鲜直供工程、农超对接、电商、"互联网+"等平台，销往北京、广州等全国各大市场。家乡这个不知名的小村庄也进入了农业农村部公布的第十二批全国"一村一品"示范村镇名单。

前几天回老家和朋友一起吃饭，朋友特意从自家的大棚里摘来两箱黄瓜送给我。半尺长的瓜身圆圆滚滚，翠绿翠绿的，各个顶上都顶着一朵黄色的小花，看上去是那么可爱。忍不住拿起一根咬上一口，"小时候的味道"溢满齿颊，充满心头。

家乡的土地呀，你就是我的爹娘！

上初中时，每天要步行十多里路上学，放学回家的路上，远远望着高高的碣石山，充满幻想。那山上有什么？听说那个最高峰叫娘娘顶，也叫仙台顶、汉武台，说是远古曾有云霄、碧霄、琼霄三个仙女光顾过，汉武帝也曾来过，那么现在有什么呢？听说山上还有个八仙洞，韩湘子、张果老等八位神仙也曾光顾过，那么那个八仙洞在哪儿呢？山上有树吗？有人家吗？在考入昌黎师范学院（昌师）前，我没有到过县城，更没有近距离看过山，不知道山上有什么。怀着对碣石山的无限向往，努力学习，如果能考入县城的中学，就能去看看那座大山了。1982年中考，我如愿以偿考入了昌师，终于有机会近距离地去看看碣石山了。我们的老师是个年轻的小伙儿，有热情，负责任，竟然在开学不久后的一个周末，一个人带领我们全班同学去爬碣石山。我们一群没见过世面的孩子在老师的带领下，蹦蹦跳跳，一路欢歌，来到了碣石山脚下。我这个从来没有登过山的农村姑娘，跟着我的老师和同学们，走过崎岖的小路，穿过茂密的树林，攀着嶙峋的巨石，终于爬上了碣石山的最高峰——娘娘顶。那天天气非常晴朗，碧空如洗，万里无云。老师指着东南方向，让我们睁大眼睛看。我们极目远眺，果然见到了波光粼粼。老师说，那是大海。我们惊呼，"哇，真能看到海呀！"原来曹操的那首"东临碣石，以观沧海"果然名不虚传。那时候的碣石山还不是旅游风景区，我们一群"野"孩子，跟着老师，在没有路的情况下，爬了一座原始的山。

如今的碣石山已被列为国家级风景名胜区，周边102平方公里区域，已被打造为碣石国家公园，交通极为方便。居住在这座山下的小城，有一段时间曾和丈夫一起天天早起去登山，春看花，夏观水，秋尝果，冬赏雪，"四时之景不同，而乐亦无穷也"。

有一年四月，我和丈夫登上山顶之后，没有原路返回，而是绕到了山的背面。反正时间还早，在山里转转，从北面下山回家吧。于是我们向北走，走着走着，惊喜地发现前面一片粉红，灿若云霞。是什么那么鲜艳呢？磕磕绊绊地跑过去，我俩简直惊呆了——是杜鹃花！一大片杜鹃花！我俩真真是欣喜若狂，没想到家乡的土地上也有杜鹃花，以前只是在电影《闪闪的红星》里见到过，以为只有井冈山上有呢！再看不远处，零零星星的也有好多处，粉色的花朵在风中摇曳，如一群彩蝶在翩翩起舞，在阳光的衬托下更加耀眼，真是"春来火树映清溪，姹紫嫣红醉眼迷"。

我们欣喜地赶紧拍照，发朋友圈，告诉亲朋好友，我们家乡的碣石山上有杜鹃花。然后小心翼翼地摘下几枝，拿下山，逢人便说，这是碣石山上的杜鹃花。

碣石山是有瀑布的，夏季大雨过后，在岩画谷（因 2000 年天津科技大学艺术系师生在这里创作了好多岩画而得名）深处有个叫小浴盆的地方，能够看到瀑布。虽没有壶口瀑布、黄果树瀑布那么壮观，但也足以让人敬畏。前年 8 月，一场大雨过后，我和朋友披荆斩棘，跋山涉水，衣服鞋子全都弄湿之后，终于到了岩画谷的深处——小浴盆。小浴盆早已被激流淹没了，山上下来的洪水在这里打个旋之后，便义无反顾地跳下了十几米高的悬崖，形成了一道宽三米左右的瀑布，跌落进下边一个不太深的水坑，溅起一粒粒大大小小的珍珠，飞到脸上，凉丝丝的，暑气顿消。

有时晚秋下过一场雨后，天气立刻转凉，瀑布还没来得及落下，便冻在了悬崖上，形成了天然的冰瀑。有一年的元旦，我们一家三口冒着严寒，站在冰瀑之下，被它的晶莹剔透震撼了。那如白玉、如羊脂般的一张大幕从断崖飞泻而下，让人想起七仙女一夜织成的白绫，仿佛走进了童话世界。

家乡的山里长有各种水果，考入昌师之前，我只知道苹果是苹果，梨是梨，却不知道苹果和梨还有那么多品种。昌师的劳动周是摘苹果，老师带着我们来到学校的果园，我才惊奇地发现，以前吃过的绿中泛红的叫国光，别的苹果是第一次见到，它们是那么鲜艳诱人。红红的红元帅，黄黄的黄香蕉，绿色的大白龙……休息的时候是允许我们摘一个尝尝的，那个劳动周我尝到了家乡各种美味的苹果。如今，有些品种已经被淘汰了，家乡的山里现在最多的是红富士，果实饱满，色泽艳丽，皮薄肉厚，脆甜多汁。咬一口，甜到嘴上，沁入心里。碣石山脚下，果树成林，"百年梨园"是梨的天堂，春看花，秋尝果，鸭梨、蜜梨、雪花梨、皇冠梨、京白梨，走在树下，伸手随便摘一个，咬一口，甜甜的汁液，润舌润口又润肺。

可是我最爱吃的还是葡萄，葡萄小镇是每年秋天必去的地方。自己买葡萄，给朋友捎葡萄，带同学去旅游，每一年都要跑个十趟八趟的。淳朴的乡亲带你走进他家的葡萄园，剪下一大盆，让你先吃个够，然后递给你一把小剪刀，让你在葡萄园里自己剪，喜欢哪串剪哪串，各个品种随意尝。最喜欢家乡的玫瑰香，剪下一粒放入口中，便有一种玫瑰的芳香沁入心脾，微酸带甜，甜而不腻。这是家乡最古老的品种，小时候吃的就是这种。近年来又发展了很多品种，淡紫透明的龙眼，黑紫粒大的巨峰，黄绿脆甜的马奶子，圆润细长的美人指，深红粒圆的红提，还有那青翠碧绿、鲜脆多汁的阳光玫瑰……有一次，一个朋友在市场上拍到了多种葡萄的图片，发朋友圈问谁认识这些葡萄的名称，有谁全吃过。我在评论区留言，告诉他每一种葡萄的名称，并自豪地写下：这几种葡萄我都吃过，因为我是昌黎人！

家乡的山给我吃、给我喝，是家乡的大山养育了我，他不是我的爹娘是什么？

我的家乡背靠大山，面朝大海，这里有被誉为"大海与沙漠的吻痕"的黄金海岸。最早见到它，是1985年，黄金海岸开发，我和我的同学们在老师的带领下来为家乡助兴添彩。光着脚丫踩在柔软细腻的沙滩上，走在温暖清澈的海水中，是那么惬意，那么舒服。在小城定居后，更是无数次带孩子来玩。骑着摩托车到了翡翠岛，一家人手脚并用爬沙山。脚下是沙山，面前是大海，爬上去再滑下来，总让我想到敦煌的鸣沙山和月牙泉，可我觉得家乡的沙更细，滩更软，水更清。

我天生是个吃货，最喜欢的还是家乡这片海给我带来的吃食。每到六月、九月开海季节，皮皮虾、梭子蟹便大量上市了，菜市场、马路边、小区门口，到处都是卖虾卖蟹的，用婉转悠扬的畜腔畜韵喊着："梭子蟹，皮皮虾，100块钱三斤——"如果嫌贵，再等几天，就会变成"50块钱三斤"，"15块钱二斤"。人们在这里都能吃得起海鲜，花不几个钱买上一大堆回家，或蒸，或炒，或煮，或烤，各种吃法，吃得满口流香，肚皮滚圆，忘了自己是在天上还是在人间。

棱巴鱼、面条鱼、气泡鱼、八爪鱼、花蛤、扇贝、海蛏子，各种海鲜一年四季吃不完，最多的还要数扇贝了。从20世纪90年代，家乡人就开始养殖扇贝，经过30多年的发展，家乡的扇贝养殖已近20万亩。2021年农业农村部批准对"昌黎扇贝"实施农产品地理标志登记保护。家乡的扇贝肉质鲜美饱满，丰腴可口，营养丰富。粉丝蒸扇贝是家乡饭店的一道特色美食。收获的季节，花十块钱买一大盆，烧烤，辣炒，蒸煮，样样美味。

应该说有海的地方都有海鲜，可是我说，家乡的海鲜最好吃，因为家乡的海底是沙滩，流缓浪小，天然饵料丰富。因为家乡的海产品生长在滦河入海口咸淡水交汇处，这里的土壤、气候、水温就决定了这里的海产品是独一无二的。

走在家乡的大街上，看着满街的水果摊、海鲜摊，我总是和丈夫说起，生活在咱们的家乡，人们都能吃得起海鲜和水果，都能喝得起干红酒。他故作惊讶地说："天哪，这不是神仙的生活吗？"

是啊，家乡的山给了我各种美味的水果，家乡的海给了我营养丰富的海鲜，家乡的土地给了我活命的粮食和蔬菜，他们不就是我的爹娘吗？"为什么我的眼里常含泪水，因为我对这土地爱得深沉。"我爱家乡的山和海，就如同爱我的爹和娘！

二十五年后的相会

李 国

　　昌黎是文化之乡，同迁安一样，是先后引我步入文学殿堂的圣地，我对她有着特殊的感情，总想一睹她的风貌，与文友们相见，畅谈文学与人生。虽然昌黎离我所居住的城市仅百余里，然而，由于种种原因，在2007年8月12日之前却未到过这个地方。那次，受老朋友昌黎县文化局副局长康德宏的再次邀请，我终于如愿以偿。

　　8月11日，我就给康局长打电话，告诉明天昌黎之行的计划，他高兴地欢迎我们全家到昌黎去。不一会儿，他打来电话，告诉我一切都安排好，并找了昌黎报社总编辑肖沛昀、昌黎县文联秘书长刘志才陪我，我很感动。晚上，天降大雨，我担心第二天不能成行，就给康兄发短信："如果明天还下雨，就改在下周六。"心想，难道老天不让我们相会吗？一夜的担心，我到阳台上看了好几次天气，仍然是阴云密布，看不到一颗星星。第二天，我很早就起床看天气，还是不见太阳，只是云彩薄了一些，我当机立断：去！就是下雨也去，早日了却多年的心愿。

　　天公作美，天渐渐地亮了起来。儿子拉着他蜜月中的爱人一起，车后排坐着我和妻子，我们一路打听，一路向着心仪已久的昌黎县城驶去。1981年底，我在《农民日报》上看到了昌黎县龙家店广播站康德宏谈写稿体会的文章，那时我在农村，酷爱新闻和文学，知道昌黎是河北秦皇岛的一个县，离迁安很近，就给他写了求教信，于是俩人就联系起来。我们谈理想，谈新闻写作，谈文学也谈人生，德宏兄给了我很多的启迪和帮助。他还经常给我寄来《昌黎文艺》月报，我从中汲取了文学营养。在他的鼓励下，我写出了《咏灯诗二首》作为诗歌处女作发表在昌黎的《碣石》年刊上，又写出了小说《杏花情》发表在《昌黎文艺》上。通过投稿我认识了一大批昌黎的文友，像徐肃惠、刘汉有、董宝瑞、肖沛昀、于春梅、赵润明等。这些人给我的业余创作帮助很大，激发了我的写作积极性。当时的《昌黎文艺》小报归县文化局创作股管，他们还为我寄来《宋作人诗选》，但现在我都不知道编辑们的名字。康德宏所在的广播站还经常播送我的文学习作，多次为我寄来稿费，不仅在精神上鼓励我，而且在物质上支持我。如果说我的创作取得了一些成绩的话，那么，首先我应该感谢他们无私的帮助和支持，当时的往来，为我以后的创作奠定了坚实的基础，我也非常珍惜那时纯真的友情，是那样的美好和难忘。我和他们书信往来、神交二十多年，今天终于可以见面了。

车进昌黎，马上就要与朋友相见了，我的心情格外激动。通过手机我们约好了见面的地方，因为初次相见，找了好几个地方，受了很大周折，才与康德宏握手站在了一起。他告诉我，那两位朋友已在县政府等候了。我们开车去了县政府，见到了昌黎报社总编辑肖沛昀、昌黎县文联秘书长刘志才两位，然后一起去了昌黎黄金海岸。

不知是双休日，还是大雨过后的缘故，黄金海岸的游人显得格外的多。康兄买好了门票，我们就顺着人流排队等候上缆车。没想到，这一等就是一个多小时，可是等到了高堤，还要排一次队。因为头一次来滑沙，说啥也要体验一下它的惊险与刺激，于是只好耐着性子等，等排到我们就中午十一点了。站在高堤上，看到前面的游人，从上边急速地滑下去，到了坡下就跟蚂蚁一般，我的心跳加快，因为我心脏不好，有心率过速的毛病。儿媳于志君害怕得不敢滑了，要走着下去，妻子杨金莲也害怕了。虽然我也想打"退堂鼓"，但是为了鼓励她们，就安慰着给她们打气："没事的，只要抓住两边的把手，只管往下滑就行了。"首先是康兄带头滑下去的，儿子李旺通和妻子杨金莲接着滑下去了，于志君也尖叫着滑下去了。我是最后一个滑下去的。工作人员把着滑沙板，我刚上去坐稳，那人就顺着滑沙道，把滑沙板一抬一放，我就跟着滑沙板一起"唰唰"往下飞驶。驶出滑沙道，滑沙板就像海面上的飞艇一样，犁开沙子向前冲去，沙子飞了我一身、一脸，我想如果不是戴着眼镜，一定会迷了我的眼睛。等了两三个小时，就是为了这二三十秒的冲刺啊。来到海滨浴场，已经快十二点了，主人说，让孩子们洗洗海水澡吧，咱们晚吃一会儿饭。这天海浪很大很高，俩孩子高兴地扑入大海的怀抱，很兴奋，但是，由于是头一回入海，一定会喝几口海水的。

午餐桌上，几位如老朋友一样畅所欲言。我深情地回忆起八十年代初期与康德宏的来往友谊，借此机会表达我的感谢之情，我借此诚恳地邀请三位老兄带着家属，到迁安做客，互相往来；酒逢知己，话又投机，喝着昌黎地产白酒，感到分外亲切，每人半斤一瓶的酒，伴着我们的谈兴，不一会儿就让我们喝光。

为了充分利用时间，把上午耽误的时间补回来，我们午餐后就开始游览葡萄沟。在车上，刘志才老兄给我介绍了昌黎著名的碣石山。碣石山海拔695.1米，与迁安最高峰相差不多，是渤海近岸地带最高的山峰，也是中国北方山之尽头海之畔的重要标志。多少年来，当地的渔民一直把它当作航标；这里又是著名的观海胜地，曾引来不少帝王前来观海览胜，魏武帝曹操"东临碣石，以观沧海"，留下了千古名唱《碣石篇》。1954年夏，毛泽东在北戴河海滨抚今追昔，写下"往事越千年，魏武挥鞭，东临碣石有遗篇"的壮丽诗句，使这座历史名山更加声名显赫，愈来愈被海内外游人所瞩目。作为文化局副局长的康兄介绍了县城的古塔。城内古塔建于金代，高36米，8面13层，历来为昌黎古城的标志。站在县城，向北望去，碣石山群峰连绵起伏，古塔与青山相映成趣。名山与古塔成为昌黎人的骄傲。

昌黎盛产葡萄，走在著名的葡萄沟里，享受着葡萄秧带来的阴凉，向上望去，似一道绿色的长廊，从山脚铺向山顶，那一串串紫色的葡萄，像硕大的玛瑙从秧架上垂下来，不由叫人想起金秋、想起收获的充实。热情的昌黎人从秧架上剪下成熟的果实，让我们品尝，我品尝着这丰收，由嘴里甜到心里。肖沛昀老兄告诉我，如果再过十几天来，这里的葡萄会更甜。我知道，这里的葡萄酒美名远扬，华夏长城、地王、朗格斯等一大批国内外知名的干红酿酒企业比肩而立。昌黎秧歌是冀东秧歌的代表，欣赏昌黎秧歌，观赏万亩葡萄园，品酌葡萄美酒，游历欧式酒堡，来昌黎真是一件惬意的美事。

日已偏西，西边乌云又上来了，好像要下雨了，感谢苍天给了我们这么好的一天，让我实现了多年的梦想。在葡萄沟我们依依惜别，带着昌黎和昌黎人留给我的美好记忆，带着碣石山风，带着葡萄沟的成熟和果实，我们踏上了归途……

昌黎四季

陆 萍

对于昌黎这个滨海小县城,我是没办法完全言辞客观的,因为我自出生起,就在它绵延又活泼的脉络里成长。

家乡对于回归的游子,大概就像是一坛封存在过去的葡萄酒,你能嗅到阳光从那些颗颗晶莹葡萄上跳跃的暖,也能理解经岁月发酵物是人非的复杂,是鲜活的,神秘的,不止热烈肆意,回甘中总裹挟着半分酸。

我曾为一些更广阔的愿望背上行囊,辗转多处,喝过北京的老磁器口的咸豆汁,耳边明明是老北京人字正腔圆又韵味十足的吆喝,却在尾调中听出了同乡言一样的婉转跌宕;漫步过夜上海熙攘喧嚣的外滩,霓虹的光竞奇斗艳簇拥在高堂广厦的间隙,我抬头看着轮廓模糊的月色,只觉偌大的城市既拥挤又寂寞;半信半疑地吃了一顿贵州"微辣"的火锅,果然如此地感受到嘴唇的灼热和胃部的不适。行程虽未极致,却已然觉得,这世界的地大物博于我而言,一分天地割裂为二,唯有他乡和故乡。

在昌黎这个小县城里,时光好像多了些严谨,在此匀速跳跃,所以这里有着迥然不同的一年四景。

春风拂面吹过两山枝头娟秀摇曳的七瓣梨花,见这满山冷香,不怪乎丘处机对梨花情难自禁写下"白锦无纹香烂漫,玉树琼葩堆雪"的诗词,谁又能不驻步回望呢?每逢四月,树下尽是慕名而来的赏花人,人们走在这青山白雪下,孩童乌发彩衣绕树嬉戏,老人同两三好友荫下闲谈,年轻的学生呼朋引伴,来赴一场同他们笑容一样璀璨的春光。我执笔间仿佛又回到这岁岁年年的春日里,爬上很高很高的山头,大地辽阔,天空高远,远处的山脉起伏升腾出一股浓淡不同的雾气,水墨画似的铺展开,如堕烟海。近处山间如梦似幻中交相掩映着清新的绿和冷艳的白，无须刻意轻嗅，鼻息间充盈着浅淡素雅的花香，闭上眼好像已经咬到晶白可爱的京白梨，汁水饱满。

也是四月，我记得上高一的时候，学校组织预备党员去参观李大钊革命活动旧址，原来我们学校北边的五峰山上一直闪着最耀眼的红。那时，上山的路还没有被完全开发，我们穿着校服唱着红歌，穿过遮天蔽日的丛林小路，踩着细长蜿蜒小溪里圆润干净的鹅卵石，浩浩荡荡，听着队伍前面高举小红旗的导游神采奕奕的介绍。五峰山由东、北、西三面呈半环形排列的五座山峰组成，由东、北、西历数，分别为望海峰、锦绣峰、平斗峰、飞来峰和挂月峰，五座山峰，远观如五友挽臂，近看似五剑入天，曾被李大钊同志视为第二故乡，古树参天，小路通幽，以秀丽的风景闻名遐迩。现在想来穿梭其中的青少年团队，拨开低矮的杂草，辟开人迹罕至的小路，这简直就是一次丛林冒险，我们的手上感知着褐色树干粗糙的纹理，抬头望向它抽出肆无忌惮的枝条，摇摆着绿得像墨水一样稠密的叶子，遥看起伏涌动的山体上星星点点缀着黄的紫的红的野花，就像是爱丽丝神游的仙境。多年之后，我能想到的浓密的绿色，仍然有来自五峰山水墨的一笔。

夏雨激烈，像是经历了三季的悄然蛰伏，一场磅礴全然洗去了这座犹抱琵琶半遮面的城市的羞涩。天空被无数次冲刷，呈现一种近乎透明的蓝色，团团白色的云朵低垂下来像晒得蓬松的棉花，懒洋洋地被风吹得摇晃。走到黄金海岸细软的沙滩上，向海的深处望去，天极力地下垂，海肆意地延伸，终于于某一点交汇，难分彼此。浅滩上孩子太多了，翻转跳跃着奔涌而来的水花沾染了阳光的快乐，闪着细碎银光，挠了一双双岸边胆怯的小脚丫，又欢快地撤回海里去，一层层泛起的白浪像是月亮的影子在孩子眸里发着光。很多不服气的小孩赤着脚往深海里追了几步，又被后边新一波推着向前的浪花吓得留下一串串慌张的小脚印。少年人在海里翻涌，在甲板上欢呼，在游艇上高喊，真可谓恰同学少年，风华正茂！稍喜静的大人由衷喜爱这散落满地的"黄金"，这些细软的沙，颗颗精小，被太阳一晒，舒服得就想转过身酣睡一场，把人生那不如意的八九尽抛身后。

我同诗人刘禹锡一样，很是钟爱这霜叶红于二月花的秋日，也自觉万物凋零落寞之后会归还天地原本宽广的美。想要一览这昌黎的天高海阔，想要一睹这昌黎的人间烟火，那趁着秋高气爽，一定要登上碣石山顶。"秋风萧瑟，洪波涌起。日月之行，若出其中。星光灿烂，若出其里。"曹操领兵东征乌桓凯旋，由辽西走廊返回，途经碣石，内心的汹涌同这壮丽山河引起共鸣，一时心潮澎湃，留下这千古一绝，日月更迭，星河流转，故人不在，只剩渤海近岸最高峰碣石山巍峨地耸立，现在很多人以爬上这座高山来证明自己的勇气。

如果我们愿意相信，碣石山南麓的宝峰台上，某一块砖砌中，或许还残留着唐朝佛前香火的余热，在这里，梵音被多次摧毁又更多一次被唱响，于是有了今天的水岩寺。我是无神论者，但年岁见长，看着这精雕巧思的走廊画壁，细微处那些繁复的纹路和来往僧人身上坚定的信念感，唯有敬畏之心。如果想寻求一丝心安，或者暂时避开万千俗事，不妨躲进这深山小寺，食一些粗茶淡饭，同僧人日落而息，让生活回归本真纯粹。

冬天的昌黎像是落进了单一色调的纯净里，植物世界赋予的喧嚣被推远，大地平整，街道整洁，附近的村庄里鼓起一座座雪房子，一排排错落着，像是一朵朵被淋了满头的雪蘑菇。反之，人类的文明开始绚丽温暖起来，可能我热衷于从两相对比中调动情绪，比如在最寒冷的时候吃一顿热气腾腾的火锅，雪下得模糊了视线的时候和挚友长久用力地拥抱，极冷的街头寒暄的路人穿得圆滚滚的，笨拙又可爱，升腾的哈气就像彼此粒子纠缠实质化了一样。

之前读到一句话，"为什么我的眼里常含泪水？因为我对这土地爱得深沉。"年少时只觉得作者用词矫情，可是当你在一个地方出生，长大二十年，又离开三四载，再次回来的时候才知道这种表达既直白又虔诚。

昌黎，一座汇集了平原与山丘、大陆与海洋的小县城，有北方的辽阔，又不缺南方的葱郁，有几千年厚重的文化底蕴，又有新生的葡萄酒等成型的产业链。我们这代人愿承先辈遗志，与自然共生，热爱和守护这里，也欢迎远方的朋友，一同看山看海，一起闻香品酒。

瞭望碣石山

李俊功

碣石山是一座需要用心灵瞭望的名山。

它的周围，以及遥遥的山顶，盈逸着一股股英雄气概。清风沿着山道和一草一叶，攀缘而上，顿觉天地敞亮，云变得高远，山石变得稳实，都有着表达情感的欲望和能力。

需要耐下心，俯下身去，仔细倾听，它们操着绿色的口音，或者洁白的言辞，历历讲述碣石山远远近近的人物事迹，讲述古今诸多名人倚剑眺望、感慨功名的故事。

甚至，春天的那么多花草，舞蹈着身姿，播散着全身的清香，足以把行云流水感动，把岁月之中潜隐的诗词提携了出来，禁不住会说：立足此地此情，回溯往事，或者放眼未来，都是如此的美好。

和碣石山贴近了说话，哪怕沉默也好，互相融通的情感交流，像沧浪河水，更像滦河水一样，清澈清兮，韵声亮兮。

你看碣石山，它高拔的峰顶，站着仙台顶的主峰，被古人冠以"神岳"之雅称，古往今来，已经享誉天下，其实，它应该有更高和更多的荣誉，但是它不争不怨，毅然高耸着肩膀，站高望远，和相邻相近的一切融合在一起。

它以瞭望大海的胆量，壮大了自身的高度和内涵，所以，每每有名人贤达慕名而至，都欲从中吸纳无限的自然之光和雄壮的力量之源。

它还望见了远处的城市，河流，水土，烨烨灯火，好像心照不宣的亲情，那么远，也是那么近，那么小，也是那么大，大小远近，充满了无际无涯的哲学关系，一切总是美好的，自然会在脑海中回荡历代名人的金句名篇，而且迎风而歌，胸怀间可见大海激荡，江山秀丽，风月清雅，光阴如画。

一座碣石山啊，给了我们那么多的想象和勇气，给了我们那么多的诗歌和美术。

它能够让观海的胸襟放大到整个时间深处，更允许山中名刹梵音历历，钟磬鼓乐，荡涤俗世烟尘和人心雾霭，实际上，它让笑着的内心，允许爱好清幽的古代士人，以诗词歌赋的名义，给每一处殊异的风景，取上诗意化的名字，八景亦好，十景更佳，首先有一个最能占尽风流、惊醒光阴的风景，它和灵魂有关，和放眼四海有关，甚至可以说和排除万难战胜卑微的决心有关，不妨叫着碣石观海，气势汹涌，一旦站定自己观察世界的位置，就有了心灵的高度，其他，有了这样的名字：天柱凌云、水岩春晓、石洞秋风、西嶂排青、东峰耸翠、龙蟠灵壑、凤翥祥峦、霞晖卒堵、仙影沧浪。

不要嫌我重复着抄袭这些名字，其实里面蕴含着诸多美意，蕴含着人们许久的良愿和祝福，不要小看这些名字的选择，每一个都有着深邃的人间哲理，有着对于自然风光的崇拜和尊敬，这也是人们活化"天人合一"这一名句最为恰切的表达。

自然力作用于人们的心力，二者互相暗示着升华生活的力量，升华着人们清新清净的至善追求，都是那么的有用。

一座碣石山，正是居于福地的人们和前来观瞻的游人，灵魂有所提升的有效象征。

试着听听吧，一株简单的花草是否会吟诵那些名篇名句呢？我相信它们一定是会的。某一种艺术的感染力，一定在碣石山漫延。

正巧，三个儿童在各自父母的带领下结群登山，欢快地指指点点，还背诵了我们熟悉的雄言大词。

"东临碣石，以观沧海。水何澹澹，山岛竦峙。树木丛生，百草丰茂。秋风萧瑟，洪波涌起。日月之行，若出其中。星汉灿烂，若出其里。幸甚至哉，歌以咏志。"

出于对童声童语的欢呼，全诗照录于此。

不要因为我们已经烂熟于心，就去忽略儿童的朗诵，在他们幼稚的雅音中，掺入了天真活泼，还有大自然灿烂卉木的清香之气。

当他们停下来朗诵，我轻轻地询问："你们还会背诵吗？"

他们争着回答："会啊，会好多呢？"

我为他们而高兴，夸赞道："一定很多，我想会像这些美丽的花草一样多吧。"

我顺手指了指附近的各色花草，花草俯仰有致，和微风在互动。

他们竞相点头，仿佛已经满怀信心。不等我点拨，他们继续了莲花瓣般绽放的朗诵。

"……往事越千年，魏武挥鞭，东临碣石有遗篇。萧瑟秋风今又是，换了人间。"

其中一个高个子的小男孩，用小手拂了拂石道旁一株开满红花朵的绿草。绿草翩翩，仿佛认真地倾听着新朋友的吟诵，而且听懂了，花香散漫，似乎也是一种朗诵，也是一种抒情。

浸染着的岂止是登山的人们，还有那么多花花草草，山山石石，还有那么多看不见的一事一物吧。

就像一株不起眼的梅花，也能"替命里的词根解锁"。就像听到远处滦河的流水，从远古年间，流向了今天，从沉默的泥土和岩石，流向了碣石山打造的时光隧道，邀请桃花、杏花、蜡梅花，和日月的慧光，纷至沓来，共同打扮这座心仪已久的名山，所以，凡是生存于此的所有生命，都是充满诗性的歌吟者。

碣石山亦是非凡的歌吟者。它在人间高处，更在神祇的高处。它是一座能够驱使内心朝着精神仰望的山。

我为它的美意存在而感动，也为它的一幅幅图画一样的天地，选择每一份理想的相见。

风吹过来，带来大山，带来全部的魅力时光，忽然，几只灵动的燕子头顶翔飞，它们的吉祥的风一样的亲近，让我们的望眼扩大，让风景扩大了。

万物皆有善念，纷纷祝福一座山，以它们各自顺遂安乐的方式，不一而足。

这样的一座大山，是有福的，来此观赏大海和大山的人们是有福的。

当然，我也少不了吟哦内心的所感，把熟悉的诗句呈现出来：彼时已益涵真性，兹土仍兴美概赅。意气平生豪迈放，群峰幽谷荡尘埃。

碣石山，你是否在多年之后，会记得一个无名的诗人来此吟哦吗？

但是，我却用诗文，记住了这座中华名山，并用心意立此存照。

昌黎粉条，我所青睐的绿色美食

徐景春

我素来喜欢吃粉条之类的菜肴。一次河北省昌黎县之行，却让我更加爱上"昌黎粉条"了。坦诚地说，昌黎粉条不仅仅让我找回了童年时的乡间美味，而且更让我对由淀粉之类加工的绿色健康食品充满了好感！其实，一方水土养育一方人民，各地美食美味自然是各具千秋。那昌黎粉条的美好滋味，至今仍让我回味无穷。毫无疑问，昌黎粉条，便是我心中极力推崇的河北美食中的名片了！

记得小时候，农村老家一带除夕午饭总要喝"粉条白菜羊肉汤"，蒸年馍时总少不了"粉条肉馅包子"——倘若没有这两样食品，那便不叫过年了。村民们一进腊月便准备年货，其中最重要的一样食品便是粉条了。年会大集上，粉条是很热销的食品，毕竟过年时粉条消耗量大，而那时会加工制作粉条的商家还是不多的。

擅长烹饪的三叔常说，过年没有粉条不成，这可是一道主要的食材，粉条和鸡、鸭、鱼、肉都能很好地配菜，无论是烧汤，还是做菜，都是很好的美味，像"粉条肉菜汤""粉条地锅鸡""粉条草鱼抹锅饼""粉条豆芽粥""粉条肉馅水饺""粉条韭菜水饺"……都是大众喜爱的绿色美食。

粉条易于烹饪的关键在于其绿色健康的品质，粉条具有纯净透明、鲜嫩柔软、口感筋道和久煮不黏等特点，似乎让粉条成为老少妇幼皆宜的美味了。即便是用热水煮粉条，佐以少许的味精、葱花、香油、酱油和米醋作调料凉拌一下也是一道不错的小吃呢。

在我国南方一些乡村过年时，年夜饭菜肴中总少了一样，便是"凉拌粉条"，其寓意是幸福日子希望像粉条一样美好而绵长，粉条也有象征金条的意味，祈愿着来年财源滚滚，吉庆有余。可见粉条不仅是大众美食，而且还是传承吉庆文化的载体呢！

　　我一直对河北省昌黎县怀有特殊的好感，我有不少大学同学定居于此。去年初冬时节，我和儿子从济宁来到了昌黎县走亲访友。下了车，正是中午时分，朋友一家人热情地接待我们进了一家街边饭馆，只见店面不大，却装修整洁、雅致，顾客爆满，生意兴隆。"老徐，你来到了河北，不妨尝一尝本地菜的风味？"熟知我口味的朋友征询我的意见，建议我尝一尝本地的"粉条鸡"。当然是"客随主便"了，我爽快地说，就吃"粉条鸡"好了，正好尝个新鲜呢！

　　说笑之间，一大盆"粉条鸡"端上桌来，在氤氲的热气中弥散着炖菜的鲜香，禁不住美食的诱惑，也确实是饿了，我和儿子急急地品尝起来。尽管说"粉条鸡"是冬天里常做的一道家常菜，鸡肉味美是没说的，更让我感兴趣的却是菜中的粉条，粉条吸附了鲜美汤料，又加之粉条本身的柔润嫩滑，爽口宜人！吃了一口粉条，余香萦回，美味入心，粉条的筋道，作料的味鲜、香辣与刺激，让人收不住筷子，舌尖上的享受真是太棒了！这是我平生吃过的、最棒的"粉条鸡"，清鲜得让人叫绝，特有的色、香和味有机地融合，一起刺激着食客的视觉、味蕾和嗅觉，让食者顿时滋生出美妙的感觉来，无法言喻的美好享受，令人大呼过瘾啊！

　　在享受"粉条鸡"的过程中，朋友情动于中，妙语连珠，讲起了"粉条鸡"味美的妙处首先在于原材料的绿色健康和营养；其次是选材组合间的绝妙匹配，以及烹饪火候的精准掌握了。别的不说，单单说一下这菜中的"粉条"就大有文章——粉条可不是"无名小卒"，而是大名鼎鼎的昌黎县生产的，这是河北省特产，营养丰富，外观洁白明亮、丝条均匀，入菜韧性好，久煮不黏，爽口嫩滑，又顺应了当代绿色食品的健康需求，无论是大小酒店宾馆，还是居家日常生活，"昌黎"品牌系列的粉条、粉丝和粉皮都广受欢迎！

　　朋友滔滔不绝地称赞着昌黎县粉条，他简直是一位昌黎县粉条的"推销员"了。其实，朋友和我的脾气性格相仿，对于美好的东西总是不吝褒奖之词的，更何况这是河北本土的美食呢，是一方乡土上的优质特产，更是一方乡土的品牌荣耀啊。

　　"叔叔、阿姨，粉条鸡真好吃……"我的儿子一连吃了两小碗还意犹未尽呢！满饭馆的顾客吃得快活极了，有滋有味、有说有笑的，满馆子中洋溢着温馨如家的气氛。在倡导绿色健康食品的当下，享用物美价廉的粉条美食难道说不是一种人生的幸福吗？

　　听朋友说，"昌黎粉条"非常有名，不仅畅销于全国各地城乡市场，而且早已登上了海外多个国家的餐桌——无疑，具有绿色健康品质的"昌黎粉条"，如此畅销的优势便是大众消费的深厚基础，卓尔不凡的产品质量，以及其顺应时代的健康需求，诸多的优势汇集起来，让"昌黎粉条"畅销世界，广受赞誉了。

"老徐，我送你两箱'昌黎粉条'，让你和家人好好地享受一下河北的美味吧！"朋友说。我对朋友的慷慨馈赠深表谢意，这是一方大地上独有的馈赠厚礼，更是一位河北朋友对我的深情厚谊啊！

啊，世间又有哪种美食拥有如此大的魅力呢？"昌黎粉条"，真是一种深受大众喜爱的美食啊！经受住了时光的淘洗而流传下来的传统美食精粹——它诚然是中国粉条美食中的代表，大众美食中的典范。目前，"昌黎粉条"产品实现了创新和升级，彰显出昌黎县土特产的强大影响力，正引领着美好的饮食时尚，在惠泽人们享受美味的同时，更让人们享受到餐饮的健康和乐趣！

心灵深处的呼唤

马 健

我是土生土长的河北昌黎人，出生在一个叫耿庄村的小村庄。一直以来，我对家乡的这片土地没有太多深刻的印象，只是感觉村庄里各家房屋或比邻而立，或错落有致。村庄周围是宽广平整的土地，田间的道路整齐排列，将土地划分成一个个大大小小的方块儿，宛如一个大大的棋盘。

农村毕竟发展机会少，于是我从山东大学营养与食品卫生专业毕业以后，就坐着火车来到了山东葡萄酒城烟台，在这里寻得一席之地，期盼着实现自己梦想已久的城市梦。可是正所谓"理想很丰满，现实很骨感"，我在芸芸众生中努力拼搏，收获却没有多少。因为和我一样的毕业生多如牛毛，想要在好的岗位脱颖而出发挥作用，根本不太可能。

于是我改变了我的思路，我在葡萄酒公司从最基本的工作做起，成为车间的一名酿酒工，然后慢慢成了车间技术主任，直至领导发现了我的特长和优点，再重点培养我，把我提升到管理岗位。

党的十八大召开，我国经济平稳较快发展，改革开放取得重大进展。为了实现国家经济高质量发展，以中国式现代化全面推进中华民族伟大复兴，就必须开辟发展新领域新赛道，不断塑造发展新动能新优势。

我接到了家乡村里的电话，说我们村需要征地拆迁，建设昌黎干红葡萄酒产业园，不断推动产业集约集群集聚发展，加快打造"百亿级"产业集群。这种利国利民的事情，我自然支持，我接到电话以后就赶了回去，毫不犹豫地在征地拆迁的文件上签了字。尽管我将要离开祖祖辈辈赖以生存的土地，但是我们将看到，这里从默默无闻的边缘小镇到远近闻名的干红葡萄酒产业城，在昌黎县发展史书写辉煌的篇章，形成特色优势产业，我想一切都是值得的。

后来，我又返回了烟台，但是心中念念不忘赖以生存的土地和我血脉相连的家乡。然而，让我感觉到惊喜的是，昌黎干红葡萄酒产业聚集区管委会竟然派人到我所在的山东烟台来招商引资，我记得那个投资促进科科长对我公司董事长说："欢迎你们到我们昌黎干红葡萄酒产业园区投资兴业，你们放心，我们一定用我们最好的服务为你们客商、企业做好服务。"

我们公司的董事长也想开一家葡萄酒分公司，为了适应经营环境变化，调整经营战略，也是为了提高资源利用效率。面对这样热诚的招商邀请，他很快动心了，于是马不停蹄到了河北昌黎考察。那位招商中心主任亲自接待了我们，他把我们带到了昌黎县城之北的碣石山，这是昌黎历史和文化的一座标志性山峰。

招商中心主任介绍，"碣石"屡屡入诗，不仅仅《碣石门辞》《观沧海》《春江花月夜》，汉朝的梁竦《悼骚赋》有"临众渎之神林兮，东敕职于蓬碣"句，晋朝的左思《魏都赋》中有"恒碣嵯峨于青霄，河汾浩泗而皓漾"句，唐朝诗人韦应物《弹棋歌》有"岂如昆明与碣石，一箭飞中隔远天"等等。由此可知，在古人心目中，碣石与蓬莱仙岛一样成为神奇的众水朝宗之地。而且这里有大小百余座山峰，留下了碣石观海、天柱凌云、水岩春晓等自然景观，凝聚了碣石文化、葡萄酒文化、滦河文化等瑰宝，是昌黎社会发展和人类生存的不竭文化之源。

董事长很快被"碣石"的风景和人文所吸引，尤其看到昌黎干红葡萄酒产业园里，服务十分到位，各类优惠政策十分诱人。很快，如此优秀的营商环境，让前来考察投资的董事长吃下了"定心丸"。他们信心满满地跟市投资部门工作人员商谈，推进着一个个项目投资建设的相关细节。

我们公司董事长无不感慨地说："昌黎山海相依，福气祥瑞，如此山形水色之地，凝聚了碣石文化、葡萄酒文化等，给了我们干红葡萄酒企业足够的信心。另外，昌黎干红葡萄酒产业园这里的服务特别好，让我们这些客商很感动。来到这里，他们给我们提供的每一项服务都非常细心。特别是这里的机关工作人员，对待我们客商像'娘家人'一样热情。我们一定要好好（运作）经营葡萄酒干红企业投资的新项目。"

知道公司即将在我的家乡昌黎投资的消息后，经过反复考虑，我最终决定离开已经占据一席之地的烟台总公司。我要返回昌黎，为家乡建设增砖添瓦。我要用多年来的工作经验，为家乡的发展，贡献自己的力量。

我向董事长说明了情况，并告知了我就是昌黎当地人，想回去建设家乡，他很快同意并任命我为河北昌黎葡萄酒分公司发展部的副部长。

我回到了家乡，没有过多地留恋熟悉的山山水水，很快投入工作之中。我们企业发展部为了企业的发展，对接最多的还是政府单位。我发现，昌黎干红葡萄酒产业园帮扶企业服务专员每一次到企业开展服务，都是带着企业反映的问题、企业遇到的困难，及时进企业现场办公，做到第一时间解决，助推企业项目建设。

为及时解决企业实际困难、服务好前来投资的客商，政府部门建立了"服务专员全程跟进、业务专家跟上指导、机关干部靠前服务""一站式"服务机制，主动走访摸排企业发展、客商投资遇到的问题，分类建立"项目要素""项目评审"等问题台账，按照"全面问需、分类实施、难事帮办、急事快办"原则，实行"点对点"精准化定制服务，确保服务企业发展"不降温"、项目建设"不断链"、客商投资有信心。我们享受着政府高效服务的待遇。

记得有一次，我们公司要申报一个新产品的项目资质，需要对接发改、科技、税务等部门，我发现产业聚集区的这些机关单位办事效率特别高，尤其是税务办理这块高效便捷、热情服务让我印象深刻。每次到办税服务厅，工作人员都面带笑容、非常热情，对于我提出的涉税问题也耐心地解答，还主动向我宣传讲解相关的税费优惠政策，让我感觉非常暖心！记得那次税务登记证办好后，工作人员竟然主动送到我的公司，询问我们公司的发展情况，同时提出很好的建议，一股暖流直涌心头，久久不能平息。

经过几年的努力，我晋升为企业发展部部长，并且在昌黎县城买了新房，把一家人从拆迁后居住的出租房里，搬进了城里，一家人团聚了。站在宽敞明亮的新房里，我回首往事，心潮澎湃。

而令我更开心的是，在公司的推荐下，在产业聚集区管委会的批准下，我光荣地加入了党组织，成为一名共产党员。我在填写入党申请书的时候，也在犹豫，我这样的身份可以吗，只是从一个农村走出来的打工人，借着家乡经济发展的东风，为企业做了点分内的事情，这样的身份，能够加入党的组织吗？

然而，接纳我入党的政府领导告诉我，这些年，昌黎干红葡萄酒产业园发展突飞猛进，但是仍然需要进一步的高质量发展，他们需要像我这样的人才，从外地回来为家乡建设出力，积极投身家乡建设的热情，有为企业甘于奉献的精神以及对产业聚集区发展的憧憬，在员工和身边人中有口皆碑，所以完全具备一名共产党员的标准。

那一天，我和十多位入党的战友们一起，在昌黎干红葡萄酒产业园管委会的一幢办公大楼的会议室里，面对着鲜艳的党旗，举起右手，庄严地宣誓："我志愿加入中国共产党，拥护党的纲领，遵守党的章程，履行党员义务……"

放下拳头的那一刻，我流下了激动的泪水。

很多年前，我离开了生我养我的故乡，在外地发展学得了一身的本领。而如今，我重返故乡，在这个我家老房子所在地的产业聚集区发展，成为一名中国共产党党员。我应该值得自豪，值得骄傲。昌黎干红葡萄酒产业园，是我的故土，无论我走到哪里，这里都是我魂牵梦绕的地方。不论是当年的离开还是今日的归来，昌黎干红葡萄酒产业园的一草一木已经在我的身上打下了深深的烙印，我愿意为这里奉献出自己的力量！

那一天，我们举行完入党宣誓仪式，参观了正在建设中的产业聚集区，看到施工单位火力全开，抢抓施工进度，掀起重大项目建设热潮，各大项目施工现场呈现出一片火热的建设景象。

在产业聚集区一家高标准厂房项目点，我们看到，塔吊林立、机器轰鸣，施工人员趁着良好的天气，在各自岗位奋战正酣，工程车辆来回穿梭运输，建设场面热火朝天。

在另外一家公司的"葡萄酒"项目点，我们看到整个项目主体建设已经完工，施工人员正在对新建大楼外墙进行粉刷，与此同时室内玻璃安装、卸载生产设备等工作也在有条不紊地开展。

带队的领导兴致勃勃地给我们介绍，目前，聚集区现有酿酒葡萄种植面积10万亩，常年产量10万吨，主要分布在山坡、丘陵、山麓平原地带。赤霞珠、品丽珠、霞多丽、西拉、梅麓辄、玫瑰香、龙眼、巨峰等均有栽植。现有葡萄酿酒企业70家，年葡萄总和灌装能力21万吨，培育出了华夏长城、朗格斯、茅台、香格里拉等著名品牌。

我们听完介绍才知道，"昌黎产区"是国内公认的优质葡萄和葡萄酒产区之一，也是我国自我研制的第一瓶干红葡萄酒的诞生地，获得了"中国干红葡萄酒之乡""中国酿酒葡萄之乡""中国干红葡萄酒城"等荣誉称号，"昌黎葡萄酒"已成为国家地理标志保护产品，其产品在国内市场拥有26%的占有率，在国内同行业中具有较强的竞争实力。发展没有止步，产业聚集区将着力引进一批大型产业化项目，积极延链、补链、强链，促进葡萄酒产业健康快速发展，唱响了一曲攻坚克难、奋勇争先的"大风歌"。

看着眼前昌黎干红葡萄酒产业园如火如荼的发展画面，我感慨万千，这不正是在中国共产党"不忘初心、牢记使命"的伟大精神的感召下，在昌黎县委、县政府的正确领导下，在几代昌黎人的共同努力下，才换来产业聚集区今日的辉煌吗？我在这里看到的这一切，不也正是所有产业聚集区人追求美好生活的真实写照吗？不就是普通老百姓的中国梦吗？不就是伟大的中国梦故事吗？

时光飞逝，岁月如歌。改革开放以来，中国发生了翻天覆地的变化，成为世界第二大经济体。中国经济的增长速度令人印象深刻。习近平总书记完善并拓展了中国经济发展的维度，使中国成为全球创新和绿色发展的重要推动者。

　　翻开昌黎干红葡萄酒产业园的蝶变发展史，民营经济有着浓墨重彩的一笔。作为我国改革开放的试验田和"探路先锋"，昌黎干红葡萄酒产业园区在碣石山下打下发展的第一桩。数年后，来自碣石山下的蝶变腾飞，让整个昌黎迸发出前所未有的激情与活力。

　　如今，昌黎县葡萄酒产业集群被确定为省级百家重点产业集群之一，经过多年培育，涌现出一大批国内外知名品牌，产品远销20多个国家和地区，形成了集酿酒葡萄种植、葡萄酒酿造、酒瓶制造、橡木桶生产、彩印包装、休闲旅游等于一体的葡萄酒产业集群。踏平坎坷成大道，越是艰难越向前，解放思想无止境，机制一活天地宽。面对千载难逢的机遇，昌黎干红葡萄酒产业园顺势而为，积蓄澎湃势能，以弄潮儿敢向潮头立的姿态，开拓高质量发展新局面。

　　遥望未来，我在心灵深处深深呼唤，昌黎干红葡萄酒产业园一定会更加繁荣昌盛，蒸蒸日上。而身为一个昌黎人，我也会参与和见证更多更精彩的"昌黎故事"。

深度体验与文化探索之旅

书 甜

在中国辽阔的地图上,有一处独特的地理坐标,她静卧在渤海湾畔,镶嵌于燕赵大地之上,这就是素有"东临碣石,以观沧海"美誉的昌黎。昌黎县,如同一块历经沧桑的瑰宝,以其丰富的历史底蕴和自然景观,诉说着古老与现代交织的神韵之美;在这块华北辽阔的大地上,有一处古老而又神秘的地方,它以一块巨石著称,没错!那是块巨大的碣石,它不仅仅是一块普通的石头,它背后蕴藏着丰富的历史文化和独特的自然风光!

每当我提起"碣石"这个名字,都会感受到它所散发出的诗意和历史的沉淀。一座蕴含深厚文化底蕴的古城,在低声诉说着它千年独有的故事。它已经不仅仅是一个地理标志,更是一个文化的符号。千年古韵,温润如诗,一山一海,一静一动,都构筑出一幅幅独特的地域画卷,它代表着昌黎这片土地独有的灵魂和精神!

当我踏上这片土地的那一刻,便被其独特的神韵深深吸引:高耸入云的碣石山,宛如一位历经沧桑的守护者,默默地守护着这片大地;山上的古树参天,仿佛每一块石头、每一粒沙子、每一棵古树都在向我诉说着那些古老的传说和千年的历史故事。站在山脚下,我抬头仰望这座见证了无数历史变迁的山峰,心中充满了对这片土地的敬畏和尊重。这就是昌黎,一个因碣石山而得名的地方!

碣石山,古称石门,因曹操的《观沧海》而闻名遐迩。诗中的"东临碣石,以观沧海。水何澹澹,山岛竦峙。树木丛生,百草丰茂"为我们描绘了一幅壮丽的海天相接、草木繁盛的画面。

碣石山的山形峻峭,奇石林立,其中最著名的当数"碣石门"。这座山门两峰对峙,形成一道天然的门户,仿佛象征着昌黎县的门户。站在碣石门上,我们可以俯瞰山下的田野、村庄，感受大自然的神奇魅力。

　　碣石山，它不似泰山之雄伟，也不如黄山之奇险，却有着自己独特的魅力。它以其巍峨峻峭、雄浑壮丽的姿态，千百年来见证着时光的流转与历史的沉淀，它巍峨挺拔，如一位沉默寡言的智者，用岩石的语言讲述着秦皇汉武的豪情壮志，描绘着魏武挥鞭、东临碣石的恢宏画卷。

　　除了自然景观外，它还承载着深厚的历史文化底蕴。自古以来，这里就是文人墨客吟诗作赋的场所。他们在这里留下了大量的诗文和墨宝，赞美碣石山的美丽和神奇。这些诗文和墨宝不仅为碣石山增添了文化内涵，也吸引了更多的人前来探访和欣赏。这里也曾是道教、佛教、儒教等宗教文化的交汇点，山中曾有99座寺庙祠观错落林立，相容互鉴，尽显碣石包容大器之神韵。此外，碣石山还有丰富的历史文化遗迹，如曹操的碣石门、王莽改名及汉武登临碣石山观海的历史沿革等，为我们展现了一段段精彩的历史故事。

　　随着山路的蜿蜒向上，我仿佛穿越了时空，回到了那个英雄辈出的时代。在历史上，它曾是古代帝王祭祀的重要场所，也是文人墨客寻找灵感的好地方。漫步山间，我仿佛踏进了历史的长河，每一次呼吸都能感受到古人的智慧和大自然的馈赠。

　　登临碣石之巅，它犹如一位顶天立地的巨人，屹立在海滨，见证着岁月的更替；它那嶙峋的山石，犹如一幅幅天然的画卷，展示着大自然的鬼斧神工。举目远眺，山海相连，云雾缭绕，那浩渺无垠的沧海似乎能听到那来自远古的呼唤，仍在回应着古人激昂的诗篇；波涛拍打着海岸线，仿佛能听到岁月的低吟浅唱，感受到古人的壮志凌云！碣石山曾是古代帝王封禅之地，秦始皇东巡至此，留下了"刻石记功"的历史印记，那份磅礴的气势和深远的历史底蕴，犹如一部厚重的史书，让人在攀登的过程中，不断感受到岁月的沉淀和文化的浸润。

　　碣石山，古老而神秘，承载着无数人的向往与探索。它不仅是一座山的名字，更是一种精神的象征，一种文化的传承！而昌黎，这座位于碣石山下的城市，则以其独特的魅力和深厚的历史底蕴，吸引着无数游客前来探访。除此之外，昌黎还有许多其他的旅游景点，如五峰山、葡萄沟、韩文公祠等，这些景点各具特色，共同构筑成了昌黎的美丽画卷！

　　昌黎，位于河北省东部沿海地区，它的自然风光十分令人陶醉。它拥有壮丽的海岸线、广袤的田野和茂密的森林；在海边，你可以感受到海风的吹拂，倾听着海浪的呢喃，欣赏着日出日落的美丽景色；而在田野和森林中，你能呼吸到清新的空气，感受到大自然的生机与活力。

昌黎还是一座历史悠久的文化名城。走进昌黎古城，古老的城墙、古朴的建筑、幽深的街巷，无不在诉说着过去的辉煌。我沿着古街漫步，感受着岁月的沉淀，仿佛穿越回了古代的时光。昌黎不仅拥有美丽的自然风光，还拥有丰富的历史文化遗产和独特的民俗风情。在昌黎，你可以参观古老的城墙和庙宇，感受历史的厚重和文化的深邃；在昌黎，你可以漫步在古色古香的街道上，欣赏古建筑的独特韵味和民间艺术的丰富多彩；在昌黎，你还可以品尝到地道的特色小吃和美食，领略到昌黎人民的热情好客和淳朴善良。这是独属于昌黎城市风光的美！

在昌黎，你可以参加各种丰富多彩的文化活动，感受当地人民的热情和活力。例如，你可以参加一场京剧演出，感受传统艺术的魅力；你可以参观博物馆，了解悠久的历史；你还可以亲手体验制作当地的非物质文化遗产——剪纸艺术，去领略民间工艺的独特韵味。这是独属于昌黎丰富文化活动的美。这些活动不仅让你更好地了解当地的文化和历史，还能让你更加深入地融入当地的生活和社区！

漫步昌黎，无论是清晨海边的日出初照，还是傍晚宁静的渔舟唱晚，抑或是深夜星空下的碣石独语，都让人沉醉在这份独特的自然与人文之美中。昌黎，既是历史长河中的一页华章，又是现实生活里的一首赞美诗，她的美，源自深厚的历史积淀，源自大海的滋养，源自人民的热爱与创造！

在昌黎的每一天，我都在用心体验和感受。我曾在一个黄昏时分，独自一人走到海边，只见夕阳如血，晚霞映照着波光粼粼的海面，那一刻，我仿佛听到了大海与碣石的对话，感受到了大自然的壮阔与神秘。海风吹拂着我的脸庞，我闭上眼睛，让心灵与这片土地进行了一次深深的对话。我曾走过的每一条街道，看过的每一座建筑，品尝过的每一种地道的美食，这些经历都如同一颗颗珍珠，串联成了我对昌黎的美好记忆。我知道，这些记忆将会随着时间的流逝而愈发珍贵，它们将成为我心中永远的风景。

在离开昌黎的那一天，我站在碣石山顶，回望着这座古城，心中充满了不舍。昌黎，这个曾经陌生的名字，如今已经深深地刻在了我的心里。我知道，这里的一切都将成为我生命中不可磨灭的印记。

赏鉴碣石神韵，发现昌黎之美，不仅是一次视觉的享受，更是一次心灵的旅行。昌黎，用它独有的方式告诉了我，无论世界如何变迁，有些美好始终不变！而我，也将带着这份美好，继续前行。

昌黎之美，既在于其自然景观的独特魅力，也在于其深厚的历史文化底蕴以及丰富的人文风情。赏鉴碣石神韵，就是在品读一部流动的历史长卷；发现昌黎之美，则是在领略一种融合了山水、人文、历史和现代文明的独特韵味。让我们一同走进昌黎，去感受那份山海交融、古今交织的大美，去探寻那隐藏在每一片风景、每一段历史背后的故事，去品味那深植于每一寸土地、每一个人心中的昌黎之美！

碣石之气

谭国伦

雄伟的燕山山脉，如同一条巨龙横亘在坝上高原和河北平原之间，最东端以长城老龙头入海的饮水雄姿连接山海，威风凛凛。巨龙摆动，白浪滔天，拍打出一片片的迷人沙滩，北戴河海滨、南戴河海滨、黄金海岸，像一块块黄色金绢平滑细腻铺就成海滩。龙须龙脉散开，洒落一串串珠玉，时而堆积，时而缠绕，成岭成峰，多有山岳雄起，雾灵山、祖山、猴顶山、碣石山，如龙鳞游动。千山万壑，尤以碣石的坚毅伟岸而盛名远扬，粼光闪烁，金沙飞扬，洪波涌起，薄雾冥冥，各路神仙齐聚，道骨仙风环绕，气韵悠长，成为千古神圣。

一

早春二月，我也踏上东临碣石的寻仙之旅。早在少年时期，就有《观沧海》《短歌行》《龟虽寿》等曹操的诗歌名篇留存于记忆中，在《诗经》八百年以后，曹操作为建安文学开创者，成为四言诗第一人。明时的旅行家徐霞客不畏千辛万苦，探索华夏真山水，在1629年第十二次出游，终点也是碣石山。毛泽东所作的《浪淘沙·北戴河》引人入胜，东临碣石成为几十年的向往。

火车出得廊坊，大雾弥漫，偶尔闪过几盏穿云破雾的灯光，心中有些不悦。雾锁燕赵，又如何见得碣石真颜？转而一想，朝雾环绕，仙人久居，道化万千，定得仙气。神仙高士，焉能谁都可见真颜？心中坦然。那碣石山一定都淹没在云里雾里，波澜壮阔般地汹涌，变幻莫测。

这样想时，火车已过天津进入唐山境内，云雾已经不知所终，唯有大地白雪满山。雪原上，日光盈盈而过，晶莹剔透，映射车内，人脸和大地一样，像扑上了一层雪花膏，白白净净。近处莹白，远处雾白，雪接天处，已经分不出是天色还是雪色。碣石山就在不远处，难道也是白雪覆盖，只留苍松翠柏显示风骨？不在雾中行走，就在雪里静卧，碣石山在神思中亲近起来，越来越近。

二

"前方到站，昌黎车站。"火车行驶在黄金海岸，我好像已经触摸到了魏武挥鞭，已经把步子落在了徐霞客的脚印上，感受伟人的"瑟瑟秋风今又是，换了人间"。窗外没有半片雪花，只有金黄的海滩颜色，远处的山峦挺拔，巨石叠嶂，缝隙里，苍松屹立。

车站正面朝北，远处高耸的就是碣石山！由近及远的模糊中，伟岸连绵，仙台顶像金冠矗立在渤海之滨。

"去碣石山呀，你算是遇对人啦。"清婉的唐山音，与关外人相比，好像没有一点柔弱，还是几十年前我唐山战友的味道，"碣石山是我们昌黎人自豪的神山。"开电三轮的老汉得意起来，二十分钟的路程，他做了一路的免费解说员。碣石山从老汉的娓娓道来中，越来越清晰地出现在我面前。

碣石山位于河北省昌黎县，有"天下神岳"之美称，为道教圣地，遗址众多，据传封神榜中的三霄娘娘和赵公明在此修炼。郭沫若在碣石山留下"五岳之首是泰山，神岳之冠是碣石"的感叹。碣石山集名山之长：泰山之雄伟，华山之险峻，衡山之烟云，庐山之飞瀑，雁荡山之巧石，峨眉山之清凉。碣石山可以说无峰不石，无石不松，无松不奇，并以有奇松、怪石、雾海、冬雪"四绝"著称于世，被人称为"北国小黄山"。

自古以来，碣石山与昌黎海滨作为统一的整体屹立于华北通往东北的接合部上，作为东方"夷岛"进入中原"黄道"的起点而被载入最早的地理经典著作《尚书·禹贡》之中。因其是渤海近岸最为醒目的山峦，也是北方内陆山脉、河流通向渤海的标志，同时，又是古人循河入海的重要航标，"山之尽头，海之畔"的碣石山也因此被历代地理文献反复记述。

"神岳"碣石山是一座神秘诱人的仙山，《资治通鉴》卷七"秦记"载："燕人宋无忌、羡门子高之徒称有仙道、形解销化之术，燕、齐迂怪之士皆争传习之。自齐威王、宣王、燕昭王皆信其言，使人入海求蓬莱、方丈、瀛洲（云此三神山在渤海中），寻诸仙人及不死之药。"后来历史上有雄才大略又喜好神仙的秦始皇仰慕碣石仙气登山求仙后，帝王纷至，争相效仿，祈望在登临碣石山过程中有幸碰见仙人或沾上仙气，从而达到益寿延年以至长生不老的目的。郦道元在《水经•濡水注》中还引用了《三齐略记》记述了秦始皇在碣石山下与海神相会不欢而散的趣闻。

求仙观海，君临天下，以诗彰绩。秦始皇嬴政、秦二世胡亥、汉武帝刘彻、魏武帝曹操、晋宣帝司马懿、北魏文成帝拓跋濬、北齐文宣王高洋、唐太宗李世民、隋炀帝杨广等帝王都有诗留存。最为有名的是曹操《观沧海》和李世民《春日望海》。

到唐代八仙传说出现之后，碣石山又演变为八仙汇聚之所，留下了众多与八仙有关的仙踪遗迹。如仙台顶的果老院遗址以及与张果老争仙山的三霄娘娘修炼之所——碧霞宫遗址。至今碣石山主峰仍沿用"仙人台""仙台顶"与"娘娘顶"的名称，更是碣石山仙化的见证和象征。

还没有听够老汉的讲解，车就到了山门口。

这位老师傅何以如此博学？他言退休前是中学历史教师，方解我心中的疑惑。

三

因寒冷之故，游客甚少，来者多入山下的水岩寺进香。也临近中午，前方和后方已是空空荡荡，独乐如我，慢慢悠悠，没有争抢，没有攀比，不赶时间，无人催促，落个自在。

路随山转，我随路行。抚过飞来石，小憩在祭天亭。据说秦始皇等九位帝王曾经在此祭天，以求诸多仙人指点，顺利登顶寻得更多仙气。搂过笔砚松，询过山心洞，穿过核桃林，驻足八仙台。今日的渤海岸边，艳阳高照，让攀登者热汗直流。八仙台并不宽阔，想必八仙从山东蓬莱下海，激战妖魔，乘风破浪，一路辛苦，在黄金海岸登陆，攀登碣石山，乘仙风归去，也如我在此盘腿小歇？那些鬼斧神工的石头和奇姿妙态的松树应该都是他们随意点化的吧？"马首嘶空""天狗望月""金龟眺海""石猴逗鸡""将军石""情侣石""猪头石""酒篓石"……似人似物，似鸟似兽，情态各异，形象逼真；还有坡前岭后那些成片的油松，顽强地扎根于巨岩裂隙，其针叶粗短，苍翠浓密，干曲枝虬，千姿百态。或倚岸挺拔，或独立峰巅，或倒悬绝壁，或平如华盖，或尖似利剑。循崖度壑，绕石而过，穿罅穴缝，破石而出，忽悬、忽横、忽卧、忽起，无石不松，无松不奇。

　　遁入观海长廊，往南远望，山脚下的昌黎县城已经成为积木拼接，整齐排放，高低错落，井然有序。远处，海天相连，云烟覆海，风起云涌，波涛滚滚，奔涌如潮，浩浩荡荡，更有飞流直泻，白浪排空，惊涛拍岸，似千军万马，欲卷燕山群峰。

　　抬头仰望，仙台顶就在"离天三尺三"的高处。行百里半九十，近在咫尺未能极顶，也是功亏一篑。和八仙座谈后，又继续向高处攀登。再往上行，依然险峻，巉岩高耸，陡壑深涧，望而生畏，登上一面陡坡，即可立足千仞峭壁之上，在一峭壁处，刻有碑文："崇祯二年（公元1629年）徐弘祖（霞客）经盘山过崆峒至碣石，永留久远，立字为纪。"三百年风雨，字迹已模糊，需认真辨析，方可得出原意。

四

　　仙台顶，别名汉武台，俗称娘娘顶，居于碣石山群峰正中，其主体由一块巨型花岗岩构成，四壁如削，磅礴雄浑，为渤海近岸的最高峰，是曹操吟出千古绝唱《观沧海》之地：东临碣石，以观沧海。水何澹澹，山岛竦峙。树木丛生，百草丰茂。秋风萧瑟，洪波涌起。日月之行，若出其中；星汉灿烂，若出其里。幸甚至哉，歌以咏志。

　　登高望远，极目天地舒。向南望去，山下的碣阳湖如同一只碧蓝碧蓝的翡翠，镶嵌在燕山的脖颈上，与碣石山相映成山水绝景。远处是昌黎县城的多彩建筑，在阳光下，闪烁出迥异的光芒。再往远处，就是著名的黄金海岸，烟雾与蓝色大海一脉相承，相接蓝天，天幕及地，给人感觉是走上那块大幕，就可以直上灵霄，也许会位列仙班。

　　山南为阳，山北为阴。东升西落的冬阳还不曾光顾碣石山北面，碣石山北坡竟然还有很多积雪，如同来时在火车上所见。在树丛中，在缝隙中，在角落里，还有大片大片的积雪，释放出蓝茵茵的光芒，如同洁白的花朵开在碣石山上，露出的山石好像从雪地里拱出来的，惊异地看着这个世界。

　　继续北望，对着碣石山是另一座山系，与连绵的碣石山之间形成一条宽宽的山谷，谷底就是堆砌的云雾。在风平浪静中，雾海一铺万顷，波平如镜，映出山影如画，峰如扁舟轻摇，看对面的山如同在天上，想必站在对面的山上看碣石山也是如此。

山风轻拂，四方云漫，涓涓细流，从群峰之间穿隙而过；雾海清淡处，一线阳光洒金绘彩，雾海浓重处，升腾跌宕稍纵即逝。近处仿佛触手可及，顺手掬起一丝流云做五彩锦缎……

五

仙台顶实为碣石山最高峰，整个碣石山由东、西五峰山组成。东五峰山位于仙台顶东侧，由望海、锦绣、平斗、飞来、挂月构成。西五峰山如五指并排在仙台顶西侧。

得过仙气，我随路标指引，来到西五峰山半腰处的韩文公祠，虔诚地向唐宋八大家之首的韩愈叩首，与先生对视，希望再得先生文气。《师说》：古之学者必有师，师者，传道授业解惑也……《马说》：世有伯乐，然后有千里马，千里马常有，而伯乐不常有……《春雪》：新年度未有风华，二月初惊见草芽。白雪却嫌春色晚，故穿庭树作飞花……经典段章涌现心头。昌黎县因为韩愈祖籍，被人称为"韩昌黎""昌黎先生"，昌黎先生不畏旧势力，倡导的古文运动提倡的"文道合一""气盛言宜""务去陈言""文从字顺"等散文理论，影响了后代万千文人，韩愈也因此和柳宗元、欧阳修、苏轼被称为"千古文章四大家"。

移步山下，一尊素雅的汉白玉雕像与山岳同高，与日月同辉。气宇轩昂，满带书卷气息，一幅玉树临风之模样，他就是"铁肩担道义，妙手著文章"、不畏黑暗、寻求光明的中国革命先驱李大钊先生。出生在碣石山南的乐亭县大黑坨村的李大钊，自幼就对"昕夕遥见之碣石"异常青睐，尤为神往。生前曾多次到碣石山中游览山居，吟诗作文，并于1919年夏天借到这里避暑之机，写出与胡适论战的公开信《再论问题与主义》和《我的马克思主义观》等重要文章，与碣石山结下不解之缘。1924年春夏之交，他曾于碣石山群峰中的西五峰山韩文公祠内藏匿，避开了北洋军阀政府的缉捕。

在碣石山中生活的李大钊，不再有仙人的闲适，不再有文人的柔性，而是以猛士之身，练就了一身光照未来的革命剑气，面对屠刀，从容不迫。气吞日月，气震山河，气威敌胆，气存千古！

如果说山脉是地球的骨骼，那么碣石山就是中华气脉，就是昌黎人的傲骨丹心、铁血气魄！

岁月缝花　碣石有声

孙晓明

　　山之巍巍，水之汤汤。广袤的中国大地上，山与水仿佛总是相伴而生。岁月悠悠，时间在岁月里开出花朵，山峰默默记录着沧桑巨变，潮涨潮落间每一朵浪花把故事翻涌成永恒。集山与水灵性于一身的昌黎县地理位置得天独厚，北枕碣石，东临渤海，西南挟滦河，923年置县"广宁"，1189年取"黎庶昌盛"之意定名"昌黎"。昌黎的山与水让其更显神秘，更有内涵。

　　游览一座有故事的山峰仿佛走近一位智者，山风是它的耳语，山里的每一颗石头、一株草、一朵花仿佛都自带灵性。春天，是适宜登山远眺的，如果去秦皇岛当然要去一次昌黎的碣石山。碣石山系燕山山脉伸向渤海的突起余脉，由上百座大大小小的山峰组成。山中的名胜古迹很多，景区形成的年代也比较久远。因那里也有一座"棒槌山"，与我们承德的"棒槌山（磬锤峰）"同名，所以勾起了我的兴趣。承德的棒槌山游览了很多次，故事也听了很多次，我还真想听一听一座海边的山峰到底又怎样的传说故事。

　　碣石山的由来要追溯到大禹治水。司马迁《史记·天官书》里记载："故中国山川东北流，其维，首在陇蜀，尾没于勃碣。""勃"是渤海，"碣"是碣石山，"勃碣"是渤海边上的碣石山。传说大禹治水的时候，渤海边洪水泛滥，淹没了良田。大禹负责到渤海边治水，探寻地形的时候，大禹会让手下在能疏流的地方插上木桩子，也就是"楬橥"。某天，大禹带着人乘船查探，路过碣石山这个地方的时候突然风雨交加，大浪滔天。大禹领着人同风浪搏斗，却怎么也找不着理想的靠岸的地方。正在不知所措时，大禹发现有一个像楬橥的石桩子，豁然屹立在山旁。大禹亲自掌舵，大家齐心协力，把船靠了过去，拴到了石桩子上。登上了碣石山，大禹和手下才长舒了一口气，心想：多亏碰到了这个石桩子，要不后果不堪设想。离开碣石山时，大禹手下的人想在碣石山立个楬橥，大禹说："这儿有天生的'楬'石，这在水中望着像航标的圆柱形山顶就是大'楬石'，这拴船的石桩子就是小'楬石'……"打那以后，渤海边上有"大楬石""小楬石"的消息就传开了。再后来，人们把"楬"的"木"字偏旁换成了"石"字，"楬石山"就写成"碣石山"了。

最能领会碣石山真谛，和大禹感悟相通的恐怕就是曹操了。207年，曹操领兵东征乌桓凯旋，途经昌黎，登临碣石山，望着苍茫的大海心中无限感慨，留下传颂古今的著名诗篇《观沧海》："东临碣石，以观沧海。水何澹澹，山岛竦峙。树木丛生，百草丰茂。秋风萧瑟，洪波涌起，日月之行，若出其中。星汉灿烂，若出其里。幸甚至哉，歌以咏志。"上学时我们只知道把诗句背得滚瓜烂熟应付考试，却没有去探寻诗句背后的奥秘，原来"东临碣石"的碣石居然就是昌黎的这座碣石山。岁月轮转，我们背诵着曹操的千古名句，遥想当年一代枭雄登临碣石山，又恰逢打了胜仗，心中该是何等的豁达、欢愉。

除却这首千古绝唱《观沧海》。曹操还写了一首同样有名的《龟虽寿》，其中著名的诗句"神龟虽寿，犹有竟时。腾蛇乘雾，终为土灰。"至今仍让无数后人吟诵。这首诗虽然是曹操离开碣石山之后所写，但也不难看出灵感依然来源于碣石山。

除了碣石山，昌黎的海也值得一提。黄金海岸是著名的旅游景区，每年夏天这里都吸引着无数游客前来游玩，这里的沙滩干净、细软，躺在沙滩上晒晒日光浴，好不惬意。我喜欢光着脚丫在沙滩上行走，沙滩上残留着阳光的余温，每踩一下脚底都传来暖意，柔软的沙子按摩脚底的感觉很是舒服。网上很火的阿那亚礼堂坐落于昌黎黄金海岸腹地，是一处很文艺的旅游景点。阿那亚取自梵语"阿兰若"，意思是指寂静处，远离人间烟火处、修行处。我喜欢这些文艺的东西，自然不会错过阿那亚礼堂这个景点。黄昏时分的阿那亚礼堂最让人着迷，远远望去礼堂置身于空旷的沙滩中孤零零的，几许阳光投射过来，特别有意境，此时拿起相机无须修饰就是一幅美图。走近阿那亚礼堂，房屋独特的造型，古朴的白色建筑，墙壁粗糙的纹理，倾斜的房顶，每一处都让人流连……

昌黎，除了美丽的海岸、沙滩，还可以坐船看捞网打鱼。有次五一假期，我们心血来潮驱车来到昌黎坐船出海看网鱼。那艘船是上下两层带栏杆的那种，浪头一过来船好像要翻过来似的，恰逢那天天空阴沉沉地飘着小雨，嗖嗖的海风吹着，有些微凉。当时有个阿姨因为晕船抱着一层的栏杆嗷嗷直吐，我们这些胆大的站在二楼扶着栏杆远眺大海，预测着能不能网到鱼，网多少。二楼有位父亲带着一个小男孩，那个小男孩也就三四年级的样子。当船只遇上风浪来回摆动的时候，有的小孩吓得惊叫甚至哭出了声，而那个小男孩没有丝毫胆怯，他抓紧栏杆还吟诵着："大雨落幽燕，白浪滔天，秦皇岛外打鱼船。一片汪洋都不见，知向谁边？往事越千年，魏武挥鞭，东临碣石有遗篇。萧瑟秋风今又是，换了人间。"

"爸爸，这首词跟此情此景是不是很配？"小男孩笑嘻嘻地等着他爸爸的表扬。

"不错，非常配。"爸爸称赞着。

那天小男孩还背诵了曹操的《观沧海》等诗篇，我们不禁为小男孩竖起了大拇指，小男孩也欣然接受我们的赞美，并表示感谢。

小男孩的爸爸是某地的中学老师，他说他和孩子妈妈经常带孩子出来游玩，他们觉得孩子多出来走走、见见世面比在家里死学习要强得多。

男孩爸爸的话让同船的好几位家长深有感触。那天的渔网只网到了几条小鱼，在众人的要求下全部放生了。虽然说坐船一圈时间很短暂，也没有网到大鱼，但那个小男孩却成为那天船上最大的亮点，也是这个小男孩让我牢牢记住了毛主席的这首《浪淘沙·北戴河》。

夏天的海让人着迷，冬天的海也一样让人沉醉。当看见小红书博主分享的秦皇岛市昌黎县新开口码头海鸥、冻海的美图时，我感觉心里的繁芜瞬间消隐。蔚蓝的天空下，湛蓝的海面、白色的冻海、冰冻的防浪堤、成群的海鸥有的觅食有的展翅飞翔……干净、纯粹的画面，让人瞬间心动，瞬间心醉。我醉心于小红书博主的分享，盯着美图久久挪不开眼，幻想自己也置身于那片沙滩，耳边是海鸥的鸣叫，大海的腥咸不时闯入鼻腔……

我与朋友约定有机会一定要去看一看昌黎的冻海，去吹一吹冬日的海风，亲自领略一下白色冻海的美丽。

古语云"上善若水，无际惟山"。峻而壁立千仞，为无际自高，无欲则刚也。水无形，至柔而克刚，上润天，下泽地，其性至灵至坚也。如果说碣石山赋予了这片土地坚韧不拔的精神，那么渤海之水路过昌黎绝对是为了带给这片土地一点温柔。在滦河的归处，燕山把余脉伸向大海，一山一水，相辅相成，让这片土地熠熠生辉。勤劳朴实的昌黎人民在碣石深厚底蕴的滋养下，在大海博大胸怀的熏陶下，勇敢探索出了适合自己的致富路，让昌黎成为著名的花果之乡、鱼米之乡、文化之乡、旅游之乡、狐貂之乡、干红葡萄酒之乡。

早在大学的时候我对昌黎就略有耳闻。当时同宿舍有个同学是昌黎的，她家那个村子有养狐、貂的，还有种植葡萄的。在我的认知里我以为秦皇岛守着海要是养殖也是养螃蟹之类的，听了我同学的介绍才刷新了我对秦皇岛的认知，尤其对她的家乡昌黎有了几分好奇。

犹记得有个国庆假期，我这个昌黎的同学特意带回一瓶长城干红葡萄酒，她说她们那红酒很出名的，一定要让我们尝尝。那时候全宿舍人都没有喝过酒，但又很想尝试一下。于是，我们六个人就着花生米和蔬菜沙拉把一瓶红酒喝了个精光，红酒后反劲，当时喝完没一会我们就晕乎得不行，但不得不说那瓶酒真的好喝，酒的余味和涩感至今都让我难以忘怀。同学说她们昌黎的土壤多为砂质土壤，具有良好的透气性，并且富含多种矿物微量元素，这些条件都非常适合葡萄的生长。加上昌黎位于北纬40°附近，昼夜温差大，充足的阳光有助于葡萄进行光合作用，促进果实成熟和糖分积累，提高葡萄的甜度和风味。她还说有机会一定带我们去昌黎欣赏她家的小狐狸和昌黎美丽的沙滩……

时光飞逝，岁月如歌。大学毕业后我多次去昌黎的黄金海岸游玩，每一次都会有不同的感悟，每一次路过碣石山都会想起那些传说和故事，想起那瓶单宁醇厚、口感顺滑的葡萄酒。偶尔我也会想起那个背诵《浪淘沙·北戴河》的小男孩，那么优秀的一个孩子现在一定在象牙塔里追寻他的理想。

岁月缝花，山峰有音！如今的碣石大地洪水不再泛滥，一片欣欣向荣、盛世如愿。碣石大地的人们在山与海的护佑下书写了无数动人篇章。昌黎，这个有着深厚底蕴的县城必将在时代的浪涛里乘风破浪，续写新的辉煌！

寻找郭亚珠

胡　涛

离开北京雨来中学后，我时常忆起郭大姐。因忙于工作，只给她打过两次电话，写过一封书信，却都没有联系上。

记得那是 2000 年，金秋午后，北京雨来中学的校园里格外明净。办公大楼外，一个中年妇女用完餐，走出食堂，看到地上有几张梧桐叶，遂躬身一张一张拾起来，放进了垃圾桶。

她的举止端庄斯文，穿一件天蓝色上衣，褐色裤子，显得干净整洁，戴副眼镜，秀气斯文。她看到我们注视着她，主动向我们问好，自我介绍说，我是新来的物理老师，叫郭亚珠。

寒暄之后，我们就熟悉了。

第二个礼拜天下午，四点左右，郭老师来到我们宿舍，把我和另外几个留守在校园的外地老师叫到她的寝室里，端出一盆煮熟的虾，叫我们品尝，我们很惊讶。她说，从秦皇岛带来的，今天早上才从海里打起来，新鲜。

盆子里的虾个头肥硕，通体鲜红。还没有吃，我们喉咙上的馋虫就开始躁动了。郭亚珠老师对吃特别讲究，她拿出早就准备好的塑料手套，叫我们戴上，她自己也戴上，开始示范剥虾。她说，吃一点虾皮，可以降低尿酸。

我们平时在内地餐厅吃虾都要蘸点酱油之类，郭亚珠说，赶海人吃海鲜是不用佐料的，用佐料就破坏了海鲜本来的美味。

面对新朋友，任何人都会毫无理由地接受对方的建议的，我们把剥好的虾原汁原味地放进嘴里，轻轻咀嚼，并未感觉不适，反倒觉得清香味美。内地的河虾、人工养殖虾腥味重，主要靠佐料撇腥提味，海鲜的确不一样。

郭亚珠告诉我们，她来自秦皇岛市某中学，老公张老师家住昌黎县刘台庄，紧邻渤海，他们吃海鲜是家常便饭。听得我们眼馋，生活在这么美好的环境中，我们很羡慕。

学校元旦演出，郭老师带领初中部几个年轻女老师扭秧歌，成了整台晚会的焦点。他们表演的是正宗的昌黎秧歌，不像东北秧歌那样动作简单整齐划一，昌黎秧歌灵活多变，表演者犹如川剧中的摇旦子，身体各部位都在运动，腿手头扭动自如，诙谐有趣，郭亚珠是领舞。

晚会结束后，郭亚珠就成了校园的明星，无论走到哪里都有学生上前去主动问好。

后来，学校安排我上公开课。那时，郭亚珠已经是学校教导处副主任了，我讲的是《观沧海》。课后总结会上，郭亚珠和其他老师一样挑了些好听的话安慰我。午饭后，她把我叫到她的办公室里，开门见山地说，你并没有把碣石山的壮观和美丽讲出来，也没有讲出曹操为什么要登临碣石山，并且留下了如此豪迈而又深含哲理的诗篇。

我的确没有思考到这些，只按照教参书确定了教学目标和重点。听了郭亚珠讲解才知道，碣石山奇峰险隘，如屏似障，巍峨挺拔，直俯海湾，人称"千古神岳"。远远望去雅致雄浑。《山海经·山经》记载，碣石山由百余座大小山峰组成，主峰海拔600多米，在渤海里的船只把它当作靠岸的航标。博大精深的文化内涵，是具有神奇魅力的文化符号。秦始皇登临碣石山写下了《碣石门辞》。此后，汉武帝、魏武帝（曹操）、唐太宗等九位帝王先后登上山峰。他们巡疆拓土、观海抒怀、隔空对话，成就了五岳之外"碣石神岳"的盛名。曹操登临碣石山，既是为了寻找先帝的足迹，也是勘察战略要地。北方人不擅水，曹操对水上作战就显得格外重视。

古往今来无数文人墨客登临碣石山也为之倾倒，情不自禁发出心底的吟哦，留下了许多诗词佳句。唐代杜牧写下了"碣石临天峻，千峰压翠屏"。元朝郑光祖写下了"碣石山前左雄峰，右秀峰，中悬崖千仞"。

郭亚珠娓娓道来，如数家珍。知识通过她不紧不慢、秀气标准的普通话表达出来，更是悦耳动听。后来，我问她，你怎么不教语文？她说，我专业是物理，只不过对文学特别爱好。

我把自己曾经写的两篇小说赠给她，她很快读完，还写下阅读体会。挑出作品的缺憾，她谦虚地说，我仅仅是以一个普通读者的眼光来看作品的。

晚饭后，我们很多老师习惯在校园里遛弯，还听郭亚珠介绍了昌黎县的地方文化皮影，李大钊革命活动遗址，等等。

我们的家乡，虽然也有很多值得讲解的历史文化、风土人情等，但是，从我口中说出来，总显得苍白。没有郭亚珠那种绘声绘色的表达天赋，我们就只能老老实实地听她独自演说。我们暗自佩服她，她就像秦皇岛的导游，天文地理，衣食住行无不精通，我们开始尊称她郭大姐。

既然是大姐，我们当然听从她的指挥和安排。教导处需要布置展厅，办宣传栏、外出参加教研活动，我们在郭大姐的带领下，忙得不亦乐乎，十分开心和谐。

闲暇时，她总是不厌其烦地给我们讲述昌黎县的故事。把我们都听成了昌黎人，我们感觉昌黎县的碣石山就是深远高尚的文化象征。虽然没有去过，但是我们强烈感受到了昌黎人那种刚健有为的精神力量，那种踔厉奋发的人生态度，那种对真理锲而不舍的执着追求。

在央视介绍祖国各地的节目中，我看到了碣石山，它巍然挺立在渤海之岸，它高尚的文化蕴含着自强不息、昂扬进取的精神。

从郭大姐那里，我感受到了昌黎县的人文生态。一代又一代昌黎人搏击海浪，登临高山，聆听魏晋的呼喊，沐浴大唐的清风，经历战火的磨炼，迈开时代的步伐，绘制美好的宏观画卷。

郭大姐承诺过，要亲自领我们去秦皇岛，去昌黎县，登碣石山，看沧海惊涛拍岸，吃海鲜，品鼋鱼酒，拾昌黎红扇贝。

郭亚珠，郭大姐，您在哪里？重逢的时候，我们期待着您兑现诺言！

葡萄沟，心灵的打卡地

余显斌

一

农家小院，营造着宁静温馨，也营造出一片红尘之外的世界。四百多年的岁月，让这里多了一份安宁，一份远离世俗的洁净和和谐。当然，四百多年的建筑，也就带着雕花镂纹，带着古色古香，带着诗词的韵味。

更何况，这里是碣石山的深处。

当年，金戈铁马，旌旗飞舞，曹操一路征战，打败乌桓，骑马飞奔，登上碣石山，面对水色荡漾，山岛高耸，引吭高歌，吟诵出"东临碣石，以观沧海。水何澹澹，山岛竦峙"的名篇，在中国四言诗中竖起一座碑，也将翰墨清香，沁润在了这片土地上。这里，从此就流荡着古风古韵，流淌着翰墨文化。

这些，都随着阳光雨露渗入大地，渗入草木。

翠色，在这里鸣叫着。

虫鸣，在这里隐居着。

还有露珠，在这里凑集着，闪烁着，让整个沟谷，整个村子都氤氲着一片清凉的水汽，一片洁净的意韵。

这些，都为主角出场做足了铺垫，做足了渲染。

这主角就是葡萄，昌黎县十里铺乡西山场村葡萄沟的葡萄。

二

　　在昌黎葡萄沟，葡萄如女子一般，藏在深闺，无人能知。唯有盛世，也只有盛世，能让这里的葡萄走向岁月前沿，出现在游人面前，晶莹透亮，各显风姿，各见清润，让人一见，舌尖顿时生津，味蕾自然开放。

　　每一种葡萄，在这里的小院晶莹着，在这儿的山间圆润着。

　　每一种葡萄，如果是人，在这里都显得燕瘦环肥，成就舌尖绝色。

　　马奶葡萄，椭圆，翠色，水润润的，仿佛是绿玉雕琢的。绿玉能雕琢出这样的形状，可是，如何能雕琢出这样的水润，这样的光色？除非抛光，除非打磨，否则，怎能有这样的光晕？

　　如果，它是绝色女子，一定是感到有些羞涩了。不然，怎会一粒粒凑在一起，密密地挨着，带着小心，带着胆怯，带着欲说还休的样子？

　　摘一颗马奶葡萄放进嘴里，甘甜多汁，味道爽口。

　　这是草木的另一种味道。这里的草木就这么多情，这么富有灵性，将自己最美的汁水、最美的味道奉献出来。葡萄架上，一片片葡萄叶大如掌，含情脉脉，在招手，在呼唤，让人品尝。

　　有人吟诗，"绿棚一架曼条生，玉翠琉璃串串盈"，就是将马奶葡萄当女子写，针对味蕾的感觉说的，很形象，很到位。马奶葡萄，在葡萄沟等待着每一个多情的舌尖，前世今生，含情脉脉。

　　马奶葡萄青碧，和红提放在一起，用白盘盛着，放在桌案上，是国画的内容。国画中，一盏玉盘，白净轻盈，墨线勾勒，上面用写意笔法，点染几粒绿色马奶葡萄，间或一串红提，带着微微的紫色，是能胜过高山大水的。

　　这样的画，是齐白石老人晚年最爱画的。

　　红提，就那么粒粒滚圆，粒粒红艳，泛着水润的光，泛着天地赋予的清华。

　　我在唐伯虎仕女画中，看到明朝女子，披肩长裙，发髻高耸，站在树影下，典雅，沉静，耳垂上挂着两粒红玉，就如红提。可是，和红提相比较，这样的玉珠总少了一份水意，一份润泽。如果这种玉珠带着红提的水润，映在明朝女子净白的脸上，映着柳叶眉，一定会吸引人眼球的。

　　红提水分足，酸甜适中，入嘴之后，清华盈舌。

　　最主要的是，这种葡萄是葡萄中的郎中，能醒酒，能阻止人体血小板凝聚。血脂稠的，来到这里，租一椽房子，每日几十粒红提，一定会对病症有所缓解。

三

这里巨峰葡萄并不大,相反,很小,但是很精美,粒粒紫黑色,上面带着白霜,就如穿着紫黑色抹胸,披着白纱的女子,一串串在葡萄沟农家小院的葡萄架上躲闪着,在葡萄叶间闪烁着,带着一种内敛,一种含蓄。

前世,巨峰一定是唐朝女子。

甚至,我怀疑是从阎立本《步辇图》里走出的宫女,流苏飘拂,长发随风,悄悄走进昌黎,走向西山场村,走进葡萄沟,幻化成一种葡萄,躲在这里,和其他葡萄聊天,和其他葡萄一起倾听虫鸣,观望星空,感受露珠的抚摸。

巨峰葡萄特甜,口感清爽,纯净。

巨峰葡萄能酿葡萄酒,酒体纯正饱满,一杯进嘴,果香荡漾,如箫音在十五的月夜回荡,久久不散;酒意缭绕,如二胡在小巷深处响起,曲折回环。

如果这种口感是音乐,应该是《二泉映月》。

美人指总是细长,白嫩,指甲上涂着蔻丹,慢慢伸出,做兰花状,如兰花绽放。当然,这样的手指也可以擎着夜光杯,盛着葡萄酒,在烛光掩映中款款喝下。那是一种诗意,更是一种小词里的意境。这种意境,如果让李清照用词表示,一定会惊艳世人的。

可惜,她没有写。

她只是写了"三杯两盏淡酒,怎敌他晚来风急"的句子。

这种意境,于是留给了葡萄沟的美人指葡萄。一粒粒长长的葡萄,带着一种水润,一种优雅,尖端透出微微的红色,是涂抹了蔻丹吗?天地如此匠心独具,草木如此多思,竟然生出如此舌尖尤物,倾倒舌尖的同时,也倾倒人们的眼光,收割着游人的赞叹。

美人指葡萄口感甜美爽脆,清润顺滑。

这是葡萄中的传奇。

至于龙眼葡萄则浑圆如珍珠,绿中透黄,黄中带着红晕,是三种颜色交汇晕染的,是自然色彩的相互渗透。大自然总是爱匠心独创,让我们在葡萄沟,在一家农家小院与之猝然相遇,赞叹不已。龙眼葡萄在阳光下带着透明的色泽,折射着阳光的七彩,那果皮中包着的仿佛不是果肉,是汁水,是红色、黄色和绿色交会的果汁。吃一粒,一嘴酸甜汁水,带着一种清凉,一种清爽,直沁入心中,沁入灵魂中。

四

  我租住的那处农家小院，在山坡下面，石墙环绕。院门是六角形的，仿佛挑着帘子走进去，就能和旧日时光相遇。门外，是一道葡萄走廊，一直延伸向院子外面。我沿着走廊走着，仿佛走在电影的慢镜头中。

  农家小院的大厅有雕花镂纹的柜子，还有油亮的八仙桌、太师椅。木制香炉板上放着祖宗灵位，香炉中香烟袅袅。另一个木格中，放着瓷瓶、陶罐、木雕，还有别的东西。

  我住的房子，木床雕花，很大。

  房内白色墙壁，床是白木的，被子带着阳光的气味，泛着隐隐的绿意。外面，葡萄叶在招展着，仿佛调皮的女子，朝里房内悄悄看着。

  主人热情，让尝尝葡萄，一个竹编的篮子，里面放着几串葡萄。竹篮是青皮的，葡萄有紫红水润的，有黑色精致的，有各色斑驳的。

  紫红水润的叫玫瑰香，拿起一粒，放在手心，那种紫色和红色相会交汇，仿佛是从内朝外泛着的，以至于手心都沁润着微微的紫红色。拈起一粒放在舌尖，有点不忍心咬，这么圆润的自然杰作，破坏了，有点可惜。

  玫瑰香，味道极甜，极香。

  小而精致的是黑珍珠。这个名字，和李煜晕染的一种叫作"天水碧"的丝绸音韵相似，带着一种诗韵，一种平仄。黑珍珠，真的是珍珠，小小的珍珠，紫黑色，一个个泛着紫黑色的光，水汪汪的光。这种葡萄是酿酒的。葡萄沟是出产葡萄的地方，也是酿造葡萄酒的地方，各种名葡萄酒酒厂，也掩映在翠色里，掩映在天光中，或古拙，或精美，或轩敞，如童话世界。

  黑珍珠果粉厚，黑中带着白色，果汁淡红色，味道香甜醇厚，带着草莓的香味。

  各色斑驳葡萄凑成一串的，当地叫作小蜜蜂，很形象。小蜜蜂葡萄甜，甜得和舌尖难分难舍，险些要和舌尖上演一曲《雨霖铃》，"执手相看泪眼，竟无语凝噎"了。

五

是夜，我睡在床上，窗户开着，风轻轻吹过葡萄叶子，沙沙地响着，如窃窃私语的声音。这声音，是葡萄叶的声音，是葡萄的声音，也是天籁。

晚上，山中很静，是一种天地特有的静，一种深入灵魂的静。我从都市来，一下走入这静中，所有红尘，所有喧嚣，所有烦恼都消失了。安宁，安静，是烦恼的天敌。换言之，葡萄沟和这些烦恼绝缘。

露珠大，密，时时能听到"嘀嗒、嘀嗒、嘀嗒"的声音，从一片叶子上落在另一片叶子上，再滑落到又一片叶子上。露珠带着一种清亮的意韵，一种圆润的意韵，滴落在窗外，也滴落在我的心里，滴落在我的想象中。

我想，这是露珠的歌声，也是露珠和葡萄呢喃交谈的声音吧。

同时响起的，还有虫鸣，或清悠，或洪亮，或粗拙，或嘶哑，长长地回荡着，回荡在葡萄架下，回荡在野外，回荡在绿色里。

我一时有些恍惚，葡萄沟的葡萄如此多，如此清亮水润，是露珠幻化的，还是虫鸣幻化的？或许两种都有吧。

在虫鸣和露珠滴落的声音中，我静静地睡着了。我的睡眠不是很好，尤其到了陌生地方。可是，此夜，我静静地睡去，梦中仿佛有露珠滴落，有虫鸣唧唧声，一声声在我的心里滚动，结成一串串晶莹的葡萄。

我醒来，窗外阳光洁净，映照着窗户，映照着葡萄树叶和葡萄，将影子映在墙上，如水墨画一样。对，就如徐渭的《墨葡萄》。

葡萄沟，昌黎的葡萄沟，是葡萄的故园，是露珠和虫鸣的故园，更是心灵的打卡地。

碣石山韵昌黎情

千里草

攀碣石山，登仙台顶，观沧海茫茫；揽五峰山，驻足奇石，慨叹自然奇观；游龙潭洞，注目水岩寺，拜"三教"圣地；赞石刻，读碑文，惊古迹颇多；翻史书，阅古文，方知封神榜中的三霄娘娘和赵公明在碣石山修炼的传说……

位于昌黎县境内的碣石山，奇峻峭险，大大小小百余座峰峦，起伏连绵，巍峨壮观。因其主峰仙台顶远望像极了直插云霄的天桥柱石，如碣似柱，故得名"碣石"。碣石山濒临渤海，位置重要，《山海经》及《尚书·禹贡》里都有记载，素有"神岳"之美誉。时至如今，碣石山风景区已与昌黎黄金海岸形成了秦皇岛市沿海地区一道亮丽的风景线。

"东临碣石，以观沧海……"让碣石山声名远播，以观海胜地闻名九州。两千多年来，秦皇汉武、唐宗魏武等九代帝王，都曾登山观海。唐、元、明、清不少文人墨客在此留下了诗句："碣石临天峻，千峰压翠屏"，"碣石山前左雄峰，右秀峰，中悬崖千仞"，"碣石山峰壁峭陡，云海中高挺"，"碣石山峰，云烟缭绕"。这些诗句在形象地描绘了碣石山千峰压翠、峰壁峭陡、云烟缭绕等峻峭壮观景象的同时，也反映了碣石山名山地位和历史文化底蕴的深厚。

读大三那年，我和三个同学来北戴河旅游，第一次去登碣石山，就是想看看郭沫若的"五岳之首是泰山，神岳之冠碣石山"的风貌，领略毛主席诗词中的"东临碣石有遗篇"的神韵。

那是一个阳光明媚的秋日，我们一路上跑跑跳跳，打打闹闹，上山时很是兴奋，也许是有山顶无限风光的吸引，动力十足，两个小时就登上了仙台顶。可是下山就不同了，疲惫慵懒的样子很难看，蹒跚的脚步很沉。太累了，我们就想坐下歇歇。

这时，一阵铃铛声随风飘来，岔路口一架驴车伴着一位老者的吆喝驶出来！车上两箩筐葡萄，还有半箩筐苹果。

"怎么了？小伙子们，走不动了？用不用我的驴车捎上你们一段？"憨厚洪亮的声音似乎有点逗弄的意思掺杂。

我们几个人的确是走不动了，就坐上了驴车，只能让这驴受累了。老者还拿出两串葡萄给我们吃，葡萄酸甜，沁人心脾。

几番颠簸，驴车停在了一个离汽车站不远的地方。

"坐我的驴车，吃我的葡萄，你们得给钱！"老者说得很肯定。

给钱？我们面面相觑。

"把你们兜里的钱都掏出来！"

兜里的钱本来就不多，都给了他，我们怎么回去啊？我感觉情况有点不妙，让老人家给算计了。兜里的钱，放在一起还不到二百块钱。

"我们就这么多了！"我似舍非舍地把钱递过去。

"哈哈哈！哈哈！不要钱，你们走吧！这几个苹果你们也带上吧！"老者又给我们每个人手里塞上了两个苹果。

"啊？！"没等我们缓过神，老者的驴车已经掉头走了。

我们激动加感动，慌乱地给老者鞠躬。都说自古燕赵多慷慨悲歌之事，那一刻，昌黎人朴实内敛、慷慨的人格在老者这里体现得淋漓尽致。

那次去昌黎登碣石山，什么也没记住，记住的只有昌黎老者和他的驴车。

大学毕业后，在东北老家工作的三十多年里，来昌黎登碣石山仅一次。那是出差，参加教育部在北戴河召开的基础教育培训，时间比较富余，吃了不少北戴河、昌黎的美食。不仅自由自在地游览了碣石山，还去了黄金海岸等地。也就是在那时，让我重新认识了"天外桃源"的碣石山。进到了韩文公祠，知道了革命先驱李大钊在此创作了他的革命理论文章《我的马克思主义观》和《再论问题与主义》；见识了昌黎这鱼米之乡、钢铁产业之乡、干红酒之乡的经济引擎发展的大格局，以及由此带动起来的葡萄种植、特色养殖、海产品加工、碣阳酒业、钢铁产业、粉条加工等多元化经济产业模式。这些产业如雨后春笋般齐头并进，茁壮成长，为昌黎地域的经济与社会发展奠定了坚实的基础。

要说昌黎及碣石山和我真是有缘，儿子考上了燕山大学，毕业后就定居在了秦皇岛。去年我退休了，接受儿子的安排，又来到秦皇岛买了房子，晚年就算定居在秦皇岛了。用我儿子的话说"去昌黎或碣石山就是一脚油门的事儿"，算是家门口了。

去年深秋，应秦皇岛市一个民间文化团队的邀请，参加了"走昌黎，看碣石，寻韵赋诗情"的活动。活动是网名叫"祥云"和"老风"的两个年轻人组织的。第一天我们游览了昌黎城，参观了部分企事业单位。著名的华夏葡萄酒有限公司给我留下了深刻的印象，现代化的贮酒车间一眼望不到边。亚洲最大的地下酒窖，在地下十多米深，由数十万块花岗岩砌成，一万多平方米的面积，气势恢宏，四季恒温，一万多只进口的橡木桶，贮存着各年份的高档葡萄酒。就是在这个地下酒窖里，我们了解了许多酿酒、品酒的知识，还免费品尝了普通和高档葡萄酒。

帝王涉足观海、墨客执笔丹青、仙贤传教修道的碣石山，古貌依旧，山脊透迤。当我再次来到碣石山下，独有的景致、画卷般的美丽风光让我目不暇接。新开辟的碣阳湖和葡萄沟更是景色宜人，让人惊艳不已。连绵的山峦凸起着宏伟，群山环抱着林峰美石。隐约处，古刹钟声鸿，古迹影踪留。观澜渤海风云聚散，护佑昌黎蓄富平安。

五十多人的队伍，攀登在重峦叠嶂、云雾缭绕、宛如仙境的碣石山上，给这段古韵幽幽的山地增添了一抹风景。队伍里我算是年龄比较大的人了，缺乏锻炼体力自然不支，开始的时候，信心满满，走在队伍的前面，后来就慢慢地落在了队伍的尾端。

一路上，很多人都在热情地鼓励我。"加油哦，快到仙台顶了。""前面风景更好！"还有好心人告诉我"累了就歇会，最好不要坐下，站立着为好"。坚持就是胜利，我虽然气喘吁吁，攀爬一段，休息一会，走一程，歇一脚，强迫自己不要掉队。努力的结果还是"脱离"了领队"祥云"的视野。

"祥云"的对讲机发出了寻找我的声音，队伍里带着对讲机和听到声音的人，都在寻觅着我的身影，而我却浑然不知。

"您是千里草老师吗？"一个漂亮的女孩飘到了我的面前，"都在找您哪！您起来，我陪您走一程吧！"女孩笑靥如花，声音很甜。女孩是昌黎户外活动队的人，不是我们队伍里的人。

阿伦老弟是队伍里的热心人，他听到"祥云"寻找我的信息后，不顾登山的劳累，就按原路返回来找我，见到我还拥抱了一下。

"没事！不急！慢慢走。"他沙哑磁性的声音安慰着我。

他让我先往前走走，找一个太阳光充足暖和的地方歇着，他还要再去后面看看还有没有我们队伍的人。在这个人的话语和行动中，我体会到了人间的善良和温暖。

又一个健壮的小伙子，回来迎我，他的对讲机里发出了声音，他带领着我继续前行。

美丽的姑娘，热心的阿伦，健壮的小伙子，还有"祥云"的呼唤，给了我力量，使我忘记了疲劳，我顺利地和小伙子登上了仙台顶。

风飒飒，气舒爽。俯瞰大海茫茫，海天一体，远景尽收眼底。"碣石十景，碣石观海最壮观。"征服高山的自豪感油然而生。我不自觉地喊了起来，我的声音在这碣石山巅回旋……

下山的路口，满脸笑容的"祥云"在等我和其他队友。

"还好吧！大哥！身体可以啊！"他拉着我的手，不但没有埋怨，还在鼓励着我。

"体力跟不上，让你操心了！"

"不客气！必须对你们负责！"

好一个"负责"的年轻人，你的责任心我已经看到了。

青山不老，绿水长流。山河间有你们这些富有爱心和责任心的年轻人守护，一定会像这碣石名山一样，盘亘在祥和的昌黎大地，岿然屹立。

晚餐在昌黎县城一个以钢铁文化为主调的大酒店，温馨的环境给人家的感觉，餐桌上摆放了玫瑰香、龙眼葡萄等鲜食果品。每个餐位上还赠送了一个坠有貂狐皮毛的钥匙挂件。设计小巧玲珑，时代感十足，让我们爱不释手。

"我们不喝白酒，就喝昌黎特色红酒，中粮华夏、茅台干红、朗格斯酒庄的都上。"文友的建议符合我意。

红酒飘香，韵味十足。文友诗兴大发，餐桌上成了作诗吟赋的擂台——

碣石山韵昌黎情，

登天台顶，

观沧海，不输帝王枭雄。

旖旎风光，

心陶冶，不舍昌黎美景。

慷慨悲歌，

看今朝，喜迎八方来客，

红酒香浓诚做东。

……

脸颊飞红晕，心底酒醉醺，出口无关平仄，只需厚意浓情……

萄满架香满院

李冬梅

在葡萄沟，想到一个故事。

唐高祖宴请群臣，席上有葡萄。陈叔达拿着，没有吃。高祖问原因，陈叔达说："我母亲患有口干病，想葡萄却吃不到，我想拿回家给母亲吃。"

葡萄成全了儿子的孝心。同时也让我想到，那时，葡萄还是珍贵之物，要在宫廷御宴上才能品尝，即使贵为丞相府主簿，也不能轻易得到。低头看看捏在指尖的一大串葡萄，瞬间生出一种不明所以的富足感。

唐朝时候，我们昌黎凤凰山脚下的西山场村想必还没出现，但山，肯定已经巍峨于蓝天之下大地之上。丰沛水流弹奏着叮叮咚咚的乐曲，在深沟浅壑中银带子般迂回，与青山相伴。那些林间飞过的鸟雀，一定都生着甜美的歌喉；那些在叶子间休憩的昆虫，一定都丰满着胖嘟嘟圆滚滚的身子。如此青山绿水，如此林茂草美，想必已经昭示着这片地域，早就得了天地灵气，正所谓物华天宝，是该有"仙果"出现的。历史的车轮滚滚向前，不知道哪一年，葡萄伸枝爬蔓绿了个漫山遍野，骄傲地宣告着"它来了！"你看，自然，从来不会让人失望。一方水土养一方人，地肥水美，足以引人驻足，继而结庐为舍，过起凡俗中锅碗瓢盆的日子。这扰攘尘世，总是有人，仿如带着使命呱呱落地。站在时光的此岸回望，是谁携着满身仆仆风尘跋山涉水而来？是谁，在这山间以满腔热血满身力气，置换了一处安居乐业之地？茅檐草舍也好，坎坷石径也罢，晨昏在烟火中迢递，现世在一粥一饭中安稳。日出而作，日落而息，用汗水、用面朝黄土背朝天的谦卑，在土地上耕耘，以此希冀"人勤地不懒"。有付出，终有收获。葡萄，是来自山与水的馈赠。

于是，小小山村处处竖立柱，架横梁，新桩渐渐沧桑成老桩，老桩上的枝子剪下来，插进土地，生根爬藤长叶，又是一架葡萄撑起了新的凉棚。村里村外，街角路边，入目皆是葡萄，成就了声名赫赫的"葡萄沟"。

葡萄深具慈悲心，植株既无尖刺，也无望之生畏的高度。想吃果子，探手从头顶的架下摘一串，饱满、紧实，吹弹可破，放进齿间，甜，一路蔓延到心底。设若陈叔达生在现代，赶到中秋前后到葡萄沟，那么，他一定可以豪奢地把葡萄车载斗量，想拿多少摘多少。

成箱葡萄装满车，疾驰在通往县城的路上，可以豪奢地大手一挥，卸下几箱葡萄的，毕竟是生活在现世的我们。陈叔达只能站在厚厚的历史册页间神伤，终究只能向高祖讨个赏赐，才可把葡萄带回家孝敬老娘。我和父母坐在车上，悠闲地赶着节令，不急不慌出了门。正当葡萄珠子汁水最饱满、甜得不管不顾的那一刻，我们恰如其时地到了。在农户院子里，桌上已经放着一盆洗好的葡萄，水珠子把阳光投射到眼中，整盆葡萄仿如红玛瑙绿宝石般闪闪烁烁。人还没走过去，已不自觉咽了下口水，馋涎欲滴。迫不及待捏下一颗往嘴里送，每一颗味蕾都在欢呼。面对美味的饕餮之相，哪有半分淑女模样？葡萄当前，是连形象也顾不上了。母亲年岁大了，唇摇齿动，葡萄，是少有的几种她能够接受的水果之一，因此，我对葡萄的喜爱又多了几分亲昵，有十足的感恩在里边。

村路平坦，头顶，密密层层的叶子隔成个天然遮阳棚。巴掌大的叶子一片压着一片，一片碰着一片，稠密，厚实。藤枝显得不够粗壮，枯木般的赭色，似乎少了润泽，谁能想到，它却是滋养葡萄最重要的通道？那些泥土中的水与养分，正是通过藤干中的髓部组织和导管，源源不断地储存与运送着。老藤虬曲盘绕，以柔婉的姿态，韧劲儿十足地扛起了整架枝与叶的生长。累累垂挂的葡萄果子，紫巍巍亮闪闪，如珠如玉。"星编珠聚透晶莹"，一颗颗葡萄在风的拨弄下溢彩流光，让人忍不住赞叹出声。那红绿相间、浓淡相宜的色彩，溢出画一般的美感。有人说，葡萄入画历史悠久，很多画家喜欢。葡萄，代表着美好的祝福与祝愿。有吉祥喜庆、多子多福、人丁兴旺、"一本万利"、丰收和富裕的寓意。尤其是成串的葡萄，更寓意着硕果累累、多多益善的意思，再配以灵动的鸟、虫，使得画面静中有动，动静结合，引人遐思。欣赏过那么多幅名画，此刻清晰忆起的，是吴昌硕先生的一幅葡萄图。整幅图中，葡萄并不显眼，反而是那些叶与藤，彼此纠缠，像是在惬意地随性而舞。耳畔该有欢乐的曲子正在铮铮奏响，要静凝着拢了神来谛听。你看，每一片叶子，都姿态各异，翻卷着、欹斜着、绰约着。那暗涌的生命力，如此让我感怀！

站在葡萄架下，鼻腔完完全全只余林木自然的涩香，如丝如缕，纷至沓来，柔和而悠远。微风细细，从山间水畔穿街过巷而来，似乎携着山深处的韵律，不断地，高一声低一声地送过来。有什么被阳光融化了，简淡而清新的气息，不声不响地注满四肢百骸，连这具肉身，也轻盈起来。素日里赶着完成工作的疲惫，点点滴滴这里亏了那里赚了的算计，在接连不断的葡萄架下，在清风拂过脸庞的惬意间，都浑然不觉地放下了。旅行的意义，或者就是这样，短暂地离开正轨，得些挣脱了羁绊的自由，像忽然飞溅而起的水花，莹亮透彻，就算瞬即归入水流。那一刻，也因跳脱而显得珍贵。

葡萄植株不远处，野草野花交相辉映，摇曳多姿，绿与五彩，彼此成全。蝴蝶支棱着一对斑斓翅膀，正和一朵明黄野花打情骂俏。未及抬头，发现一只蜜蜂悄无声息地停在一颗葡萄粒儿上，它不是要采这果子的甜蜜吧？著名画家王雪涛的《葡萄蜜蜂图》，终于让我在现实中找到了对应，画中那只蜜蜂，可不正像眼前这只一般，在安稳地低头嗅闻。未曾在葡萄架下发现叽叽咕咕的鸟雀，准定是躲开游人的热闹儿，到山林中觅清静去了。

父亲和母亲在我侧旁，一边走，一边谈论着葡萄的长势，一路走，一路闲聊，看到什么都新鲜，什么都能引出个新话题。大南瓜让他们驻足，香炉瓜更招人喜爱，长长的蛇豆真没辜负了好名头，果然有蛇一般的身形，若非知道是豆子，晚上乍见，非吓一跳不可。午饭我们吃到了香炉瓜炖的红烧肉，挖空瓜瓤，煨好的肉块儿放进瓜里，上锅蒸，及至熟透，瓜甜肉香，真是天作之合，互相影响，都被提升了口感。一尝之下，不由大快朵颐。减肥？早就把这念头抛到九霄云外去了。

拐个弯儿，正巧遇上有人家里收了花生回来，秧子绿生生，花生角颗粒饱满，外壳上的泥土还透着湿润，是才从田里拔下拉回来的。父亲和母亲，就像得到了邀请一般，赶过去，一个蹲，一个坐，三句两句就攀谈起来，顺手把花生从秧子上揪下来，看上去其乐融融，果然农活，才是他们心心念念最熟悉的事。

乡人淳朴，不停招呼："吃吧吃吧，我们这里，可不只是葡萄甜，这花生的味道也不错。"盛情难却，果然抓起一小把，剥皮，扔进嘴里，土地的清香，准定是被花生尽数得了，嫩嫩的，鲜美，和葡萄的滋味截然不同，却各具特色，都能让你欲罢不能。

葡萄沟的葡萄品种不少，玫瑰香、巨峰、龙眼、美人指、马奶子、阳光玫瑰，简直是应有尽有。我曾经这样形容，玫瑰香甜得像母亲的叮咛，温柔细腻绵延不尽。巨峰是葡萄里的大个子，甜得有些剑走偏锋。马奶子葡萄白绿色，有一点淡淡的奶香味。无核白是孩子们喜欢的品种，可以吃葡萄不吐葡萄核。只要你来了葡萄沟，就可以寻得一个园子，装上几箱心仪的，打包带走。可不能只落个眼馋的结局，必须带些回去，才能一解返城后对葡萄沟的念想。主人递过来一把剪刀，葡萄左一串右一串，皆在风里招摇，像是在说"这里，这里"，竟没有一个不讨喜，要怎么取舍呢？眼花缭乱，迟疑不决。

　　近旁扎着马尾辫的小姑娘跳来跑去，指着一串葡萄，就要这个，里边有阳光。这句话，让我呆愣片刻，孩子果然都是天生的诗人。这些葡萄，何止浸透了阳光呢，它们一路走过漫长岁月，春的细雨，夏的微风，秋的白露，想必都已经被珍藏于葡萄汁水的密码中。在月华如水的夜晚，葡萄们一定汩汩地吞咽着目光看不到的山岚，又嬉笑着躲开了小兽嗅闻的鼻子和不停蠕动的馋嘴，若说品尝，递向齿间的，哪里是一颗葡萄呢？还有满山的日升与月落，晨雾与霞霓。站在侧旁打量主人家摘下葡萄，再精心剔除一些不太漂亮的果子。他们目光专注，连手里的剪刀，也似乎被赋予了特殊的意义，倒像是母亲望着护着抱着转眼长大的娃娃，眼神中既有慈爱与欣慰，又有点淡淡的不舍。

　　葡萄沟，实在应该带父母去看看，不必非要到山上踏足大平顶草原；不必沿着潺潺溪水去看卵石间小鱼嬉游；不必推开吱扭作响的木门，去聆听历史风烟在一处建筑里的回声。仅只是葡萄长廊平缓的路上斑驳的光影，就值得脚步流连；仅只是矮墙上那些大如磨盘般的南瓜，就值得凑过去一起摆个造型，快门一闪，两张喜庆的笑脸；仅只是坐在葡萄架下，品尝一顿大锅农家饭，滋味也丰足。母亲说，谁还没吃过米饭吗？这走走看看的，花呀叶呀果子呀，看啥都喜庆。在葡萄架下吃东西，还是第一次，怎么觉得胃口好像都不一样了？他们在乎的，哪里是一段旅程？那被不断念叨的，是有你陪伴可以说说笑笑的时光。

　　院里，做饭菜的大嫂们笑语晏晏，里里外外忙活，鱼肉蛋菜在指间被收拾利索，说着逗着招呼着上了灶加了火。手下动作行云流水按部就班，一点也不影响嘴上乐乐呵呵与人打趣开玩笑。院外的短墙上，置放着乡人自己酿的葡萄酒，成瓶成桶地装着，质朴的样子，安然地等着有谁凑近了探问个价格，或者倒上一杯，尝一尝，在讨价还价后，带走个三瓶两桶的。也有葫芦、花椒、干蘑菇和木耳，错落地居于一隅，待价而沽。货主是附近村民，售卖的，大多是自家所产，价格往往容易商量。

　　正在街巷间漫无目的地溜达，左瞧瞧右望望，一个苍老的声音喊住了我："闺女，来，这边。"抬头一看，是刚刚路过的小摊子，一位大娘正含笑招手。踅过去，站定，打着招呼，没想到要买啥，寒暄之后的沉默，让我不免有些尴尬。她抬手递过来巴掌大的小葫芦，说："刚刚不是看过？送给你了，不值几个钱，留着玩儿。"钱是不好再给的，千恩万谢接过来，在指间把玩欣赏。心里暗自想着，回头把这小葫芦送给我父母，葫芦呀福禄，但愿这份美好心意，能够给他们带来安康与吉祥！几个大大小小的葫芦旁，堆放着的，是紫红紫红的花椒果子，连着枝，新鲜、香味浓郁得直冲鼻子。拿起边上的塑料袋，装了几把，让老人给称了称，掏钱付款，这才心满意足地向准备了饭食的小院走去。皆大欢喜！

  我常常想，若喜欢某个地方，一定不只是迷恋着当地的美景、美物以及美食，更多的，肯定是为着人。和善、敦厚、悦纳，山村的人文，散发草木的馨香气息。美美与共，葡萄沟，在用自己的方式，解说这个词的深刻含义。

这里是碣石，这里是昌黎

赵志诚

身为一个昌黎本地人，写下这个题目是很自信自豪的。可是作为一位语文教师，我又不敢说，"这里就是碣石，这里就是昌黎"，因为"古碣石""古昌黎"是我们绕不开的话题。

讲到曹操的"东临碣石，以观沧海"，高适的"摐金伐鼓下榆关，旌旆逶迤碣石间"，怎么能不讲"碣石"？讲到韩愈的《师说》怎么能不讲"韩昌黎"？怎么能不讲"韩文公祠"？更何况我们还有教授乡土历史的责任、培养学生爱我家乡的情怀呢？

我不敢说"这里就是碣石"，是因为语文教材对于"碣石"的解释有过三个版本：沉海说，存疑说，昌黎说。好在近几年的注释统一改为了：碣石，今河北省昌黎境内。总该没有问题了吧，并没有。唐山高光新先生的一篇文章说：《观沧海》一诗中的"山岛竦峙"的"山岛"就是如今昌黎的碣石山，当时三面环海，那么曹操又是站在哪里观的沧海呢？我们的昌黎城又在哪里呢？又有更古老的《禹贡》《山海经》中的"碣石"问题。"大禹治水经过碣石山"的传说，明明白白地写在碣石山的传说里，可是大禹治理的是黄河啊！更有专家根据当时的生产力水平和地貌特点，论证出大禹治水应当在长江流域的某一段，真是让人如堕五里雾中。有人说历史没有真相，因为历史是胜利者书写的，又经过了后人的整理改编，自然有很多有意无意的错漏。但是，历史地理学因为有地质地层、山川河流在那里，本应有更多的确定处吧，然而并没有，看看各地的地名之争便知一二。只要是对当地名声有益的，所谓的"专家"就会搜索古今，或断章取义，或牵强附会。这种结论先行，只求对我有利，不问事实真相的做法造成的讹误，真真流毒不浅，祸及子孙。就让专家们钻进故纸堆里抽丝剥茧寻踪觅迹打嘴仗吧，我只说"这里是碣石",我眼前的这座大山它就叫"碣石山"。

碣石山是矗立在每一个昌黎人心里的,是我们的"指北针"。我的老家在昌黎县城的西南方五六十里,在昌黎和乐亭的边界处——滦河的东岸。滦河套是我们的游乐场,每到夏秋时节,青纱帐起,在河套里滚沙丘、捡石子的我们,常常因走出去太远,而找不到回家的路。这时,我们就会抬头远望,寻找那天空中淡淡的山影,因为大人教给我们"对着山,一直走,就能找到回家的路"。我们穿过茂密的柳树林,翻过一座座巨大的沙丘,蹚过四道河,终于找到回家的路时,所有的惊慌忐忑一下子成了长征胜利会师一般的喜悦。山在,家就在。"碣石山"就这样印在了少年人的心里。

碣石山是神秘的。它静静地站在天边。有经验的老农根据山影来预判天气:山影清晰天气晴好,云在山腰天气不差,不见山头大雨将至。而我记得最清楚的是冬天的时候,广播喇叭里刺耳的广播:"乡亲们请注意,北山的狼群下来了,附近村子的猪被掏了,大家要关好门户,不要让孩子们夜里乱跑。"于是,一黑天,各家的妈妈们就早早喊孩子们"回家吃饭"。原本我们前半夜是不着家的。那时还没有电灯,煤油也要省着用,我们夜里不是玩打仗,就是捉迷藏,怎肯窝在家里?"狼来了"的消息总要让我们被约束在家里几天。北山上有狼,这是碣石山给我的第二个印象。

再后来,我到县城里读书,学校就在山脚下,我们每个周末都可以去山上玩,几乎爬遍了附近的山头。自然,山上也不再有狼。我们有乐亭县的同学,他家在乐亭县城南三十里,他说也是看着碣石山的影子回家的,他家距离碣石山有百里之远了呢。他骄傲地说:"我回家时小伙伴问我学校在哪里,我说,你看到那座山了没有,学校就在山脚下。他们羡慕得不行呢!"再后来,知道了李大钊的故事,知道他的老家离我的老家不远,只隔着一条滦河,我猜想他之所以来到五峰山避难,也是跟我和我的同学一样,因为每天望着山影回家,碣石山早就种在了我们心里。

毕业后,我在县城教书,站在教学楼的走廊上,只需抬头北望,整个大山一览无余。最高的"娘娘顶"如耸立的高台,五峰山似巨大的凹凸笔架,不知名的群山绵延不尽。天晴时,一山一石,一草一木尽收眼底;天阴时,山也虚无,树也缥缈。我总会想起台湾作家李乐薇的《我的空中楼阁》中的句子:"虽不养鸟,每天早晨有鸟语盈耳。无须挂画,门外有幅巨画——名叫自然。"是怎样的一幅画呢?是王希孟《千里江山图》中的危峰高耸,怪岩断崖;是黄公望的《富春山居图》中的恬淡宁静,淳朴自然。一晃二十九年,不曾审美疲劳,不曾熟视无睹。

这里是碣石山，我本山中人！

再说说昌黎吧，昌黎昌黎，黎庶昌盛。感谢那位把"广宁"改为"昌黎"的父母官，因为"广宁"是一地由动乱到和平安定的祈愿，当社会太平之后，我们就该有更高的追求，那就是黎庶昌盛。依此标准来看，左近的几个地名，以昌黎为最好，抚宁、乐亭次之，秦皇岛、青龙、卢龙又次之，山海关、海阳、滦县最下，仅记地名而已，没有什么寓意。真不知道汉魏时期的"昌黎郡"因了什么要废掉，让我们捡了两个大便宜。一个好名字，一位大文豪。掉书袋一下，我觉得"昌黎"应该是使动用法，使黎庶昌盛，正是父母官的责任和使命。一位敢把县名改成"昌黎"的父母官，想来也坏不到哪里去，因为他的心里是装着老百姓的。

在昌黎的各个小区名字中，我最喜欢"黎昌尚府"，深深赞叹命名人的机巧。因为从左向右读是"黎昌尚府"，从右向左读是"府尚昌黎"。"府尚昌黎"，既表明了家庭住址，又自有一种自豪感；而"黎昌"正合了"黎庶昌盛"的一层，看我大昌黎"花果之乡""红酒之乡""葡萄之乡""狐貉之乡""钢铁大县""旅游胜地"……不一而足，百姓安居乐业，幸福安康。我不知道是不是套板公式，比如什么"京北尚府""津天尚府"之类，即便有，我也觉得"黎昌尚府"是最佳！

感谢那位地方官范进士，在"天生文笔峰"的五峰山上修建了"韩文公祠"，让韩昌黎来到了昌黎县，让全中国的学生们在诵读韩愈文章的时候都知道了"昌黎"的大名。我觉得不只是锦绣文章，韩昌黎让后人记住的应该还有他为官一任、造福一方的故事。被贬潮州，他不计较个人的名利荣辱，治洪水、杀鳄鱼，在不到八个月的时间里，赢得了"一片江山尽姓韩"的美名。习近平总书记在《念奴娇·追思焦裕禄》中写道："百姓谁不爱好官？把泪焦桐成雨。"焦裕禄是县委书记的楷模，我们的韩昌黎也是公务员的表率。当我们去李大钊纪念馆时，也该去韩文公祠转转。时时念着"昌黎""韩昌黎"的公务员必是人民的好公仆。

说句题外话，我原本以姓赵为荣，因为我们村里几乎全姓赵，《百家姓》中"赵钱孙李"，咱排第一，大宋皇帝是咱本家。可是读了昌黎乡土历史，我才知道，大宋皇帝不曾管到昌黎县，咱正是在《岳飞传》里被痛骂的金国的子民，后来又归属了辽国，建于辽代的源影寺塔就站在那里。没有了祖宗的光环，就没有了阿Q的"老子先前阔得多了"的自我安慰的资本，我们还是立足当下，这里是昌黎，咱就是昌黎人，老呔儿！

昌黎印象

郭丽萍

记得小时候,夏天在晚霞中摇着蒲扇听故事的时候,我常常指着西南方向那片黑色的大山问奶奶:"奶,那是什么山啊?山上怎么还有铁塔啊?都染成金子色了!有时候黑夜了还有灯光还是星星在闪呢!""那个啊,是娘娘顶!碧霄娘娘修行的地方!在昌黎呢,是咱们这儿最高的山啊!"小小的我,也就常常手托着脸颊,仰望着西南方那高高的山和山上闪烁的星星陷入遐想⋯⋯

12 岁的时候,我学会了骑自行车。于是,我开始和父亲一起,驮着米袋子,每年四五次骑车 50 来里地,前往位于昌黎县城的火车站,给远在哈尔滨的亲戚邮寄大米、白薯干。从家里出发,一路是村间小土路—乡间大土路—省道柏油路—昌黎县城,从山间田野和乡村低矮房屋,一路走进车水马龙有着小楼的县城,一路的疲惫往往被新奇和震惊所代替:笔直的大马路,一个接一个的商铺,唱歌一样的声音,衣着时髦的男女,飘逸在空气中的油炸糕、熏鸡的味道,都让我这个乡下来的孩子感受到课本中的两个字:繁华。父亲告诉我:"这就是昌黎,繁华的昌黎。"

从此,我走过很多地方,虽然也都留下了印象,但是却从来没遇见过昌黎这样的地方,给人的印象这么厚重,这么独特。

远古的风吹过千年,将历史的印痕以大写意的方式,在从南到北纵横 47.5 公里、从东到西绵延 50.5 公里的总共 1212.4 平方公里的土地上,勾画泼染出高山、山地、丘陵、山麓、平原、滨昌翡翠岛海平原,如徐徐展开的画卷,在广袤的时空中由西北向东南倾斜地延展开去,延展开去,直入到苍茫大海,化作碧波⋯⋯这就是那个辟山为庐,择水为邻,筑城而居,城区高楼鳞次栉比,乡村阡陌纵横,山地气象氤氲,海畔烟波浩渺的昌黎,那个有着千年历史、千年文化、千年传承、千年创新的昌黎。

且不说她千年的历史，也不说她的风光毓秀，单是在她的地域走马觅踪走一走，你就会深切地感受到她并被她所感染。

一

仁者乐山，智者乐水。说到昌黎，自然要从碣石山说起。因为，这既是昌黎的最高点，又是昌黎历史的起点。

在昌黎县域西北，是一片苍茫呈弧形的山峦。高高的碣石顶，如同母亲高昂的头，昌黎县城就似被紧紧拥在母亲下颚的怀抱中；延伸出去的山脉，好似舒展的双臂，将昌黎自西北到东南的广袤大地拥抱舞动。山峦最显处，是那片有着无限神韵的碣石顶。

碣石顶，亦称仙人台，是碣石山脉的最高峰，也是千百年来普通民众顶礼膜拜的高峰，更是文人骚客、名人伟人驻足吟诵的地方，素有"天下神岳"之美称。碣石山山脉中的36座山峰，或磅礴雄浑，或峻峭秀丽，一峰一异景，一峰数奇景，错落有致，天然巧成。景观以仙台顶、天桥柱、五峰山、龙潭洞、水岩寺、碣阳湖等最为出众，自然景观与人文历史相融，《封神演义》的传说、《山海经》的记载，众多的遗址遗迹，让这片碣石山山脉有了灵韵，有了厚度，更有了千载的温情。更有史书记录，碣石顶这座海拔只有695米高山峰是渤海沿岸的最高峰，春秋战国时期以来，就有历代帝王，巡游和观海抒怀，秦始皇、汉武帝、曹操、李世民等九位帝王留下壮美诗篇。郭沫若曾在北戴河疗养时远观碣石山，留下了"五岳之首是泰山，神岳之冠碣石山"的感叹。毛主席也曾写过"东临碣石有遗篇"的词句。

攀登碣石山是一件"苦事"，更是一件乐事。沿着已经被前人脚步磨得溜光的石台阶拾级而上，一边远观近看山石遗踪凭古赏今，一边聆听密林深处传来的婉转鸟鸣天籁，时而坦途可小跑，时而蜿蜒不见前路，时而需要手脚并用，清泉、飞瀑、鸟鸣、花香和热汗一路相伴，观一观飞来石、龙潭洞、核桃林、碣石观海天然景致吧，看一看近700种植物的弄清辉，寻觅一下100多种动物的踪迹，旅途不知苦，乐在其中味无穷。

站在仙台顶，山风徐来，花香沁鼻，顿觉神清气爽，两腋生风，物我相忘，远眺波光闪闪的大海，脚踏坚实厚重的火山岩，真觉得山上的各种树木是碣石顶飘逸的发，那东山、西山两座小山是她明亮的眸，那一泓青碧的碣阳湖水是她吹气如兰的嘴，那两侧延伸的山脉是她坚实而又温暖的臂膀，那铺到海边的万亩良田是她美丽的裙裾……突然明白为什么当地亦把碣石顶称为"娘娘顶"。沉浸其中，慨然似乎自己是"一览众山小"的英雄，同时又会生出"飘飘何所似，天地一沙鸥"的感觉，不由得背诵一首曹操的《观沧海》，虽为女子，也心中豪气顿生！

回望首，一片如龙盘的山脉就依偎在碣石山东麓。望去，山青翠，路蜿蜒，红旗招展，革命先驱李大钊的白色大理石雕像赫然在目。那就是仙台顶东侧的"东峰耸翠"，也是革命圣地五峰山了。平斗峰、飞来峰、挂月峰、锦绣峰和望月峰五峰叠翠相连又形状各异，环列如屏，形如笔架。山上青松如画，怪石嵯峨，迤逦清秀，直插云天。这里有历史悠久的"韩文公祠"，更有中国共产主义运动的先驱、中国共产党的主要创始人李大钊曾八次到五峰山游览、山居、避难，在此写下了《再论问题与主义》《我的马克思主义观》等论著。五峰山被李大钊誉为"人间奇境"。昌黎五峰山李大钊革命活动旧址1997年被河北省委、省政府确定为省级爱国主义教育基地，2010年被列为全国第二批红色旅游经典景区。

站在先辈李大钊的雕像前，感慨万千，万里河山美如画来之不易，我辈当如何？我辈当珍惜！我辈当自强！我辈当奋发！以青春之我，奋斗青春之国家，青春之民族！

二

站在高高的仙台顶，俯瞰下去，正南方，是一泓波光潋滟青碧如蓝的水面，那就是坐落于碣石门与碣石山主峰仙台顶及其巅连的环形诸峰之间山间盆地之中的碣阳水。注视之下，阳光下闪着金光的蓝色缎子在随风起舞，隐隐有水汽氤氲，那一定是碣石山峰的倒影映衬在湖面化作的图腾。

隔着这泓湖水，是小时候曾无数次向往的昌黎县城。历史的发展中，有些印象已定格，成为记忆，如同小时候昌黎那热闹古朴的火车站、人流熙熙的北马路和空气中的油炸糕、熏鸡的味道，都已经成为我坐在山顶俯瞰的一部分。而有些印象，在成长，在变新，如同现在看到的那傲然穿梭于高楼和商铺中间三纵两横笔直的大马路，车如流水马如龙；那如绸带一样绵长起舞在县城的平房、矮楼中的小巷，阡陌纵横般把县城分割成棋盘一样的格子，看似随意，其实咬合链接有序而又互成景致。回忆与现实的交叉中，仿佛觉得脚下的昌黎县城是海市蜃楼。同学说，那是海市蜃楼的现实版。走吧，下山走一走吧！

走在昌黎的碣阳大街上，是与在碣石山顶截然不同的感觉。山顶的玉树临风变成了平地的脚踏实地，我笑称：怎么有一种仙女下凡的感觉？

昌黎县城最繁华的地段要属燕山路、民生路、学院路和碣石大街、鼓楼大街三路两街的纵横交差地了。店铺林立，店面装饰各具特色，每每走过，路上摩肩接踵的人群和店铺的色彩斑斓，都让我有一种上海南京路的感觉，仿佛置身大城市，继而会觉得这里的气氛、这里的人文太适合街拍了：商铺是喧嚣的热闹，路上是摩肩接踵的人群，服装各异，神态各异，却是满街萦绕着谦逊、祥和和繁华。

大路边是高大的法国悬铃木，红枫树，一街一树，有的挺拔俊秀，有的敦厚粗壮，不论是玉树临风，还是虬枝苍劲，都在风中吟唱着冬天的歌儿，与天空中飞过的鸟，互相唱和。与人流擦肩而过，感受着喧嚣和热闹，从推着自行车卖糖葫芦的大叔那里买上几串糖葫芦，喜静的我急匆匆拉着同学从繁华的碣石大街随意拐进一条小巷，比如戏院街。在这里，我总是能找到历史的痕迹。你看那大小不一石块拼就的路面，你看那张开双臂就能抚摸到的斑驳的石墙，你看那石缝中的青苔，还有那从半掩着的老木门的缝隙中透出来的阳光，传出来的唱歌一样腔调的老呔话，我常常在想：太古时代，北枕碣石，东临渤海，西南挟滦河的这片土地，什么时候有了人类发展？是否在春秋肥子国时期，就有了这种呔音？是否在1189年那种如歌般的腔调咏叹出的"昌黎"，就把"黎庶昌盛"的美好寓意定格了千年？

门缝中的阳光里有灰尘在舞蹈，一种来自远古的温暖缓缓流淌，小巷平添了许多安详与幽静，间或的聊天声仿佛是远古祖先的叮咛。或许，这灰尘也曾经滋润着千年之前的先祖们；或许，这缕阳光也曾照射那房门中影影绰绰的绣球花；或许，这种呔音就是在这灰尘与阳光中一代代传下来的。刹那间，会让你感觉到正是这缕阳光，这种呔音，跨越时光，穿越千年，才一点点积淀出这一条条的阡陌纵横，这一曲曲的喇叭调儿，这一出出的地秧歌，这一场场的皮影戏；积淀出"全国文化先进县""中国民间文化艺术之乡""中华诗词之乡"！

走过历史，面向现在。站在昌黎县城中央的高楼顶，蜘蛛网一样的路网、格子间一样的高楼和矮房，阳光下是明晃晃的淡粉胭脂红和鹅黄色、土褐色房顶的反光，马路是长袖善舞的裙裾和广袖。把县城西北的碣阳湖衬托得如西湖般优雅，仙台顶如泰山般巍峨，更把城域内的河北科技师范学院、昌黎汇文中学等学校，现代化的农副产品批发市场，城区周边的华夏、茅台、朗格斯等专业红酒生产基地，以及葡萄小镇内的酒庄、酒堡等尽收眼底，浓郁芬芳的气息扑面而来，由想到到望到嗅到，产生一种有形链条；远远望去，南面的田野村庄如江南水乡一样缥缈。

而脚下，是那座源影寺塔，正巍峨地坐落在城西北隅古塔寺街。这座属于典型的辽、金时代的佛塔建筑是八角十三层砖木结构密檐式实心塔，底边长4.2米，平面面积为90平方米，塔高36.1米。各层飞椽和角架为木质，其余均为青砖砌筑，雕刻仿木结构。源影寺塔塔基上建有须弥基座，座上有砖雕斗拱承托着平座，平座的栏板上雕刻着几何图案及优美的花卉纹，平座以上由两层砖雕莲瓣承托塔身。历史的沧桑并不影响这座塔成为昌黎历史的见证、当代的网红打卡地。

站在高楼望昌黎，看着高楼、平房，大街、小巷，汽车、源影塔，突然间，只觉得昌黎和他的民众，他们一直是那么的执着，那么的淡定，千百年来，不论此地归属哪个朝代，他们一直在一片海、一座山、一幢塔之间，在烽火硝烟和晨钟暮鼓之间，倔强地保持着他原本的姿态。他们也从不躲避热爱自然的人群，只是在等待一种慢下来的心情，或者一双发现者的眼睛。

三

走下高楼，回到昌黎县城的柏油路上，嗒嗒的脚步声是动听的乐曲。娟说，去吃赵家馆的饺子，喝一杯昌黎县的葡萄酒吧！据说，这饺子从1921年开始在昌黎开始包到现在，距今已百年！据说，这酒是民国十九年（1930年）7月开始酿造的喝到现在呢，也是近百年了！品着百年的酒，吃着百年的饺子，念叨着"饺子就酒，越喝越有"的百年古语，看着桌子上的粉饴馇、炸千子、懒豆腐、剁焖子、海杂鱼等特色美食，这不是在吃饭，而是在咂摸过去，缅怀先人，品读历史，展望未来，望之，已是齿颊生香，如果入口，那就是作为一位后人的精神与情感的寄托、继承与传承、延续与发扬了。

夕阳西下，淡金色的余晖将县城的高楼和小巷都镀上了一层金黄的光晕，嘴里念叨着花果之乡、鱼米之乡、文化之乡、旅游之乡、养貂之乡、干红葡萄酒之乡的名字，笔记本上记着凤凰山、荒佃庄的皮毛市场、靖安镇的安丰钢铁、城西的矿坑公园、葡萄沟的空中草原、葡萄小镇的十里葡萄长廊、八路军电台遗址、百年树王、赵家老宅、八仙台、井峪松风、蟾蜍石、石猴盼母等景点，想着什么时候一定带朋友去尝尝杏树园的栗子，正明山的蜜梨，葡萄沟的葡萄，海边的扇贝、大虾、螃蟹和芫荽菜，马芳营旱黄瓜，山水湾的金钱油桃……原来，这是个北是花果之乡、南是鱼米之乡、内是文化之乡、外是旅游之乡的多重宝地哦！原来，我印象中的昌黎，只是昌黎的冰山一角，这个集帝王文化、韩愈文化、宗教文化、红色文化、民俗文化、海洋文化等于一体的碣石文化体系的宝地是如此的博大精深！

如果，深入地走一走、探一探，昌黎的印象又是什么样子呢？

来，让我们一起去探寻吧！

凭栏怀古——碣石韵

赵春莉

曾听过一句话：山是一座城的魂。我觉得，这句话用在昌黎碣石山如此贴切。寸土寸金、寸潮寸光的碣石山正在用恢宏的山魂，演绎着昌黎的文化和蓬勃之美。

昌黎，一眼千年。今日的昌黎潮浪，穿越了千年的历史，呈现出更加鲜活的态势。在依托自身的优势，将鱼米之乡、干红之乡、钢铁产业之乡、粉条加工产业……发展得极具特色，完美地诠释了"绿水青山，就是金山银山"的理念，书写着这里的新篇章。也正是这样以经济发展为依托，才得以为昌黎人民撑起了一片湛蓝的天空，更彰显出如今昌黎的新风貌。

临山而居的日子，是如此不可奢求。何其所幸，我庆幸自己的父辈曾生活在昌黎碣石山下，在我小的时候，妈妈常常提及碣石美景，她的目光中充满着无尽的思念。小小的我，心底就一直记得，我是昌黎的儿女，我是碣石山下的孩子。遥遥地，仿佛听见那一阵阵亲切的呼唤，清晰而唯美。这个魂牵梦萦的地方，总会悄悄地走进我的梦境中。直到我再大了些，妈妈带着我坐上绿皮火车，奔向那座让我一直心生向往的山脉……

在我看来，昌黎是一本永远让人翻不倦的书，需要我用一生的精力和热情去细细地品读，读她的历史文化传承、玫瑰美酒的飘香……她以自身的魅力，一路挥洒，一路泼墨，描绘出一幅幅绿色生态的曼妙画卷，谱写着一首首动人的乐章。生长在如此诗情画意的环境中，我相信，每个人终会将生命活成一阕婉约的词。这一瞬的我，只想让一种红尘之外的沉静与释然，渐渐丰盈出日益饱满的内心世界。

在我的意念里，这里，始终如一地传承着红色精神，延承着绿色底线，构筑着碣石梦想。翻开碣石山史，我仿佛正在踏入时光隧道。借曹操"东临碣石"之典，使得碣石之地几乎妇孺皆知，亦更令人向往。碣石山自古以来与历史文化紧密相连，一段段历史，写满了过往的缩影，碣石山更像是一种引领，带领着我们走进另一番天地。秦始皇、汉武帝、曹操、李世民等帝王在此留下了壮美的诗篇。他们用一首首唯美的诗篇打开了这座山的诗意诗情和诗韵，处处彰显出山脉的指向和高度。

我曾看到过这样一段话：碣石山集聚了名山之长，细细品味，我觉得这句话一点儿也不为过，因为它集泰山的雄伟、华山的险峻、衡山的烟云、雁荡山的灵峰。碣石山不言不语，云淡风轻的模样依旧，却时刻令人心间荡漾出一种情愫，顿觉心情凉爽，心静如水。于我而言，我是多么的幸运，不用远行，就可以将群山之美尽收眼底，踏于脚下。此时的山海完美契合，隐于山，漂于海，令我的眸光中充满着流云般的光泽，我由衷地感慨，碣石山，不愧可以拥有"天下神岳"的美誉！

碣石山东西蜿蜒百里，又有东五峰和西五峰两大峰拱卫。西五峰山有著名的葡萄沟景区，而东五峰山，李大钊同志曾八次来到这里，游览、暂居、避难和从事革命活动，并著书立说，他在《游碣石山杂记》中用"天外桃源"来赞美这里。收敛思绪，我怀敬畏之心缓缓地走着，走上代表着李大钊同志生前年岁的38级台阶，只见李大钊先生的全身汉白玉雕像展现于眼前，在这里重走大钊同志走过的路，内心更加汹涌澎湃。这里给了我们回溯先驱脚步，追寻大钊足迹的机会。可以说，五峰山是李大钊的"第二故乡"，他曾这样描述风景：胜境颇多，登五峰绝顶，茫茫渤海，一览无际，可见大钊同志对五峰山的钟爱之情。进入纪念馆中，让我们重温入党誓词，学习党的历史，回望曾经的峥嵘岁月，感受革命的艰辛壮阔。那一杆杆火枪、一把把大刀、小小的电台……无不在向我们讲述着革命者的故事。正是因为有了无数先烈的前仆后继，才换来了我们如今幸福美满的生活。这座红色教育基地，不仅能让一代又一代人增强爱国主义教育的效果，还能给予我们心灵的震撼、精神上的激励和思想上的启迪。走出纪念馆时，我内心久久无法平静。不登山不知山之高，不奋斗不知果之甜。这一刻起，让我们每个人深深牢记党的征程，并做好新时代的征程人。

碣石山，美在天然，美在辽阔，美在悠远，独持洁身自好之魂，唯存高洁清雅之风。这里，有我苦苦以求的禅意，一种浸透进生命的力量，正渐渐向心灵深处延伸而去，使我疲惫的内心充满了蓬勃的活力。寂静的山间，越发显得空灵，心也随之变得豁然开朗了起来。停下脚步，静静地欣赏着烂漫的山花、树木，体会在游山玩水中，乐得修身养性的惬意。绝顶上的石缝间屹立着一棵数百年的松树，松树也许并不美丽，但它四季常青，在四季的轮回中保持着孤傲的姿态，令人为之钦佩。闭上眼睛，感受着自然的清风带来的温柔气息，心像是得到了洗礼，瞬间纯净如初。

　　再睁开眼睛时，映入眼帘的是满眼的绿意，绿波轻漾，阳光照在水面闪烁出金色的光芒，层层的鳞浪，随波而起，伴随着跳跃的光圈，在清澈的水面，倒映出山之奇秀，云之清朗。顷刻间，我被眼前的景色深深地吸引。在青山碧水，心中的眷恋犹如明月映水，如此明媚。看啊——鸟儿们正抖动着纤翅，鱼儿们正嬉戏而欢……好一幅天然铺陈开的自然画卷，这"碣石碧水"果真让人一见倾心，再见难忘。山间，静极，我也开始放缓了步伐，侧耳倾听，仿若听见树叶落下的声音，风声轻轻地飘在耳畔，似乎听到了仿若浮现出金戈铁马、战火硝烟的场景，充满着豪情壮志的沙场，成就了多少英雄好汉……眼眸透过山脉与曾经相遇，我好似看到了让人热血沸腾的身影，一样一样地浮现于心底深处，内心澎湃如潮涌动着。心瞬间好似得到了解脱，我静静地驻足，倾心地读着这片山脉的善良、淳朴、精进之态。我亦深思，我们如今拥有的幸福生活，都因得到先辈们的荫蔽，才得以让这里四季常在，世代循环，生生不息。

　　我发现，只有伫立在山间时，才能将内心所有的烦躁一扫而空。懂得寻找到藏在自然界中的糖果，那丝丝的甜香，分明是碣石山泉带来的抚慰。

　　此时此刻，随思绪飘飞，慢慢飞向碣石的高山……

地王酒的友情

王金石

这么多年，中午或是晚上，我总要自斟自饮，来上几口。妻子说，听你喝酒的"滋滋"声，心里总是水汪汪的幸福。看到你酒染双颊，就想起你那个仗义兄弟。

我和妻子在风风雨雨中一路走来，实属不易。能有今天的幸福生活，分分秒秒不敢忘记"地王酒"，这"地王酒"可了得，在昌黎家喻户晓，是它让我品到了友情的珍贵，阳光的灿烂。那年，我选定了婚期，两家均在幸福地忙碌着。还有十天就是我和妻子新婚之日，全家都浸润在喜庆氛围之中。但就在这个时候，我那扛过枪，打过仗，沐浴过枪林弹雨的老父亲，突发急病，眼含热泪走完了他六十四岁的一生。

为了安葬父亲，家中借了许多外债。婚庆的准备尽管已经简之又简，可到了买酒的时候，钱却没了着落。六十岁的母亲走出走进，嘴唇一夜间排列出黄豆粒般大小不齐的火泡。我更束手无策，一筹莫展。我挨家挨户借钱，看到的是一张张冷冰冰的脸色。那可是寒冷的冬天啊，汗水却打湿了我的棉袄。

当我空手而归，准备推迟婚期时，家中却赫然地堆放着十件"地王酒"。旁边站着张兴旺，冲着我笑眯眯的。张兴旺是个收破烂儿的，是我嗤之以鼻、不屑一顾的家伙，可就是这个家伙，给了我意想不到的惊喜。开始，我和母亲都在极力推辞。那个年代，喝"地王酒"是富有的象征，凭我家捉襟见肘的经济条件，是无论如何不敢想象的。张兴旺说，我们是光屁股长大的兄弟，关键时刻，我不出手，谁出手？他的真诚让我无法再推辞。想起借钱遭受那么多白眼和冷嘲热讽，面对张兴旺的慷慨和真诚，我拉着他的手，一时语塞，泪眼模糊。

婚后，为了生活，我求人焊了两个铁笼，架在了自行车后架上，干起了走乡串户收破烂儿的行当。收破烂也是个技术活,需要认识大杆称的几斤几两,还有红铜、紫铜、熟铁、生铁等废品的分类,张兴旺手把手教我分辨。挣到了钱我们两个平分。

　　我过意不去,让他多得一些钱。他大手一挥,哥们有饭同吃,有难同当,之后呵呵傻笑。直到我自己掌握了全部技巧,他才单独行动离开了我。因为我童叟无欺、不坑不骗,赢得了很多客户的信赖。随着时间的推移,我摆脱了贫困,生活有了新的起色。从骑自行车收购,换成了三轮摩托车,也扩大了收购范围,收入也有了可喜的飞跃。

　　经济条件改善了,闲暇之时,我和张兴旺都是盘腿坐着,一起喝酒聊天。无论在家招待客人,还是进出酒店,抑或与文友围炉夜话,喝酒必是昌黎的"地王酒"。

　　有"地王酒"就有张兴旺在场。"地王酒"不仅仅是我向往美好生活的支撑,还因为它味正绵软、甘甜、饮后不上头的特点,赢得了千万酒友的爱戴。浓浓的酒香,暖暖的友情,已成为我生活中不可或缺的享受。

　　天有不测风云,人有旦夕祸福。张兴旺骑着三轮车行驶在街道上,撞飞了一个从胡同窜出来的孩子。那个孩子折了两根肋骨,断了一条腿。虽然经交警勘查,属于对半责任,可是张兴旺了解到孩子的父亲瘫在床上,母亲也有残疾。张兴旺的心一酸一软,承担了全部医疗责任,并给了最高的补偿。张兴旺散尽了家里的存款,还欠了一屁股债。张兴旺变得萎靡不振,常常到我家来闷头喝酒。我托我的同学,把他推荐给在北京负责"地王酒"营销的李总。一个月后,李总兴高采烈地给我打了一个电话,夸我够哥们,给他介绍了一个得力助手。半年后,又得到了喜讯,张兴旺成了"地王酒"营销分公司经理。

　　临近春节的一天,张兴旺打电话,告诉我中午十二点来我家喝酒。我和妻子冷拼热炒,忙活了一个上午。听到汽车喇叭声,我迎了出去。张兴旺从车上下来,红光满面,精神抖擞。他拍了拍车,示意他现在有车了。然后,他又从后备箱取出一箱酒,是地王酒厂的新一代产品"地王神"。当张兴旺和我在桌前坐好时,妻子早就摆好了的酒,同样是酒厂新一代产品"地王神"。

　　我和张兴旺相视一笑,为心有灵犀同时跷起了大拇指。

美哉！家乡的山

王雅君

  小的时候在农村老家远远地能看见碣石山，很小的一窄条儿，中间位置有一个凸起的山尖儿，闲暇时会望着它发呆：山上是什么样的？山背后是不是到外国了？那里的人是怎样生活的？不好意思问大人自己就展开了遐想……多么希望快快长大，好去那个神秘的世界去看一看！

  小学四年级跟随家人搬到县城生活，感觉碣石山高大了许多，仿佛我们就在它的山脚下，后来知道它离县城大约4公里。五年级的春天学校组织去烈士陵园扫墓，然后去爬碣石山主峰仙台顶（又名汉武台，俗称娘娘顶）山脚下的香炉山（俗称香山），那是我第一次爬山，和同学们争先恐后地一起攀爬，累得气喘吁吁，根本无暇驻足好好地欣赏美丽的风景，只记得下山时坐着往下滑把裤子磨破了。

  一晃四十多年过去了，年纪越大越发喜欢家乡的山山水水。终于有了一个合适的契机在秋高气爽的一天圆了我小时候的梦想，可以登上山顶看看山背后到底是什么样子。和家人、喜爱登山的好友一起驱车先到五峰山景区（他说直接爬碣石山台阶多，山势陡峭，忒累，怕影响膝关节，我们打算自五峰山上去从碣石山下山），为了保持体力我们乘坐公交车沿着蜿蜒曲折的盘山路来到五峰广场，广场北边中央是一座革命先驱李大钊先生的巨型半身"铁肩"纪念塑像，一簇簇鲜花环绕在塑像周围，庄严肃穆。下台阶往北走一小段山路到达界石岭，一尊高大威严的李大钊先生的汉白玉全身雕像巍然屹立在眼前，我们一行人驻足、肃立、怀着无比崇敬的心情仰望先生，脑海里浮现出先生英勇就义时的画面，38岁的大好年华正是宏图大展激情奋发的年龄，可是先生为了民族大业、中华崛起慷慨赴死，何等悲壮、英勇！我们默默地为先生鞠躬致意！

  因为以前参加单位组织的红色纪念活动，参观过李大钊先生的展陈室和韩文公祠，这次就没进去，而是从旁边的小路拾阶而上去爬山。熟悉山路的好友在前面带路，我们紧随其后没来得及回头细看山中的风景。踏着前人开凿的石阶，心中升起无限的感激之情，是他们辛勤的劳动给后人带来了这样的方便。在一处平坦的地方我驻足欣赏一下山下的美景：五峰广场所在的罗汉山郁郁葱葱，松树、柏树、栎树、黑枣树和一些不认识的乔木、灌木，深绿、浅绿、黄绿、灰绿相互映衬、点缀；东南方向的晾甲山、正南的桃花山整个山体的颜色比近处的要深一些，近似墨绿；依次往西就是东馒头山、碣阳湖、西馒头山，平静的碣阳湖犹如一面光洁明亮的镜子镶嵌在两山之间；把视线往南面延伸开去，排列整齐、颜色靓丽的楼群仿佛变成了孩子们玩的彩色积木；蓝色的天空和白纱般的云缠绵在一起，下面则是大块儿大块儿各种形状的云朵漂浮在低空，这样的天空更加凸显立体感，放眼望向遥远的天际，浅浅的蓝色被蒙上了一层白色……

继续前行，眼睛仿佛被石阶旁的野花吸住了一般，双脚也随之停留下来，它俩似乎也舍不得离开这些可爱、美丽的精灵。沿途遇见最多的是一种开紫粉色小花的一丛丛灌木，花形很像豆角的花，应该是豆科植物，鲜绿色的叶子呈规则整齐的椭圆形，搭配着清晰、几乎平行排列的浅色叶脉好像是铁扇公主的芭蕉扇迷你版，我感叹它生命力的顽强，山上怪石林立，土壤稀少，只要有一点点砂土，它就生根、发芽、成长、绽放，给周围满眼的绿色增添了点缀，让人眼前一亮，精神倍增！

好友说现在我们脚下的石阶是新开凿的，以前这段路非常艰险，为了安全起见，工人们硬是在一块块巨石上一下一下地凿出来方便游人登山的台阶，他们付出了艰苦的劳动，洒下了辛勤的汗水。也许是因为有了汗水的浇灌，那一级级淡黄色的台阶在旁边浅黑色山体巨石的映衬下显得是那么夺目耀眼！借助这些石阶，我们很快到达了比较高的位置，虽然不知道确切地点，但是从山下的景物越来越小就可以判断出应该快到山梁了，这时山里凉风习习，松涛阵阵，闭上眼睛深吸一口清新的、带有松木特殊馨香的空气，顿觉一股清流透彻心扉，整个疲惫的身体仿佛被彻底洗涤得清清爽爽，马上又充满了活力。加快脚步一鼓作气直达山梁顶部，山后的景色一览无余：自西向东只见一条条山脉依次排列延伸开去，山峰连着山峰，苍苍莽莽连绵不断，深绿色的松柏点缀在浅绿色的山体上，和土黄色的山石、湛蓝的天空、圣洁的白云组成了一幅颜色跳跃但并不冲突的巨型画卷，让人沉醉、痴迷，舍不得离开；大小、形状不一的块块平地被群山环绕着，间或有几条亮色的银带，应该是塑料大棚吧。虽然后面的群山不是很高，比起碣石山主峰娘娘顶要矮很多，但绵绵延延一眼望不到头，气势恢宏，非常壮观，我被深深地震撼了！

　　山梁上的路近乎平坦，路旁一丛丛、一簇簇黄色的小花很是亮眼，周正的五个小花瓣展示着笑颜；不远处有一株紫色的桔梗花，四朵花开得正艳，花形似喇叭，白色的花蕊、深紫色的叶脉，整棵花在绿色的陪衬下显得是那么高贵、神秘；一株从未见过的白色小花吸引了我的目光，长长的白色花蕊均匀地穿插在五个接近长方形的白色花瓣中间，非常别致，像是圣洁的仙女身着一身素衣翩翩下凡，还未绽放的花骨朵似珍珠洒落在绿色的地毯上，是那么清新、高雅；山上开放最多的野花要属荆条花了，漫山遍野，随处可见，淡紫色的花絮如云似霞，淡然、素雅，不与任何奇花异草争奇斗艳，只是自己悠然地散发着独有的芳香……

　　我们沿着相对平缓的山梁背后小路向西进发，只见碣石山的主峰仙台顶上前后两座电视信号转播塔架巍然屹立着，它们不仅是家乡的至高点、方向标，更像是两位智勇双全的老者，他们目光坚定引领着我们这些无数昌黎英雄儿女积极进取、努力拼搏、奋勇前行！

　　山上的景色实在太美了！形态各异的奇石远远超出我的想象：一块足有半间房子大小的巨石光滑圆润，似超大的恐龙蛋，中间横裂断开一分为二，右下角仿佛是被敲碎一般掉了一大块儿，巨石旁边绿色环绕，上面是瓦蓝瓦蓝的天，一大片洁白的云形似中国版图，我赶紧保存下这难得的画面；东南方有一个巨型"蜗牛"，背着圆圆的壳向北面爬行；东边有一大一小两块石头上下排列着，小块石头像半个刚掰开的大馒头，齐整整的一面朝外，一块四方的巨石卡在它上面，好像风一吹就会掉下来，看着好悬啊；远处东南方向有一山石好像伸出食指的拳头，似仙人指路；路旁有一块很像怪兽的巨石，它后脑勺上方长着一只粗短的犄角，胖胖的脑袋，没有脖子，稳稳地端坐在这里，目视着前方若有所思；再往前走一段儿，一棵大松树下有一张石桌，周围有用石块堆成的石凳可供游人歇息，坐下来，吹着凉爽的山风好不惬意……

　　经过一排1973年建造的石头房屋沿着小路继续往前走，左边是一大片开着浅黄褐色花的狗尾草，右边是一丛丛白色的野花，让人感觉仿佛走进了油画里。路过昌黎广播电视转播台大门口，前面不远有一巨石，上面竖着写有四个红色大字：碣石极顶，下面是数字695.1，这是碣石山主峰仙台顶的海拔，巨石左右两边各有一棵松树护佑，特别庄重、威严。放眼望向远处，虽然天空上铺开的大片大片云朵遮住了蔚蓝，但能见度极好，绵绵不断的群山奔向东方渐渐放慢了脚步，降低身姿慢慢缓冲幻化成平原伸向浩瀚的大海，两者融合得那么和谐、自然，银亮亮的海是那么平静，沿着昌黎的海岸线向着西南方延伸，似一条银色的巨龙要腾跃而起！

　　沿着一级级石阶下山，左手边顺着山势是一排红色铁栏杆，在漫山的绿色丛中特别靓丽、耀眼，右手边是淡紫色、黄色、白色、粉色的野花，仿佛大自然在眼前打翻了调色板，来一场视觉盛宴，人在画中游，真的是醉了！再往下走，右侧是东西走向的望海长廊，南北是两排鲜红色的方形柱子，中间横梁上题有"碣石观海"四个大字，坐在柱子中间的廊凳上歇息，山风习习，舒爽极了。向山下望去：山脚下东侧的香山看起来又矮又小，真的像一座香炉，与小学五年级时看着它的高大相差甚远；旁边的水岩寺红墙灰瓦，肃穆、宁静；此时前方的碣阳湖则像一片银色的树叶安静地落在两座馒头山之间；县城虽不大，但布局合理、井然有序，一片祥和；望向远处隐约可见一排风力发电的巨型大风车……

　　下山的时候忽然听见滴滴答答的水声，原来是从山上石缝中流下来的，右手边的巨型峭壁自上而下有无数条宽窄不一的深色痕迹，那是经过日积月累雨水冲刷留下的。在大峭壁的右下方刻着"碣石"两个红色大字，是1928年奉军总参议杨宇霆的笔迹，在山上诸如"天门第一"、"云步跨天"、"振衣千仞"、"凭岘一啸"（明代万历年间昌黎知县杨于陛所题）、"执义"、"松云绝壁"、"曲径通霄"等众多石刻中"碣石"两个字是最大的，在山下就能看得清清楚楚。

　　走走停停历经近四个小时终于下了山来到水岩寺前面的停车场，西面和北面的石墙上贴着碣石山的巨幅宣传画和简介。碣石山是国家AAA级景区，为燕山余脉，自北塞蜿蜒伸向东南，作东西横列之势，有大大小小山峰上百座，奇峰险隘，如屏似障，巍峨挺拔，直俯海湾，是京东地区著名的春游、避暑、望秋、冬狩胜地，史上曾有秦皇汉武等九位帝王登临。魏武帝曹操曾在此留下"东临碣石，以观沧海"的著名诗篇。毛泽东曾在北戴河海滨遥望昌黎碣石山，高吟"往事越千年，魏武挥鞭，东临碣石有遗篇"。山中千年古刹水岩寺是京东地区最大的佛教活动场所。这里名胜古迹比比皆是，比较出名者有十：碣石观海、天柱凌云、石洞秋风、水岩春晓、西嶂排青、东峰耸翠、龙蟠灵壑、凤翥祥峦、霞晖窣堵、仙影沧浪。五峰山是省级爱国主义教育基地，革命先驱李大钊曾八次到五峰山游览、避难、山居，在这里写下了《再论问题与主义》《我的马克思主义观》等革命檄文。看到这些介绍家乡的文字我心中无限感慨，自豪感油然而生，家乡的山不仅有秀美、绮丽的风景，更有厚重的历史文化底蕴！

魅力昌黎之美

王秀娟

昌黎是一座魅力小城，东临渤海，北枕碣石。名山千古神岳碣石山，曾经有九帝登临，曹操留下千古名篇——《观沧海》。巍峨碣石山与浩瀚大海相依相连，气势磅礴。独特的风景，奇特的神韵，深邃的文化底蕴，大海的胸怀，碣石精神创造了一个童话般的奇迹——美丽的昌黎！

昌黎之美，美在碣石山。碣石山有大小上百座奇险峻峭的山峦相连，连绵起伏，雄壮美丽。小时候，我就常常站在门前，向着碣石山的方向凝望，向往着登上碣石山顶。碣石山顶叫仙台顶，又叫"汉武台"，仙台顶海拔691.5米，是渤海近岸最高的山峰，仙台顶也叫娘娘顶，我常常好奇，为什么叫娘娘顶呢？娘娘在我的心里就是美丽的仙女，我就一直向往娘娘顶，一直到上高中，学校组织春游，去游碣石山，终偿夙愿。

攀登碣石山，要经过一个碣阳湖，碧湖灵秀清幽，湖水清澈，柔波荡漾轻盈，湖里的鱼游来游去，湖边总有些游人，也有垂钓之人聚精会神。远处山峦颠连起伏，浓淡相宜，山水相依，相映成趣，浑然天成，仿佛一幅美丽的水墨画。

碣石山脚下有一座水岩寺，这是一座千古名寺，盛唐时代的建筑风格，雄伟、壮观。寺里有十八罗汉塑像，东西南北四大佛祖，观音和如来的铜像，金光灼灼。寺庙建筑气势恢宏，雕梁画栋，精致美观，富丽堂皇，香烟袅袅，人流如织，朝拜的人都许下美好的愿望，还有水岩春晓，揽翠好景致。看看水岩寺北面石岩上镌刻着的"曲径通霄"几个大字，再看看山顶，令人无限遐想。

走过水岩寺，就开始爬碣石山了。那年春游，我和同学们沿着曲折的花岗岩台阶拾级而上，山上树木葱葱，山坡陡峭，我们一鼓作气爬到了半山腰，看看山顶，仿佛山顶石柱已经直入云霄了，这时我已经气喘吁吁，有些疲惫不堪，口干舌燥，正想打退堂鼓的时候，班主任李老师把水壶递给了我，我一连喝了几口，顿感精神倍增。我暗下决心：一定要登上山顶。我们终于到了翠微亭，休憩片刻，就开始攀爬一段陡峭险峻的山路了，这时的山路几乎是非常陡直的峭壁，我有些忐忑不安，但又告诫自己，不能临阵脱逃，只有勇敢攀登，才能达到顶峰。瘦小的我，鼓足勇气，和老师同学一起攀爬，终于登上了山顶。从老师那知道了娘娘顶的传说，果真是《封神榜》里云霄、碧霄、琼霄三个仙女到此云游，贪恋这里的好景致，一心在此结庐修炼，与八仙张果老等大仙斗智斗勇，气走了张果老，又因为歉疚，没有占领仙台顶的顶尖，就在仙台顶的前面结庐修炼，后来人们在顶前修建了一座"碧霞宫"供奉三位娘娘，此后，人们也就叫它娘娘顶了。在仙台顶上举目四顾，真的有"巍巍高矗势凌天，俯瞰沧浪气万千；众水朝宗来眼底，层云出岫荡胸前"之感，远眺，大海茫茫，海天一线，帆影点点，烟波浩渺，魏武帝曹操登临碣石吟出的千古绝唱《观沧海》仿佛回响在耳边，荡气回肠。此时，我们才真正领略了"登临碣石，以观沧海"的诗意意境。

　　昌黎之美，美在黄金海岸。昌黎黄金海岸以"沙漠与大海的吻痕"而著称，是"中国最美八大海岸"之一，可以和澳大利亚的黄金海岸相媲美。昌黎的黄金海岸一年四季都有大批游客来到海边休闲度假。夏季是旅游旺季，游人如织。长长的海岸线，沙软滩缓，水清潮平，碧海连天，美得自然，有异常独特的大漠风光。翡翠岛、滑沙场、渔岛等景点更是令人向往。除了夏季，冬季也有不少游客看海，特别是海上日出，别有一番风景，在波澜壮阔的大海上，海上日出磅礴红彤彤，岸边海冰层层叠叠，不时有无数只海鸥轻轻飞翔，岸边人影绰绰，静静凝望这神奇时刻，此情此景，壮观美丽，令人震撼，大海的美妙神秘，让人感受到了美的体验和享受。

　　如果说，渤海，碣石山是不事雕琢的大自然的美，那么，在昌黎碣石脚下，渤海之滨，又创造了一个个奇迹，一个个美丽的神话，令人瞩目。

　　昌黎之美，美在红酒。华夏长城庄园是让人心驰神往的地方，坐落在昌黎城北碣石山的脚下，得天独厚的地理优势，用特级品种赤霞珠葡萄生产出经典佳酿，被称"中国的波尔多"。走进万亩酿酒葡萄基地，仿若仙境。特别是参观亚洲第一大酒窖，地下花岗岩、现代化贮酒车间、进口全自动灌装生产线，几万只进口橡木桶。酒窖是拱形酒窖，扩建了五次，酒窖的长度是109米，一共有10个，后建的酒窖能储存的橡木桶的数量是6000多只，橡木桶都是从美国、法国进口的，橡木的树龄都达到了百年。那么大的规模，那种辉煌宏伟的气势，给人一种强大的震撼。酿成的红酒，口感丝滑细腻，醇厚丰满，还有淡淡的橡木的清香，给人以浪漫、梦幻一样的红酒味道。红酒晶莹剔透，轻啜一口，圆润柔滑，幽香入口，令人回味无穷。

除了华夏长城庄园，一座壮丽的金士红酒养疗庄园建筑在一座废弃的矿坑上。

酒庄大门区域内，瑰丽绮梦一样的主题壁画群，雄伟壮观、美轮美奂。仰视，穹顶辽阔深邃。三个天窗，7个异形立柱，壁画精湛，气势磅礴。无论是历史人物，还是现代各民族朋友等，一起举杯同饮畅聊，都绘制得栩栩如生，活灵活现，再现了历史的深邃和甘醇的葡萄酒文化。

走进金士红酒酒吧，穿过帝泊洱茶吧，走上环形台阶便可进入观景天台。进口右上方的墙壁上雕刻着优美的21首赞美葡萄酒的诗词，韩愈的诗词最多，而李贺的《将进酒》，其中两句诗"小槽酒滴真珠红""桃花乱落如红雨"让人眼前飘出红酒芬芳、曼妙女子轻舞、桃花落红的浪漫意境。

昌黎山雄水美，物华天宝，人杰地灵，安丰钢铁，皇后寨弯针皮毛，茅台葡萄酒，朗格斯酒庄，"三歌一影"，西热东输不胜枚举。昌黎人正在凝心聚力，为打造中国式现代化昌黎贡献自己的力量。

碣石山下

张中华

　　清晨，孩子们还在熟睡，母亲却早已苏醒，她看着睡梦中的儿女，脸上挂满了微笑，是那样安静、慈祥。

　　早晨，母亲都要迎接第一缕阳光，她说那代表希望。"黄金海岸"就像那最活跃的孩子，第一个争着抢着为母亲表演"旭日东升"。刚开始的海平面静悄悄的，只有一点鱼肚白，不一会儿，太阳冒出了地平线，羞红着脸，缓缓而出，顷刻间，一片橙红，天空、海面、渔船都被染红了，好不壮观。大约过了半个小时，太阳终于挣脱了大地的怀抱，跃上了天际，万道霞光倾泻而出，金光闪闪，阳光洒在海岸上，与蓝色的海洋、金色的沙滩绘成一幅美丽的画卷。就这样，它毫无保留地照耀着这里的一草一木，照耀着这片深沉的土地。

　　天亮了，孩子们被母亲催促着起床了。

　　"大蒲河"海边的渔民拖出自家的渔船，唱着"歌悠悠，喜悠悠，扬帆驾渔舟"，信心满满地出海捕鱼；菜市场里的小商贩开始了一天的忙碌，新鲜的蔬菜水果一应俱全；"东山公园"里锻炼的人们朝气蓬勃、意气风发；各小区门口早餐点前热气腾腾的包子刚出锅；马路上上班的车辆和人群川流不息；路边的店铺也争前恐后地开始营业；农民忙，稻谷香，田间地头也开始闪现着农民劳作的身影；学校里响起了上课铃声，学生们急匆匆跑进了教室；机关、单位、企业有条不紊地开始工作；"秦滨高速"上的大货车你来我往，不停地"引进来，走出去"；远处机场上空的大飞机飞了又降，降了又飞，为这里与世界搭起了桥梁……

　　别人总以为母亲只有这柴米油盐和三餐四季，母亲却总是笑着说："人间烟火气，最抚凡人心"。在我看来，母亲不仅有着淳朴，母亲有的更多的是丰厚的文化底蕴。

如果没有丰厚的文化底蕴，怎么会有历史上九代帝王登临神岳碣石？怎么会有曹操在此写下的"东临碣石，以观沧海。水何澹澹，山岛竦峙"？怎么会有毛主席的那一句"东临碣石有遗篇"？

如果没有丰厚的文化底蕴，怎么会是唐宋八大家之首韩愈的郡望？怎么会有如今的"韩愈大街"贯穿东西？怎么会有唐代诗人张若虚笔下的"斜月沉沉藏海雾，碣石潇湘无限路"？

如果没有丰厚的文化底蕴，怎么会有李大钊先生在此写下的《我的马克思主义观》，并使这里成为马克思主义在中国传播的策源地？怎么会有如今坐落在五峰山之上的"李大钊革命活动旧址"？怎么会有地秧歌、民歌和皮影戏先后入选国家级非物质文化遗产？

我总想把母亲证明给全世界，但她总是微笑着看着我说："上善若水，水利万物而不争。"

母亲是一把过日子的好手，在"四区三县"这些亲戚里，取得的成绩总是名列前茅。因为她神通广大，总能做到"手有余粮心不慌"。

"茹荷"的海产品养殖基地里，今年又大丰收了，肥嫩的海参捕捞上岸，称重装车，以最快的速度发往全国。除了海参，对虾、扇贝和各种鱼类也是应有尽有，远销各地。每每看到这收获的场景，母亲总是笑得合不拢嘴。

"泥井""刘台""新集"的菜地和大棚里，一到丰收的季节，就忙得不亦乐乎。硕大的土豆、新鲜的大头菜、顶花带刺的黄瓜、红彤彤的西红柿等，经过精心分拣、打包等一系列程序，然后装车送到全国人民的餐桌上。

漫山苹果红，果农心儿醉。"两山"的苹果也要下树了，走进山村，迎面扑来的是满山醉人的红，山路两旁红彤彤的苹果挂满枝头，空气中弥漫着甜美的果香，到处充满了丰收的喜悦。已经下树的苹果，一框框整齐地码在一起，准备运送到客商手中，果农的脸上个个洋溢着幸福和甜蜜。

其实，我知道母亲在过日子方面绝不仅仅就这几把刷子，每当我因钦佩母亲的能耐而扬扬得意时，她就会语重心长地对我说："过日子和做人是一样的道理，要懂得收敛，木秀于林，风必摧之，锋芒不露，则事事顺遂。"

寒冬腊月，临近年关。又到了备年货和走亲戚的时节，每年这个时候，母亲都会号召全家人一起行动。"安丰"和"宏兴"这哥俩总是冲锋陷阵在前，鞍前马后替母亲分忧，那粗大的钢卷一个接一个地下线，就好像在帮母亲下饺子准备招待远方的客人，母亲疼爱兄弟俩，兄弟俩也知道感恩母亲；其他的兄弟姐妹也不闲着，"安山"和"龙家店"的粉丝整整齐齐地摆放在库房里，垛得有山那么高，准备馈赠给亲朋好友；茅台葡萄酒厂的"茅台干红"和"十里铺"酒庄里的各种葡萄酒也已经悉数到位；当然，也少不了"荒佃庄"皮草城里那高档的貂皮大衣。就这样，全家人齐心协力备好了年货和礼品，母亲终于松了一口气，就等着全家人过一个其乐融融的年了。

热闹之余，我还隐隐约约听见母亲嘴里念叨着："人哪，过日子不能闲着，得有奔头，来年，健康产业和风力发电项目也要搞得红红火火……"

傍晚时分，太阳还没有下山，我独自一人来到碣石山脚下，远远望去，雄伟的碣石山横亘在我的面前，这不就是母亲那宽厚的脊背吗？为我们遮风挡雨，护佑着我们成长。我一步步向山上走着，就仿佛在细数着母亲这一生的操劳，弯弯曲曲的小路和陡峭的山崖，就像那生活的苦难刻在母亲脸上的皱纹。一边一个个台阶往上爬，一边想着母亲那一句句谆谆教诲，浑身上下就充满了力量。每次到水岩寺，心灵都会得到洗礼，就像每次犯了错误在母亲面前忏悔然后继续出发。没有停留继续往上爬……

夜幕已降临，站在仙台顶，俯瞰这片大地，万家灯火，尽收眼底。前有渤海相接，后有碣石相靠，怀抱里有56.4万英雄儿女，在这片土地上繁衍生息。孩子总是要长大，母亲总会要变老，雪白已上发梢，生活也把她压弯了腰，她只希望我们越来越好。

树高千尺莫忘根，人行万里莫忘祖。无论你承欢膝下还是展翅高飞，都不要忘记，是这里给了你生命和力量，是这里给了你精神的滋养，远方的游子要记得常回家看看，看看家，看看妈。

深夜，月已上眉梢，几颗星星也泛着亮光，就像母亲那双明亮的眼睛注视着熟睡中的儿女，她嘴里默念着："碣石山下，黎庶昌盛。"

我爱这片土地，就像我爱我的母亲，爱得深沉、久远、生生不息……

拜谒碣石山

刘 刈

我对海一直处于靠想象去形象的虚幻状态。看着家乡凌空崛起的棒槌山，老人们都说，这是海水冲击的杰作。高高的双塔山上矗立着两座塔，同时也矗立着一个谜团。这塔到底是怎样建成的呢？虽然说法各异，但是，峰顶与海水构成一个平面时建造的说法，其可信度一直占上风。那就是说，若干年前，承德这里曾经沧海。我不禁感叹，大自然太神奇了。不可斗量的海水说搬迁就搬迁了，简直不可思议。

大海许我很多奇异梦幻，我还大海一片赤诚。我开始探秘，急切地一探究竟。看书的结果是，地球史上第一次火山爆发时，水蒸气太多形成了云。天空难胜其重，之后就不停地下雨，日积又月累，一年至亿年，千沟百壑都流水，水多了就汇成了海。要我个人理解就是，大地把憋了不能再憋的火气发泄给天空，天空把委屈兑成泪水还给大地，便有了海。

时间在书页里翻来翻去，我不再满足那些主观理性的东西，便想去看真实的大海。

离我最近的海是渤海，再具体点就是秦皇岛，就是北戴河。我真切地见到大海的时候，是在2000年。第一次见到这么多水形成这么大的场面，在一片汪洋面前，我突然感到了自己的渺小。我无法知道这么庞大的水系是不是远古从承德搬迁而来，仅凭这浩瀚就足以颠覆我在书本上的认知。我站在大海身旁，所有的梦想都被撞成浪花，四处飞溅。

我知道在秦皇岛有过一个传奇的故事。这座岛原来没有名，自打嬴政来过，才有了这个响亮的名字。这位皇帝很高傲。他在公元前221年统一中国后，自恃功过三皇，德超五帝，自居始皇帝。秦始皇谁都不放在眼里，但他崇拜大禹。于是，无论公务怎么繁忙，有一件事情总要去做，那就是到大禹治过水的地方祭拜。公元前215年，秦始皇在第四次出巡时，就了解到了这里有大禹亲自命名的碣石山，还有他治水时留下的禹王石，便慕名北上。到达这一区域后，秦始皇发现这里虽然已被大秦统治，但仍存在诸侯壅防百川，各自为利，以邻为壑之势，且有水灾之患，遂令丞相李斯撰写并镌刻了《碣石门辞》，已显示其"堕坏城郭，决通川防，夷去险阻"的新政主张。碣石山能承载着一位皇帝的夙愿，这让我肃然起敬。

要说这嬴政还算说话算数，《碣石门辞》中所言之事都逐步得以落实。就在巡幸碣石山这一年，他下诏拆除了一些郡县的城郭，决通了战国时利用河堤扩建的长城，铲除了战争年代阻碍交通的关塞。再后来，他把过去秦、赵、燕三国修筑的长城连接起来，修成万里长城。这也算让奉旨刻碑的李斯当时少了许多担心，也让历史在碣石山看到了秦始皇统一中国的格局与方略。这一年，秦始皇北巡碣石，除在碣石山刻石纪功之外，还在这里举行了求仙活动。

正当我的思绪被卢生牵动之际，忽见一个身影从我的眼前飘过，直奔刻《碣石门辞》的石壁而去。我盯着他看，他却旁若无人，拿出木刷在那字里行间认真清扫，那种专注、忘我的状态就像在擦拭一段被尘封的历史。当这个影子飘然而去的时候，我忽然觉得这个人应该是李斯。我对着那相貌不整、身段扭曲的样子仔细辨认，断然是他。

我盯着那身影正入神，一位身着白衣的女子飞落身旁，然后一把鼻涕一把泪地哭诉起来。她说，我一个弱女子，怎会哭倒长城。我哭，是怀恋我的丈夫。长城大面积垮塌，朝廷不去查建筑质量问题，非得赖我。结果以损害公共设施为由判我终身监禁。你说荒不荒唐？说到公共二字，李斯刻字的石壁也是公共的，为何他在那里乱刻乱画没人管。王者犯法，应与庶民同罪啊！我听出来了，这位女子是孟姜女。就说，你哭倒的是长城，那损失与在公共环境刻字不是一个概念。再者，李斯后来也被问斩了啊。孟姜女对我的说法很不服气。什么一个概念不一个概念的，都属违反法律法规，只是程度不同而已。要不然，你现在在这景区里刻个字试试，看看有没有人来管。李斯最终被秦二世治罪不假，被剜眼、削鼻、腰斩也为真，那是他陷入了赵高的圈套，篡改遗诏、逼死扶苏、戕害蒙恬，案卷里也没有在公共环境大面积乱刻乱画这一条啊，至少刑事附带民事的刑罚一点也没有。想把文章刻在石头上就能不朽了。曹操的《观沧海》没被刻在任何地方，不也千古传世吗？

说曹操，曹操到。眨眼之间，曹操出现在眼前。只见他，便衣着身，双手倒背，站在碣石山上，面向大海，动情吟诵："东临碣石，以观沧海。水何澹澹，山岛竦峙。树木丛生，百草丰茂。秋风萧瑟，洪波涌起。日月之行，若出其中。星汉灿烂，若出其里。幸甚至哉，歌以咏志。"我听出来了，曹操正在朗读他北征乌桓，得胜归来，途径碣石山后所作的《观沧海》。

其实，美景所致，诗由心生。来此赋诗行吟，也非将相王侯之专利，怎会少了那些文人骚客。唐代诗人韩愈的弟子贾岛和刘叉就曾多次来到碣石山。贾岛人称"诗奴"，与孟郊共称"郊寒岛瘦"，自号"碣石山人"。那时，碣石山建有休粮寺，贾岛的《山中道士》就在该寺创作而成。诗云："头发梳千下，休粮带瘦容。养雏成大鹤，种子作高松。白石通宵煮，寒泉尽日舂。不曾离隐处，那得世人逢。"刘叉和贾岛同为韩门弟子，《全唐诗》395卷收录了刘叉诗27首，第24首就是《爱碣山石》："碣石何青青，挽我双眼睛。爱尔多古峭，不到人间行。"

碣石山经常来一些老人，他们也不一定都为行诗作乐而来。有的是要远离是非之地处理些家国要事。商朝末年的孤竹国君王有三个儿子，老大伯夷，老三叔齐。国王把王位给了叔齐。但国君去世后老三觉得，按顺序应该老大继位，就想让老大干；老大伯夷则说，老爸让谁干就应该谁干。推来让去，老大跑了。老三见状，也跑了，最后老二捡个漏。你看，把个国事弄得跟过家家似的，多搞笑。然而，汉武帝刘彻来碣石山却没那么轻松，他在汉武台上迎风而立，貌似入海求仙，实则是要剔除干扰，废掉那位早已出轨的皇后阿娇，下诏幽禁于长门宫，把家事处理得像国事一样威严。

碣石山从大海中浮出水面，历经海浪的冲击和拍打，任凭历史的刻录与涂抹，却在努力生长，伟岸挺拔，威武不屈，波澜不惊。我没事经常来到碣石山，或拜读《碣石门辞》的治国方略，或感受《观沧海》的绝美意境，或登一登古代帝王登过的求仙台，或逛一逛文雅静谧的韩文公祠，或许还能与远道而来的老人们来个不约而同的邂逅。以我的浅薄，我愿意和他们交谈，请教，丰盈自己。我与这些老人属于神交，可以把酒言欢，但他们真的不在乎吃吃喝喝，从不拼酒，因为我们都有个相同的落脚点，为碣石山而来。接触了你就会知道，他们的资历阅历很深，最年轻的也要一千多岁。与他们相比，我永远是岁月的侏儒，还不配与他们平起平坐。但是，我的思想却努力站立。

这一切，有碣石山为证！

山脊水肤兮,我的昌黎

耿志民

那天,驱车奔驰在回乡的高速公路上,天色阴郁,飘零的枯叶在风中旋转不定。距离上次回家乡又近二年了,归思愈急。车内播放着周杰伦的《青花瓷》:"天青色等烟雨,而我在等你……"我的心弦猛地被扯了一下,一个声音响起:天青色等烟雨,昌黎在等你。

昌黎是我温柔的山水乡,是我醉酒的甜蜜乡,是我魂牵梦萦的地方。这里山环水绕,物阜民丰。水呢,她东临渤海,西接滦河,县城还有秀丽迷人的碣阳湖。山呢,城北是千年神岳碣石山,至今还回荡着魏武挥鞭的古韵悠悠,山的南面有纪念百代文宗韩愈的韩文公祠;与碣石山毗邻牵手的是李大钊传播马克思主义的红色圣地五峰山,李大钊是这样赞美五峰山的幽宁秀美的:"是自然的美,是美的自然;绝无人迹处,空山响流泉""云在青山外,人在白云内。云飞人自还,尚有青山在";她西与滦州接壤处又有武山,武山盛产优质花岗岩,采石曾是当地重要的经济来源。山是昌黎的筋骨脊梁,水是昌黎的肌肤纹理。而昌黎盛产的葡萄则是她明净透彻的眸子,酿出的优质葡萄酒则是她细腻与温柔的血液。葡萄小镇,游人穿梭;葡萄园里,笑语盈盈;葡萄架上,晶莹剔透;葡萄酒庄,香沁心脾。葡萄吸收着山水的精华,葡萄酒跳荡着生命的律吕。记得上次回家乡就喝到了"家庭版"的自酿葡萄酒,酒就装在一个塑料饮料壶里,没有"高颜值",略显混浊,却别有风味,带酸带涩,浓郁着葡萄的原汁原味。可一入口就是地域感,就是家乡味儿。家乡酒庄酒窖生产的葡萄酒就很大气,很有名气了。据说中国的第一瓶干红葡萄酒就产自这里。

"立燕赵之福源兮,沐博爱之辉光。"昌黎是父老乡亲祖祖辈辈生存的福地。当新冠病毒肆虐之时,只有我日夜牵挂的昌黎安然无恙,好像她拥有让病毒躲避的超能力。我的一位高中同学，现在在家乡的县城教高中，他写过这样的句子："昌宁盛世笑语盈，黎庶和美享太平。汇聚幸福成江海，文明相伴碣石风。精卫填海立长志，神女补天树丰功。铸就十亿中国梦，魂魄传语报天庭。"我懂了，这是一首藏头诗，"昌黎汇文精神铸魂"，表达了教育工作者的豪迈之情。昌黎汇文中学是百年名校，分支为一中、二中，近年来发展势头良好，今年有两人考上了"清北"，还有很多学生考上了艺术名校，赢得了广泛的社会声誉。我懂了，幸福永远都是创造的结晶，闪烁着智慧的火花和晶莹的汗水。幸福感随着最炫汇文风而飞扬至千家万户，幸福感也随着文脉的传承而流淌到山山水水。"扬波涛于碣石，激神岳之锵锵"，昌黎五次荣膺"全国文化先进县"，三次蝉联"中国民间文化艺术之乡"称号。从曾经红极一时的赛诗会，到现在地秧歌、民歌、歌吹几上央视，皮影艺术历久弥新……昌黎文化薪火相传，魅力四射。这就是咱们的"软实力"。

车子在飞驰，我的思绪在飞扬。去年家人给寄来的京白梨的味道还残存在唇齿之间，三妹依偎在夕阳照耀下的被梨子压弯枝头的树丛间的笑脸的照片让我的心汁水饱满，甜蜜一片。我的思绪飘浮在金色的麦田，飘浮在蛙声相伴的稻花香里面，飘浮在打鱼归来的渔船上面。家乡哟，勾起莼鲈之思的地方。

家乡大发展，昌黎永向前。碣石古，五峰红，腾起安丰、宏兴钢铁龙。座座高炉红，年年经济兴，安丰钢铁公司、宏兴钢铁公司成为纳税大户、经济支柱。靖安镇、朱各庄镇，成为经济重镇，构建成她的西部工业园区，钢铁就是她健美强壮的腰脚和手臂，有的是气力。两大企业带动经济发展，拉动就业，仅坎上村一个村庄就有六七百人在两大企业就业，这里工资优渥，成为乡亲们的"近地""铁饭碗""聚宝盆"。在企业的带动下，周边的环境、教育、医疗都有了长足的发展。指挥村，一个整齐洁净、文明温暖的新农村形象，展现在我的眼前。这里街道东西连贯，南北交通，硬化水泥路遍布，直通每一家每一户；街道两旁，植花栽树，路灯与星辉共舞，和城市何异；家家户户接通暖气，利用宏兴铁厂余热集体供暖，既温暖安全又经济便宜。这些离不开钢铁企业的支持与助力。听说安丰还会利用工业废气向昌黎县城供暖，是咱家乡的"西气东输"工程，是家乡的又一福祉。安丰还兴办了安丰医院、安丰中学，宏兴兴办了宏兴小学、中学，条件一流，口碑极佳，这里成了孩子学习的乐园，人民健康生活的乐土。还记得多年前外婆去新疆的城里去住过一段时间，回到了家，她说她感觉她们指挥村就像个大花子庙，破烂破户的。外婆早就去世了，她没赶上现在的好光景，否则，也会"当惊世界殊"了吧。昌黎南部的狐貂貉养殖规模大，充实了人们的钱囊，水滑油亮柔顺的皮子，就是她华贵的衣衫；缝纫机弯针亮晶晶，光闪闪，远销全国，占据大片市场，也是一大经济亮点，是她晶莹洁白的坠串；龙家店镇成为粉条重镇，神腾粉丝收获了全国各地大量的"粉丝"，是她迷人的秀发；昌黎东南一带虾贝鱼蟹参类海产品养殖加工，催生了一个又一个的"富翁""富婆"，是她闪亮的钻戒。这就是咱们的"硬实力"。

　　迷人的昌黎，醉人的昌黎，现在我为你痴迷，为你陶醉，可当初我却是那么想急切地离开你，摆脱你。离开昌黎，去到更大更远的地方去生活，成为我学习的巨大动力。我通过刻苦学习，考上了大学，实现了当初的愿望，来到远隔两千里之外的城市工作，成家，生活。我异常激动，异常欣喜。城市灯红酒绿，工作兜兜转转，生活酸甜苦辣。时间一长，我就越来越想你——昌黎。悔恨当时的逃离，我就像一个可耻的"叛徒"；期待每一次"近乡情更怯"的回归。我喃喃自语：我是碣石山上煦暖的阳光，我是渤海岸边吻沙的波浪，我是葡萄园里悠然的纺织娘，我是汇文校园里伴读的清霜，我是五峰山上李大钊像前的古树苍苍……

　　车在走，心在飞，我似乎看到了源影寺古塔的身影。至近至远东西，至亲至近昌黎。我来了，山脊水肤兮——我的昌黎！

碣石，我一生的情缘

赵善奎

在蜿蜒曲折的燕山山脉的龙脊上，在波涛滚滚的渤海近岸，矗立着一座雄伟高大的山峰，它就是碣石，它就是今扬古赞、风光无限的神岳——碣石山！

"一峰矗立刺青天，万嶂磅礴卧冀原。"碣石，映湖照海，雄峙京东，众岳环拱，俯瞰万千；碣石，怪石嵯峨，谷壑纵横，林果繁盛，溪流潺潺。

碣石啊碣石，我儿时调皮在你的眼前，长大后又耕耘在你的身边，如今两鬓如霜还天天把你仰瞻。你以"十景"誉美世间，美得骚客名人描摹吟唱，美得游人流连忘返，梦萦魂牵！

我爱你那"东临碣石，以观沧海，水何澹澹，山岛竦峙"的美景"碣石观海"。

我爱你那"五峰联袂绣翠屏，韩文公祠谒客盈。先驱山居檄文著，孤松独秀傲苍穹"的美景"西嶂排青"。

我爱你那"古寺鸣钟迎祭客，苍山罩彩送馨风"的美景"水岩春晓"。

我爱你那"浮屠高矗笔凌空，摇曳金玲送晚风"的美景"霞晖窣堵"。

我爱你那"峰高百尺摩星斗，节矗三层破云烟"的美景"天柱凌云"。

我爱你那"巨硕凤凰翘山巅，展翅翩翩拱幽燕"的美景"凤翥祥峦"。

我爱你那时光流转，四季变换。春日草木芳菲，你像一个如花似玉的婵娟；盛夏青翠欲滴，你若一块晶莹剔透的玉璇；金秋绚丽斑斓，你如一幅浓墨重彩的画卷；寒冬银装素裹，你似一个历经风霜的老汉。

碣石啊碣石，你源远流长，古朴卓然，古朴得让人穿越时光，浮想联翩！

我仿佛看到了遥远的从前，先祖在杏黄山上，手抓石斧瓦片，刀耕火种，狩猎稼穑。

我仿佛看到了八仙里的张果老在仙台顶上博弈，看到了三霄仙女在娘娘顶上起舞翩跹。

　　我看到了汗青史册《尚书》和《山海经》里，清楚地镌刻着"碣石"的美篇。

　　我仿佛看到了雄霸九州的始皇帝，车辚辚马啸啸，登临碣石，纪功刻石的壮观场面。

　　我仿佛听到了魏武帝曹孟德在吟诵豪迈自信的诗篇："树木丛生，百草丰茂。秋风萧瑟，洪波涌起。日月之行，若出其中。星汉灿烂，若出其里。"气冲霄汉，威震群山。

　　我还惚见韩愈在五峰山那庄严肃穆的韩文公祠里，挥书《师说》华章；我还想象在熠熠生辉的李大钊塑像前，听着革命先驱激情演讲妙手著就的《我的马克思主义观》。

　　我更喜欢敬爱的毛主席他老人家的千古绝唱："东临碣石有遗篇，萧瑟秋风今又是，换了人间。"那是多么的气魄雄伟，汪洋浩瀚！

　　碣石啊碣石，你厚德载物，高临万象，你博大的胸怀让人心潮激荡，交口称羡！

　　你是生命的摇篮，万物各得其和以生，你是生命的家园，万物各得其养以成。你站立在昌黎这方古老沃土的北畔，用坚硬的臂膀，一手挽住流淌千年的滦河，一手挎着白浪滔天的海洋，掎裳联袂，把全部的智慧和力量共同奉献。

　　你容纳世间一切的离合悲欢；你饱经沧桑，笑迎风雨雷电；你慷慨大方，造福苍生，总是把最好的珍藏献给人间。

　　碣石啊碣石，你是昌黎人的脊梁，你是昌黎人的地标和风范，你是昌黎人永久的依恋！

　　看吧，古往今来，多少仁人志士，黎民百姓，求索维艰，披肝沥胆，名人辈出昭青汗！

　　山民举义旗，固守作东藩；海口筑炮台，御侮在前沿；其羽大暴动，日伪心胆战；耆香列女奇，宁为玉碎不为瓦全。扶青兴企业，红船助扬帆；庆恩闯洋场，临终留遗愿；朱氏闯关东，玉茗春城冠；昌黎大解放，黎民齐奋勉！

　　更有韩昌黎，大唐孤奋，不平则鸣，三谪志不减；大钊铁肩担道义，昂首绞架，胸怀天下，笃信赤旗环宇插遍！

　　还有战斗英雄李延年，生死亮剑，国授勋章登圣坛。

　　还有两山鸭梨敬主席；珍馐对虾上国宴；干红醴酪驰中外；靖安钢花冀东灿；全国文化先进县。

碣石啊碣石，我爱你。2024年，我们迈进了一个伟大的新时代，我要和五十万碣石儿女齐声为你点赞。赞美你追求卓越勇攀峰巅，赞美你包容万物同行共勉，赞美你坚忍执着勇敢担当，赞美你无私奉献意志坚强。我们要把你的精神弘扬光大，砥淬磨炼，建设更加美丽幸福的新家园！

诗歌部分

한국정경

碣石隐喻，抑或昌黎手指上的神韵（组诗）

温勇智

1

譬如一枚遗落的平仄
在碣石山，一声清脆的涛音滑过秋天的草木
虚与实不断交换着，那个陷入沉思的人
就是在这里远眺，然后放牧千古诗句

记得竦峙的山岛，它的样子就是一只飞鸟
行吟碣石的那天，一个朝代也是空的
一羽振翅就是一次明晰的引领
别说日月之行，别说星汉灿烂
整个秋天你都抱着大海强大的心跳

2

追溯有时也会心情荡漾，始皇就想从此入海求仙
那块石碑便是志在沧海的姿势，穿破仙台顶
与蓝天对语，千里之外虚构的仙境云雾缭绕

奔跑的人也需要一个栖息之地互为倒影

鸟鸣就此展开,更大的纠结在日出前就白了头
孟姜女哭倒的长城连着秦朝,连着碣石
一帧残缺的地图告诉昌黎,应在碣石建一座庙宇
最少有一半,应该能握住船只摇摇晃晃的缆绳

3

也读过韩愈的诗歌,昌黎,坐落韩愈的诗文里
碣石的筋骨裸露,那些悬浮的事物
譬如望海、锦绣、平斗、飞来、挂月
都会散发出一种沁人心脾的力量

顺着诗文的纹路,我们在碣石敲击灵与肉
先贤李大钊曾八次走到碣石的纸上
写下一个共产党员的初心,为一个民族的梦筚路蓝缕
哦,一个沉甸甸的秋天正向你走来

4

回到遗篇本身,它和一块碣石有相同的本质
倾斜,崩裂,分化,沉积,抬升,都有
一段段动人心魄的章节,就连毛主席
也应和了湿润的文字

还有,汉武帝、文成帝、文宣帝、唐太宗、隋炀帝……
也成为碣石的一部分,代言了各朝各代政治
和美学的高度,——这碣石垒起的江山
足可摁住一个个王朝的行程

5

其实，这么多石头只是一块石头
取出里面的风花雪月，取出里面的刀光剑影
历史的密语，蕴含着一个个并非虚构的幻想
我的感动来自它沧桑的纹理，——这是
碣石独特的棱角力，不必接到身体的里边去

太多的石质被碣石美学起来，带着天然生态的尖叫
带着纹理的荡漾，像花朵急赴万丈落英的盛筵
只要稍一碰触便会肆意铺张，一场灵魂的沃土
奏响了无数的旋律——包括日月星光，包括雷雨闪电
包括风云雾霭，包括涛声波影
也只能最终选择臣服

6

此刻，我正漫步碣石山
隐隐地，我听见古老的歌谣在唱吟
我看见风中的阳光在盛开，绚烂了生命的空谷足音
碣之石兮，占据了昌黎和我最醒目的位置

清风，正浩荡。我要修缮所有赞美的字词
用硬笔的松枝，蘸上风，为日益拔节的碣石山，点个赞
诗歌的字词在山体打滑，预留了几个世纪的中国梦已扬帆起航
哦，我的祖国，碣石谱写的篇章，是你永远的骄傲和荣光

临碣石，抒新篇（组诗）

丁小平

碣石观海

临碣石观海，如观天象
银波闪烁不定，似眨着眼的星星
白浪翻滚，犹如风卷残云
飓风编织的一条长链，是银河
高悬在极目的天际处，而
黎明来临前的那道曙光啊！如
鲸鱼跃出水面，如一道闪电
划破了黑压压的苍穹

碣石无限抬高大海的想象力，譬如
一阵旋风刮起的千层浪，不断撞击着
空溟的海面，吓退了蓄谋已久的暗礁
譬如，归来的船帆
举起一页绮丽的暮色，缓缓
驶向灯火阑珊，那里洋溢的欢歌
温暖了一张张饱经风霜的脸，碣石上
观海之人，更懂得风平浪静的珍贵

观"碣石"崖刻

力透坚石,"碣石"二字披着
海风,临海观望数百年
也不曾等来海枯石烂,笔画
依旧那么苍劲,老练
如一位得道仙君

吞云雾,驾白浪
翻手为雷,覆手为电
碣石自己练就一套超能的本领
亿万年岿然不动,却能
把整个大海揽入怀中

没有题跋,也没有落款
只有两个坚韧挺拔的古汉字
相互依立,抱团取暖
像是大海赐给碣石山的姓和名
又像是两颗璀璨的星星,闪着莹莹之辉

水岩寺

水上生岩,岩中有寺
寺中晨钟如浪滔滔,席卷碣石
惊醒一片天宇,如水洗过般澄净

沉寂在寺中发芽,拔节
与一棵棵参天的古木相互照应
依存数百年,情如磐石

风平浪静之日，依稀可辨
寺庙中绵绵的诵经，在空中盘结
成一朵朵凝云，从容淡泊

临碣石怀昌黎先生

临碣石，悉听一尊石头的教诲
韩文公祠，与山石结缘
与海浪为伴，牵手一个好晴天
祥云凝止不前，和风
拂过祠堂的尊容，敬仰之情倍增

碣石也非生而知之，只能求教于星辰日月
赐予灵感，何时有风浪来袭
预留一片澄净之地，安息草木
何时有霜雪降临，打扫好门庭前的闲杂
静待先生踱步，足印留下著世的奇文

临碣石，斟一杯干红

临碣石，斟一杯干红，就当是
与海浪结拜了一次
在昌黎博大的酒风里，酒诗
酒词，酒曲，纷纷扬扬
如沐雨，把碣石淋得柔情百转

临碣石，斟一杯干红
犹如昌黎一片丹心，尽显
荡漾深情，摇晃杯中的抒情篇
联句翩翩，内涵透红

如一盏夜灯，照亮航行的前途

临碣石，斟一杯干红
昌黎的天地是最大的酒杯
大海也是一樽酒啊！风雨畅饮
大浪滔滔，写下壮阔遗篇
雷电连干数杯，沉醉已不知归路

昌黎：用美安慰人间（组诗）

那　朵

东临碣石

东临碣石是看海的最佳角度
秦皇知道，汉武知道，曹操也知道
碣石山是最早知道这个秘密的
但它嘴严，从不说
众多的浪花捶打它，也撬不开它的嘴

我们是从诗词里找到线索的
我们捂住自己的嘴
不是保密，是怕心跳出来

碣石山是有定力的，它把岁月
都装在身体里，也把沧桑带上
只还原葱茏
它夜晚聆听海，取最干净的海音
与体内的流水共鸣
白天唤醒仙台顶，用宝盖的轮廓
概述，成全一些圆满

水岩寺

一座圣山离不开寺院坐镇
水岩寺就端坐在碣石山上
大肚弥勒佛和四大金刚
稳坐大殿,不言不语
只收人间的烦恼

外有山环水抱,内有名佛指点
又有千年的阅历,水岩寺
对过往的风声,掐算起来
就多了一份胜算
又与泉水过往密切,只为灭掉
世间的无名之火

昌黎用美安慰人间

昌黎,有母性的特质美
属多产,怀胎养胎,足月之日
诞下玫瑰香葡萄富士苹果和核桃,取名"花果"
诞下扇贝海参玉米小麦,取名"鱼米"
诞下六大无公害蔬菜,取名"蔬菜"
揽月而产的干红葡萄酒,取名"干红"
全部归姓为昌黎,字"之乡"
山海河湖滩泉是昌黎的衣食父母
出手阔绰,用原生态
养出水嫩的昌黎,养出一表人才的昌黎
作为回报,昌黎用美解压
安慰人间

昌黎猪

在昌黎,猪也是快活的
中等紧凑的身材,活出了精致
只是额头的皱纹长得有点着急
无意间把青春上了锁
无伤大雅,青春对它来说
只是路过,皮薄肉嫩
才是它要达到的极致
或者巅峰

昌黎蜜梨

在两山乡,蜜梨不只是水果
它是幸福出示的手谕
命令每一个接触蜜梨的人
都心生喜乐,也生良善

多汁肉细收降了挑剔的舌头
一口一品一点赞,让语句
回到押韵的词牌里,滋养出
哲学之相,与生活对接

昌黎册页：写在山海间的诗札（组诗）

郑安江

题碣石山

登临碣石山的小径
是从历史中逶迤而来的一脉笔迹，铺筑成
连贯着古今的行吟

笔势随着嵯峨的山岭跌宕
胸臆随着万里长风舒展与飘荡
落墨，一次次在此溅起感叹
汹涌成层层叠叠的涛澜，叩击心扉

折叠在山中的传说与典故，使每一块石头
都是传奇的一部分，值得驻足眺望与赏读
一步步登高，胸怀便有了沧海的恢宏
站在遗篇之上阅览天下
就有了深度、广度与高度

燕鸥集翔，翅膀打开一支蓝色的恋曲

草木繁盛，每一株都适宜用来草书一阕
有诗意疯长的咏怀言志
先贤与雄杰的身影鱼贯走进了史书
留下的笔触沉淀成风雨中不变的走向

在碣石山，登高，望远，读石，听风
放飞十万羽翔舞的思绪
放牧十万匹奋蹄驰骋的豪情

在界石岭，拜谒李大钊塑像

五峰山韩文公祠的清幽与静谧
适合先生思考心怀天下的那些事情
适合从深不可测的夜色里，用笔尖刻写
一线星光

并且，将这线星光接续进光明磊落的长路
接续成那面红色旗帜上的一段经线或纬线
先生把精神与信仰的种子，一粒粒
播种进长长短短的句子当中
蓬勃出一株株不会夭折的希冀

先生穿过苍茫的步履，已然镌刻成箴言
流淌着与山河一致的气脉
那些深刻的笔迹，也是药引
努力疗愈中华民族的积患与创痛

里屋基本还是原来的样子。只是
先生彼时勾勒的梦境

已经从这里辽阔而壮美地舒展开去
它的旖旎远胜于一幅经典的丹青
让我们置身幸福的陶醉，在不断加持

先生用顶天立地的站姿，告诉我们——
一根硬骨为笔，书写赤心
一副铁肩为山，为中华
——担当

在昌黎，观看场子秧歌

吹吹打打撩拨出的诱惑，抵挡不住
牵引一双双脚步
里三层、外三层的喝彩，一浪跟着一浪
体轻，腰柔，肩活，腕灵，扭出的舞姿
让远方纷纷聚拢过来

从生活里弥漫出的气息，熟稔而又醉人
洪亮的乐曲与唱腔，振奋着人心
舞蹈，是无法拒绝的带动
舞出春风，舞出夏花，舞出秋色，舞出冬韵
舞出我们的心，跟着一起摇曳

团扇，花绢，棒槌，烟袋，花篮，拨浪鼓
都加入对生活古老而新颖的唱诵
这风摆杨柳的演绎
使我们有了深深的醉意

在绵延了千余载的传承中

雨顺风调、五谷丰登的祈愿与向往
渗透每一个舞姿，每一枚音符
并把一个又一个日子擦拭得铮明瓦亮

在昌黎，观看一出场子秧歌
我也有了加入其中的冲动——
用昂扬的精神，舞蹈人生的快意
用深挚的情感，放歌时代的精彩

写在昌黎黄金海岸

河北诗人杨万宁说：这——
金子一样纯净的沙滩
金子一样高贵的爱情

在昌黎黄金海岸，我同诗人一起
从沙滩上择取一粒粒细沙
取代诗篇里斟酌不定的词语
从蔚蓝色的潮声中，打捞一袭韵律
晕染心头起伏的感慨

几顶太阳伞，是必备的点缀
张开双臂奔向梦境的欢情
飞溅着晶亮晶亮的魅力
哪怕只是一块礁石，临风而立
任由风吹落心事，也足够惬意

海燕轻盈翻飞的姿影，让追随它的目光
划出清晰至极的弧线

按捺不住做一尾游鱼的冲动：在游弋的同时
让大海把自己过滤得不染尘埃

做一只海鸥，轻盈飞翔
做一尾游鱼，自由自在地游弋
做一缕蓝色的海风，吹拂——
纯净的沙滩，高贵的爱情

走进昌黎葡萄沟

一行行葡萄树，是一垄垄铺开的句式
在一片葡萄园的意境里，葱茏着
可供采撷的诗意
颂辞渐趋饱满与晶莹，每一枚
都值得细细品味

由此，生活本身的内涵
在一枚枚葡萄里裹藏，凝聚
从朴素中泛出的光泽，被浪漫的笔触借用
临写甜蜜的笔端
便有了可以尽情挥洒的墨汁

有些感触，还将继续延伸
经过光阴的酝酿，转化为涓涓溪流
沿着葡萄树的枝丫，流向布满渴念的心田
那些空置的杯盏，因为一道瀑布的斟入
陡生酣畅淋漓的快意

鸟儿飞过的翅膀，向着葳郁的田园

微微倾斜。采摘葡萄的篮子
堆起绿色的、紫色的宝石
让苍白、空洞的感情，从而被爱
一粒粒丰盈与充实

走进葡萄沟，除了种植和采摘葡萄
酿造葡萄酒，我们还要把嵌满繁星的梦想
铺开，并在沉醉中流连忘返

碣石短章（组诗）

十六春华

1

可以把它看作山川、蓝天、大海
看作森林、鸟语、花香……

而退到两千多年前，那些白仍停留在
历史的褶皱里
以奔涌或静默的姿态
为登高的欲望留存一席空间

《山海经》是神幻，它轻灵的手指沾有
碣石的山色
当一条暗涌奔向比它自己高耸的层次
一山的石头都动了恻隐之心

此时，时光躲在阴暗里
说不清籍贯的东风，正循着
一群鸟鸣的指引
回归到大地的母系

至于人间，那还是一片朦胧记忆

2

他是在一场捷战之后登上碣石的
比起秦皇、汉武
他没有求仙的欲望

双臂展开时
他呼之欲出的是对碣石的赞美
而一个朝代，终是抵不过一首诗吟

千年的咏叹把那一年的秋色连同
内心的躁动完美对接
只待一双双好奇的目光和不断聚集的脚步

那时，书上的世界
与眼前的风景将是两种不同的极端
再次打开，会以另一种美的姿态
直击你的心灵

3

站在这个位置
可以看到碧蓝的天空，辽阔的大海
看到一整块石头的坚韧与不拔

至于人世间的一切沧桑、冷暖
就交给那些同根生的石头、草木与流水

现在,你需要一双发现美的眼睛
然后将这大片的风景转换成镜头
再将镜头转换成记忆

或者,以一支笔的走势
将仙台顶的温润与豁达从一张纸的
深处抽离出来
分解成不同的对白
横在熟悉而又陌生的乡音里

在碣石山怀海,兼致昌黎(组诗)

陈于晓

东临碣石,听海

这碣石,是碣石山的骨头
那铮铮之声,一边沉淀
一边响动着
而碣石,其实是安静的
安静得,只剩下了
在耳边穿梭着的风声

风是此刻的风。从前的风
以及未来的风
都已杳无踪迹

而东临碣石的我
观的是云海,但我相信
云海是另一种沧海
而置身于云海
仿佛一整座碣石山
也不过是绵延于海上的岛屿

我在听海，听真实或者虚幻的海
海，有时是一种容器
它容下了气象万千
有时，海仅仅是一种隐喻
它容下的是某一种思考

而登临碣石的人
会不会被大海视作
另一尊碣石，尽管在碣石山
登临碣石的人，只偶然一现

夏，翻阅碣石山的清凉

碣石山这本书，当然是由
浓浓的绿意，堆叠而成
我翻动的时候
鸟声啁啾，从指间逸出
鸟声很轻，轻如白云

当我翻到夏天这一页
所触及的，便是流水的清凉
流水，一如既往地清凉着
其实，我想说的是
萦绕着身与心的
全是清凉的负氧离子

山风，是绿荫化的
那些虬枝苍劲的老树
撑着一伞伞的清凉
以至于我写下暑气的"暑"
笔尖，竟凉意顿生

核桃林的清凉，在于枝繁叶茂
龙潭洞的清凉，在于流泉潺潺
而我的清凉，在于心静
也在于山水，或者
天地之间的那一种盎然
这时，清凉，似乎与感觉无关
它已化成一种境界

冬，在碣石山下煮雪

冬天的碣石山，别出心裁
一旦起笔，便有了童话般的抒情
大雪飘落，一边将碣石山隐去
一边又将碣石山呈现
雪，在塑造着另一座碣石山

搬到童话里入住
"无石不松，无松不奇"
在我登场之前
以"悬、横、卧、起"之势
栖居石上的松，已隐入
飞雪、冰挂、雾凇的传奇
而布满山间的奇石
一截白一截黑
被飞雪掩饰得漏洞百出

那些着了盛装的
依然是石化的飞禽走兽
雪仙雪人，在或浓或淡的
雾气中，走动着

仙踪，总是用来弄丢的
风雪中的夜归人
叩开的，是碣石山下的灯火

而意境中的我
正在碣石山下煮雪
饮上一杯，所谓沧海
在梦中，也在梦外

众山，藏在碣石山中

原来，一座山
也是可以藏下众山的
比如碣石山
它的雄伟，属于泰山
它的险峻，属于华山
它的烟云，属于衡山

它的那些巧石，取自于雁荡山
而它的那些清凉，则采撷于峨眉山
以松之奇，雾之绝
它也被称作"黄山"
只不过这样的"黄山"
落在了北地昌黎
集众山之长，碣石山
然后，成就了别一家的碣石山

不过，正飘过头顶的白云
是碣石山自家的
缭绕在水岩寺的白云
所漾动着的禅意，一些归于山

另一些则归于海
风起时，在碣石山
我听见了真切的松涛
也听见了隐隐的梦一般的海涛

碣石山，是芸芸众山中的一座
如同我，是芸芸众生中的一员
但从芸芸众生中抽身而出
碣石山和我，又将是唯一的

在碣石山怀海，兼致昌黎

碣石一落，一整个昌黎
蓦地一沉，"黎庶昌盛"之地
扎根于厚重。观沧海的人
还在一首题为《观沧海》的诗中
观沧海。东临的碣石
在诗中，沧海也在诗中

相信，还有一座碣石山
巍峨在沧海之中
它是昌黎碣石山的影子
或者，昌黎碣石山
是它的影子。那是一座
穿梭在时空中的碣石山
出于山中的日月，也出于海中
落于海的星辰，也落于山

而此刻，我在碣石山
在丛生的草木中，怀海
一整个昌黎，在海风

所吹动的波澜壮阔中
敞开胸怀,大气、包容、开放
我是说,这是海风一遍遍
吹拂着的"黎庶昌盛"之地

农家十里葡萄香

其实,有很多个"十里"
昌黎,这一根老藤上
缀满了叮叮咚咚的葡萄
撩开十里葡萄,入眼帘的
又是十里葡萄

空气酽酽的,酽酽的空气中
流淌出醇醇的葡萄沟
是的,是流淌。假以时日
这一沟的葡萄,将滴嗒出
一沟的酒香。彼时或者此时
草木和我,都带着微醺的模样

这个时候,辽阔的昌黎
一再浓缩,直到缩成一只老窖
这只陈在岁月中的老窖
可以安置在华夏庄园
或者朗格斯酒庄,也可以
安置在葡萄沟的某一户农家

日高人渴时,在昌黎
不思茶,思酒,思葡萄酒
一路,敲门试问,都是葡萄人家
举杯,醉在哪里

都醉在昌黎的风里

滑沙，向海而生

在国际滑沙中心，望一望
碣石，转身，便是沙山
便可体验"天下第一滑"的美妙了
此刻的"沙"，是一个动词
如同此刻的"碣石"
是一个安静的名词

曼妙在静与动之间的
是水清、沙细、潮平、滩缓的
某一种写意
而我要从中汲取的
也许不仅仅是滑沙的快乐
更是一种向海而生的情怀
沙漠的沙，融入了浩瀚的海
围着沙山的那些林子
把影子摇曳得再长一些
就可以覆盖住一些海水了

一群群动词，在近的海
与远的海，充溢着
风在吹拂，浪涛在吟诵
鸥鸟从天空的蓝
滑入了海水的蓝

而我在静听，倾听
向海而生的昌黎
在大地之上滋滋地拔节

诗意昌黎的生活实录(组诗)

祝宝玉

1

晨曦彻照昌黎
大地之于草木,祥和福祉宁静
锦绣册页,呈现鸟语花香
诗人与滦河同行
抵达昌黎,清风与露水,还有十万枚抒情的汉字
汇聚,在1212.4平方公里之广的纸页上
哦,昌黎
这不朽的名字,带着千年的古朴和温润
讲述儒雅的吟风弄月
向着起伏的地势缓缓贴近
山地丘陵、山麓平原、滨海平原……在云端酝酿
抒情的诗句
我拥有无数个朝气蓬勃的春天,如同新时代幸福的书写
在昌黎,大海的语言澄明如水
坐标美的所在
并向着天穹指认,云朵与飞翔的鸟群
微微地倾斜与战栗

2

用诗句，迎迓春风
吹拂滦河
绽开银质的浪花。此刻，东升的朝阳曦光绚烂
豢养出一抹轻质的幸福
漫漶昌黎，如此，一首精美的短诗速成
没有一个字眼是多余的
所有的钟爱从这一刻开始

我微小，轻飘，拔节于百花绽开的季节
在昌黎，携梦中的清风
拂开五峰山中的一条小径，抵达金黄的诗心
是同仄的韵脚，与同频的回忆
互为彼此的倒影
千年时空中穿梭，我总能触类旁通，解读合并的词语
用芬芳纷纷的逻辑，编写昌黎的史册

3

抑或渗透入匆忙的光阴，仿佛重逢
此处的众人皆有了古意
摇曳纸扇，漾动立体的香氛
渐断渐续的情愫缠绵我的骨骼，摊开左手，幅员胸臆
芬芳在晨辉中涨潮

捧着先生的诗文朗读
并温习过去的半生。一个个身影走进古老的农历
乡愁的主题反复嵌入诗行

关山秋月，迷失津渡
谁的踏歌仿佛穿越的韵脚，落在语文课本的一页

在昌黎，紧攥着一枚幸福的小名不放
获取爱情，弥补着当下生活的百出漏洞
海天一色的镜头推进更远的人生，黄金海岸留下潮汐起伏
生命的词语重新组构
在昌黎，我拥有青春的邮票，把爱和梦寄向天涯海角

4

在昌黎，以平和的心态
面对尘世的沉浮
月光在庭院里漫行，诗人的浅吟深化诗境
幸福啊，与两千年前的一样朴素

撇下与尘世有所瓜葛，我只爱昌黎
只爱生命抵近的滦河，托付我的后半生，轻轻地用力
将虚构的词语输入云霄
找到光明透彻的归宿

形成风，形成雨，形成云
自在卷缩，或淅淅沥沥，打湿我哒哒的马蹄声
和许多昌黎人成为故交
他们教我如何写诗，如何在喧闹的人间做一个安静的人

更重要的是，我偏爱与滦河相望
照亮乡愁的底色，想到那个相约执子之手的女子
用一抹淡香拓下她的美丽
怀念与倾诉，泛着昨年的旧光泽

5

我在读诗。她们,笑成一道妩媚的背景
在昌黎,辐射到整个诗歌的畛域
诗意的经纬交织,点缀红绿
碣石山宁静的午后,涌动着爱与辽阔的暗香

堆积春天红绿的色彩,绘就此行明快的基调
必然邂逅一场爱情
必然在爱中明白什么是最大的爱
也必然会永恒的相思
一根细线,系在云端

风吹动,静下来的时间
轻轻地攥在手心。掌纹引领一次朴素的旅途
漫行昌黎,用脚步丈量花样的内涵
万物自有迷人的光芒,那最浓重的一笔非她莫属

6

"参悟天籁之音语言不通
而又心有灵犀,这分明是自然的馈赠。"
以志节的清白豢养滦河的曲折
展开胸襟,朝暮的云彩,远方的山脉
在漫且长的旅途中,完成时间与空间的共识
一条河的长度,等同于昌黎人的步履在人间折返的广度

一道承接一道,漪波里淬炼日月的晶光
仿若一代人接替一代人,呵护一脉流水的波涛与艰难
慰藉苍生,反哺土地,流水润泽春天的嫩芽

将鸟影的出入纳进诗歌的转承
在清风里,在暮色里,在潇雨里
昌黎人学着明月洁白的姿态,用双眸打量久远的前方
昌黎精神清晰,初心依旧芬芳

碣石，为你写真（组诗）

李国存

梦里的葡萄

即使闭上眼
那满架满架晶莹剔透的葡萄
总是梦中不可或缺的风景
我固执地确信
这是碣石山呼风唤雨
滋润出的甜蜜

葡萄架支起满天的月色
恍若梦境
空中眨着眼的星星
仿佛就含在了嘴里
甜的是童年的欢笑
酸的是青春期的泪滴

田园里的一切昼伏夜出
有夜莺的私语
有夏蝉的鼓噪

有蛐蛐儿的秋鸣
有雪地里狸猫的孤影
四季轮回，年复一年
我收获着岁月拔节的声音

有时，我在梦里
反刍游历四处漂泊的日子
带着几许忧郁与愁绪
带着几分思念与留恋
仿佛总在梦醒时分
在土生土长的葡萄架下
酿成了甘醇摄魂的绝代佳人！

爱你如花的美

故乡的清晨
我凝视着
看你醒来的样子
只是因为，想倾听
你跳动的脉搏与呼吸

故乡的夜晚
我依偎着
伴你熟睡的样子
只是因为，想感受
你深沉的激情与活力

故乡的白昼
你的艳丽与芬芳，以及
你的美好的一切被我私藏
经常在梦里，总是

呼之欲出
如花儿一样开放在我的心底！

这山这水

这山这水
是沉睡的，又是清醒的
是古朴的，又是全新的
生于斯长于斯，我就如同
这里土著倔强的一粒葡萄

我在月光下的藤蔓荡着秋千
这是上苍种下的情缘
这是太阳和月亮赐予的因子
我是如此的幸运，带着酒意
在这山这水中微醺陈酿
出落成跻身望族的醒客！

故乡的夜

故乡的夜不高不低
在他的庇佑下
似乎隐藏着无数的精灵
每当秋风带着丰饶的气息吹过
停靠在树梢上的那轮明月
总是睁大了眼睛

故乡的夜晚
浸透潮湿的记忆
夜行的云朵

仿佛带着海水的苦涩
我的心跳仿佛和溪水合拍
击起驿动的回声

故乡的夜啊
是一条无尽的路
生与死，悲与欢
都在这条路上匆匆地奔走
溅起的涟漪
就如同海滨潮起潮落的波涛
延绵不断
回荡在浩瀚的夜空

火炬和赤旗

在那无边的黑夜
他，运筹着一个民族觉醒的梦
我仿佛看见，百年前
他站在夜的最高处
以碣石山为础
立于天地之间
心中燃烧着爱的火焰

他，这个从滦河边大黑坨走出的青年
铁肩担起道义
在韩文公祠擘画
九州赤旗的世间
他，以信仰和生命为炬
点燃这片积贫积弱沉睡的土地

共和国在旗帜下成长

面对着滔天巨浪
新中国的领袖
以气吞山河的旷世笔触
指点魏武咏叹的千古篇章
构筑华夏金瓯永固的根基
践行不变的初心和笃定的主义！

碣石山

我触摸这石头的硬度
就挺起了脊骨
我看见这石头的破碎
就撕心地疼痛

我愿用一生的时光遴选
把雨水、霜雪以及四季
装进自己的躯体
成为这山石的一部分

我拜读这座山，就如同
与一位渊博的学者对话
我站在山的最高处
洞察万物
洞穿时空
以斩钉截铁的文字为你背书
就如同富甲天下的一代
旷世君王！

北向碣石山

我是一只候鸟
碣石山是我生命的方向
我魂牵一味解忧的中药
碣石山就是我当归的故乡

北向碣石山
那擎天一柱般的灯塔
让我的目光与日月同辉
航线永不迷失
让我心中的乡愁
与天地比寿
到天荒地老!

乡愁是一块老茶砖

碣石山的羽翼下
是曼妙牧歌里的酒庄
是铁色如炬的高炉,以及
一望无际的平川
在记忆的深处
都奔腾着海浪滚烫的烈焰

这片土地上的阳光
流进了我的心脾
仰望那一轮燃烧的月亮
普照着思念中的故乡

我愿，视你为一块怀揣岁月的老茶砖
你的茶性在记忆里鲜活陈化
我愿，我的灵肉转世
和你的品性合二为一！

一座岛

一片海
一座山，以及山海之间
就是我心中的一座岛
我一手按下黄昏
一手牵起拂晓
我翻阅着节气
不紧不慢

我，安坐在风中雨中
看云看天
看眼前的一切事物，以及
它们的前世今生
断定都经历过不寻常的火焰

我在韩文公祠拜谒
赏鉴碣石少为人知的神韵
我在古塔的基石前凭吊
破译着苔痕上寄生着的古旧方言

我在海边与海鸥们唱和
咬着京东大鼓的腔调
以岛主自居
向世人宣告昌黎之美的礼赞！

碣石，为你写真

碣石，就是昌黎的丰碑
在我的眼里
这里的一切，都是
无与伦比的画意和诗情
清澈，纯粹，一尘不染
他们的高度
与万里的晴空比肩

我面对的是曾经的沧海
我遇见的是此时的桑田
这里经历过东征西伐的风暴
这里经历过南来北往的狂澜
往事在凋敝中尘封
历史在春天里繁茂

我以这里的慷慨厚重为荣
我以这里的日新月异为傲
这里的一切，总是
在岁月的洗礼中
呈现给世人
圣贤般的体面
智者般的尊严

到长峪山约会秋天

王　英

能想象得到的美好托付给阳光和花朵
跟随冰雪消融跑步而来的春风从不迟到或缺席
嫩绿的禾苗上　晶莹的晨露无限接近草青花红　粉墙黛瓦
蜜蜂和蝴蝶跳起热辣的舞姿

蛰伏五峰山的臂膀深居简出
土坯房　烂泥路甚至炊烟也在慢慢消失的时候
顶天立地的盘龙松唱起田园牧歌从不跑调
用花枝花蕊打动一幅山水一幅画的点点墨迹
百花齐放的赛道珍藏了浪漫金秋的期待

从来无须电闪雷鸣烘托的意境
农具完整农事完整练习把勤耕雨读的家书刻进骨骼
布谷吹响　准点的鸽哨拂过瓜果遍地牛羊成群
倚着门框眺望　小巷深深拢一袖爱也深深
古韵今遇碰撞出的火花点亮了乡愁如书

蝶飞蜂舞引领绿草如茵　果熟飘香脉动了春天加法
应该是飞扬梨花惊艳了人间三月尽芳菲
流经家门口的沙河翻卷乡亲们的来信跳跃着欢声笑语
以石墙固定一部乡土长卷

安宁　古朴强忍着生机　活力
樱桃板栗大红桃按摩的大地
核桃树之恋给朝霞或夕阳一个簇拥着呢喃的机会

又红又白的苹果花织一件绿影叠翠的旗袍
山水如画　田园如诗去践行一纸约定
仙女沐浴回眸的瞬间　一群人一条心拧紧敢干肯干实干的力量
层层叠叠的花海有多深
就有多少旧貌展新颜持续推进完美蝶变
扎根于这一盏山水一页宣纸
春日主色调以梦为马以正确的方式扒掉穷根　挪掉穷窝

浓妆艳抹总相宜凝结了美学辞典正在返璞归真
成长的声响叩响门扉　窗明几净邀约盏盏路灯挥印夜色阑珊
多少痴情男女纷至沓来
镶嵌其中的农家乐民宿拥抱着瓜田李下泪湿衣襟
果实代表的色彩走向幸福生活从不后退

如果点绿成金隐喻了苦尽甘来　凤凰涅槃
身临其境就恍然大悟　人居环境治理随手打翻了调色板
这辈子总要去一趟昌黎
简单的行囊装上地秧歌　吹歌　民歌的动人旋律
诗意的美篇牵手物华天宝草拟幸福家书
杜鹃红遍匹配大红灯笼恰如其分点染了我的家一点一点臻于明媚

最好是在雪花飘飘的季节出发　以温暖的形抵达
红与绿的同频共振献给激情岁月
多少沧海桑田　枪林弹雨归依了幸福来敲门
敲着敲着　好风景变好钱景托出了真实的富春山居图
再种一棵树禾下乘凉是大自然馈赠的丰厚礼物
我仰望着夜空的星星　从身体到灵魂
长在长峪山的果园坚持绿叶对根的敬意

人间至味是乡愁从容在绿影叠翠中一一兑现 铺展中国传统村落荣誉榜知道答案

自然景观与人文景观融合下的昌黎之美（组诗）

张增伟

西嶂排青

向天五指，把壮志豪情举向高处
蹦出石面的焰火冲破迷雾
抛弃好脾气，排列出楚河汉界
用补丁填充零散的风光
一块石头被揉捏成一只酒杯
那就迎着风，用一场雷霆下酒
喝出杯底隐藏的真言
一把锈剑搅起大波澜
草木撑起松柏的身姿，曲水流觞被一剑贯通
黑夜里有火把照亮。望海、锦绣
平斗、飞来、挂月，每一个动词都在抚平
陈旧的伤痕，奉献新风光

水岩春晓

春花敞开怀抱

水岩寺里的菩萨们栽种的善果也是
葳蕤动人。诵经声响彻涧流
憨厚的山石也在追求要想的生活
零散的种子里生长流水、鸟鸣
一座寺院的简历里写有鸡鸣犬吠、小院子
起伏的欲望在更深层次的囚笼里面壁
春光由温暖的祷告文写成
加粗的白色、粉色、绿色的字体
与经文出自同一母体

碣石山

在沧海中呼喊一个人的名字
用萤火的光亮磨穿笔砚
秦始皇、汉武帝、曹操、隋炀帝
用脚步与诗篇提炼出沧海里的骨头
裸露的灵魂把烟火、权势当成尘世的驿站
只有升级的灵魂,才能站在沧海之上
江山、美色以及眼前的一手遮天
不过都是海水下的岩石
那些写过的旧词都在辩论、博弈
新词的诞生需要一个探索的过程
叱咤风云的人物都是跳出摇篮的孤儿
他们连接族谱,连缀山河,清算糊涂账
在碣石山上吐露真言

碣阳湖

碣阳湖是一个放下伪装,轻装前行的地方
湖水很通透,能看到碣石山的倒影

打碎的草木可以破镜重圆
登高的人在捅破的窗纸里清空了负重
在水面上，我们可以建造一座庙宇
用洗净的电闪雷鸣当建材
用新出炉的诗歌当内饰
把祖传的账本供奉上去
自己与水中的自己下一盘棋
雪天，用一叶小舟独钓一湖冰雪
在岸边的农家中小饮一杯落寂的风月
为自己，解开隐喻

葡萄小镇

葡萄的果香是葡萄沟向外发出的邀请函
诱人的色泽让外乡人的脚步由匆忙变得从容
不能自拔，守住一株葡萄藤
视觉、味觉甘作俘虏，也做一名好色之人
在葡萄长廊下歇凉、看书、喝茶
在山间小路上，鸟雀用方言与你交谈
小村落暗藏聚宝盆
山间的风声牵引着光阴的马匹
被洗涤干净的光线透过葡萄叶片
把一地碎金毫不吝啬地扑到你的身上、脚下
而你，却找不到可以比喻的句子

华夏庄园

一场独白让孤独脱掉了羞涩的外衣
月光在酒窖内交出柔情的绽放
清香的气息奔放在尚未开启的书信上

饮酒人的思维被茅草牵引着
在心中安放一座关隘
雄壮的词语变成一枚琥珀
在山河的壮锦上，以往的沉重都覆盖在
线装书里，游人钻进一首诗词中
以韵脚为突破口，挖掘出丰收的谷仓
微醺的游客被风吹着，长出离愁

国际滑沙活动中心

孩子们的笑声是撒在原野里的种子
原野是散装的，也有起伏的波澜
从边塞迁来的大漠
在边缘处被镀上了一层大海蓝
国际沙滑中心以朴素的脸面
把连接的动词、形容词中加入时代的跫音
从高处滑下，是一位少年的独舞时光
激活勇敢的基因，扩大无畏的含义
在不可预计的前方描绘出具体的图腾
生活的哲理、审美，都要重新定义

金士红酒养疗庄园

剥掉厚重的、关于尘世的那部分
只留下从里到外散发的韵味
拉低的云朵也是自在的
繁衍出的慈悲、宽容、不计前嫌
都有起飞的翅膀
生活中的金戈铁马都已经偃旗息鼓
简历重新填写，被揭开的障眼法一笑了之

岁月越来越轻，流水倒流
相遇的陌生人谈笑风生
在简单的故事里
沙砾与珍珠结拜为兄弟

黄金海岸

炎热的夏天
黄金海岸却盖上了一层欢笑的被子
被子的针脚很密实且柔软，与涌上来的海水嬉戏着
所有的乔装都被海风吹散
沙滩的面孔、海洋的面孔连同褪掉皮囊的
灵魂的面孔，都在同一画框内放纵
海水退潮的时候，会带走被世俗污染的色彩
防晒霜、口红、过期的流行歌曲、文人风骨
都在放大的沙滩上为自己装饰一身的澄净
海水漫过沙滩，漫过蓝色的记忆
初音再次出现在摇篮中
热浪涌来，点燃了摇摇欲坠的焰火

渔田七里海度假区

暮归。渔田变身，渔人登场
梦幻浮桥掀开帷幕
从骨髓中渗出打开栅栏的渡口
水车、人偶、光影秀，在涟漪的滋养下
优雅地在水面上入座
一幕或多幕的舞台剧演绎出我们想要的生活
星空帐篷让我们退化
审美、度量衡、旧词都要重新规划

牵回去年走丢的马匹，找到绿叶当衬托
在一场烟花秀中
五彩斑斓把沉寂的夜空翻篇
摆渡人，正在反刍甜蜜与果实

木栈道

我们打开心扉，扔掉无用的锁头
成为沉在海底的一粒沙子
我们站在栈桥上，迎着风
偷听海涛的呓语声
在无遮无拦间，思绪放空，再放进浪漫的种子
当一名观众，或者是当一名舞者
都是聚光灯下内心的选择
由远及近，一朵浪花拉着另一朵浪花的手
让大海的比喻有了更多的内涵

读《观沧海》

一朵花在碣石上开放，小院子锁不住春光
烟雨与晴日都是美，高度拉长了眼界
草木、睡态、醉姿，这些简历里隐藏的部分
都摆排在石头的表面上
一封家书里只写朴素的语言
被我们当成旧词。时代的光阴波澜起伏
展开一本线装书，添加上语法与修辞
豪杰纷纷登场，在辽阔的骨架里
播撒焰火，覆盖荒凉

北纬39°，或者紫红色的爱情（组诗）

予 衣

1

魔力的线条。一把刀
在掌心雕琢立体的昌黎
山地，丘陵，盆地，平原，滨海
江河，湖泊，海洋
天上有的，没有的
想到的，想不到的
这里都有

偏爱阳光，沙砾，海洋
饱满圆润的法则
迷恋果绿色的青春，紫红色的浪漫
没有冬天的爱情
在12℃的温床上
一茬接一茬，爱得死去活来

捧着时空的密令
一条神秘的藤蔓，千里迢迢

沿着河流攀爬而来
从绿色的衣裙里抽出金色的纬线
在 1200 平方公里的辽阔里
勾勒春风，阳光，沙滩，海浪
描绘河流，森林，城堡，星星，月亮
和梦里的故乡

2

赤霞珠，霞多丽，贵人香，玫瑰香，长相思
这么多情人，每一个都柔情蜜意，口吐珠玑
酸甜圆润的情话一串接一串
秋天一脸迷醉。心都化了，也听不完

朗格斯，龙都，龙泉，丘比特，一品红
这多么孩子，每一个都是一颗闪烁的星辰
每人一个浅浅的唇印，天空就红了
风摇头晃脑，牵着大街小巷
叫卖芬芳的霞光，和 400 年紫红色的爱情

3

葡萄沟是一支神奇的彩笔
在荒坡上涂染绿色的云朵

柔软而蓬勃的诗意
纵横交错，在田野编织韵律和梦境

弯腰的人顺着天梯爬上云端
在浩瀚的迷宫里摘取闪亮的星辰

立体的河谷，集万千宠爱于一身
浪漫主义的诗人在掌心排兵布阵，指点万里江山

凤凰山是另一座宫殿
迷恋爱情的人，从五湖四海蜂拥而来

4

从石头缝牵出河流
在荒草堆里安家

站着是一棵树，匍匐是一片森林
柔软的骨节是一座星空
盛开云彩和琳琅满目的星辰

一根藤，以温润芬芳之美
孕育芬芳剔透的爱情
以柔弱之名
举起一个村庄，一座城

5

每个人都面带桃花
大街小巷都是紫红色的味道

每一粒珍珠都是一束火焰
风里藏着的甜言蜜语令人着迷

天空在脚下摇晃着透明的酒杯

每一颗星辰都是恋人的唇印

哦,亲爱的,别再磨蹭了
今晚,只适合调情,适合孕育
三生三世的爱情
我要你抱着桃花,以身相许
在我炽热的胸口死去活来

昌黎走笔，一幅水墨画卷的写意或抒情（组诗）

黄济琛

东临碣石

金戈铁马，征战沙场的人
也有停下来的时候，驻马，收鞭
东临碣石，以观沧海
惊涛骇浪阻止不了一片雄心壮志

沧海之滨，洪波涌起
站在碣石上远望的人，看到大海的胸襟
万千河流汇入渤海，日月星辰从水中升起
惊涛拍岸，卷起的浪花打湿汉王朝的版图
这时需要有人高举明烛，散作满天星光
或成为一块压舱石，稳住动荡的时局

江山支离破碎，山河的萧瑟亟待一个人的出现
不论是挟天子令诸侯，还是乱世枭雄
天下一统也罢，三国鼎立也行
就要这样的一个人
面对沧海，抒发心中的宏伟志向

"日月之行,若出其中。星汉灿烂,若出其里。"
这是建安文学的高度,让后人惊叹,臣服

战马的嘶鸣起落不断,大军凯旋之际
萧瑟的秋风中,东汉王朝摇摇欲坠
而一个人的事业,如百草丰茂,欣欣向荣
他站在碣石山上,用雄心和谋略
洞察天下之势,以壮志和才能
以江山为纸,以沧海为墨,描画心中抱负

这是三月的昌黎,春光正暖
沧海在用一道道碧波,描绘盛世繁华
山与海的线条有了更为温柔的起伏
岸上炊烟,袅袅升起
渔火灯影晃动,是人间最美的风景

碣石山走笔

走在这里的每一步,都有千年的回声
水岩寺的慈悲和信仰,在光阴里葳蕤
钟声将山水,草木,以及人世的伤痕抚慰
云雾,将散未散
还在山里山外,书写着悲悯的经文
我按下内心的尘埃,一袭素衣走进庙门
香烟袅袅,众人虔诚的目光
让一座古寺在昌黎大地上,涅槃,重生

碣阳湖的天光云影,荡漾着自然的隐喻
用飘逸的水墨写意仙台顶,飞来峰
将四季的风景勾皴,涂染
阳光温暖,我获取一段宁静的时光

置身于鸟语花香、青山碧水之间
湖水把我的影子反复洗涤
清除掉灵魂的污浊和尘世的喧嚣
一条溪流从林间蜿蜒而过
在苍翠欲滴的宣纸上，为碣石山题款

从水岩寺的钟声里
听出一方水土的山清水秀，景色宜人
秦始皇登临过的碣石山，像一幅水墨画卷
在时间的褶皱中，挤出起伏和跌宕
曹操的一首《观沧海》，拔高了它的气度
现在除了白云，没有更为合适的意象
能与奇峰峻峦一起，比拟碣石山的壮美，巍峨
山下熙来攘往，清风顺着石径上山
鸟鸣洒进春天的留白，广阔天地有多少自然的谶语
经由草木，或流水表达
我们是否有一颗安静的心，倾听，领悟

五峰山

美好的时辰，满山生灵披着露水醒来
花草树木打开葱茏的内心
五峰山秉性温良，山中草木灵气逼人
露珠和星辰相呼应，花与叶的对话
在险峰，溪涧，山谷间飘荡
一株老树在白云生处，站立了几百年
经历无数的风雨，如同一个传说
保持着古老和神秘

韩文公祠在树木的掩映下，露出一角飞檐
阳光落在屋瓦上，瓦当古朴，廊柱安静

从唐朝来的风，吹着碑刻文字
谦逊的台阶献出布满青苔的旧时光
一滴水从檐角落下来，仿佛一声喟叹
风雨侵蚀，历史在此留下印痕
韩文公祠像一本泛黄的书册
记录光阴的每一次轮转，王朝的兴衰更替

云雾缥缈，丝带般挂在峰峦的腰间
走进五峰山，倾听她古典的心跳
细数苍翠葱郁的点睛之笔
流经韩昌黎的一道溪水，几百年后
流经我，并带走被风吹弯的影子
也有迷失山林的人，于人迹罕至处
找到范志完歇脚的那块石头
一些诗词遗落山中，为昌黎抵御朝代更迭

在李大钊的塑像前，停留了一段时间
又跟着小径，走过青山古老的部分
群峰捧出经年的祝祷，让登临的目光
有了更为辽阔的眺望
在云霞的簇拥下，万物被朝阳镀上柔软的金边
我沉浸于山川胜景
忘记了岁月风华，人间况味

诗词花卉小镇

从遍地的鲜花开始
所有的良辰与美景，在花枝上微微颤动
绮丽的修辞逸动花卉小镇的诗意
斑斓的色彩，晕染春天的风雅和多情
微风轻漾，花枝摇摆

我乘坐春风的马车，从草木翠微处出发
与可爱的生灵，来一场浪漫的邂逅
诗词花卉小镇是蝴蝶蜜蜂的家
更是百花的天堂，阳光和雨水的四季
在花瓣上，翩翩起舞

遍地花开，虞美人晃动纤细的腰肢
二月兰风中摇曳，樱花开成天边的云霞
氤氲的芳香，将我们的灵魂熏染
这自然的馈赠和含蓄的表达
春色无边，万物温暖
花香弥漫的小镇，缓缓流淌着缥缈的歌谣
是梦中幻境，抑或魏晋桃源
在这里，我摒弃杂念，腾空自己
赏花，观云，揽山水入怀
看群峰在天空下，交换彼此的青绿

姹紫和嫣红呈现一种温婉的美和情致
花朵和诗词，成为难分难舍的恋人
将芬芳写进诗行，字词间显露缱绻爱意
温暖的花朵和白云之间
隔着一场春风，伸入晨光的叶片上垂挂着
细碎的美和喜悦，在温柔的时光里
像起伏的群山，延绵不断
露珠，烟岚，花朵，远山，依次进入内心
此刻，我是幸福的
一阕山水，一帖花香和永不褪色的爱
给予我尘世的华美和温情

昌黎的村庄

涂燕娜

穿过一片无人的灌木丛
那里开着成片的黄色小花
叫不出名字,只觉分外可爱
扇尾莺在溪水旁低声吟唱
白色的羊群踏过金色的地毯

风把蓝色花穗洒满黎明的原野
流水塑造着大地的形状,清澈的镜面
映照所有与美有关的事物
黄昏静卧山岗,云彩裁剪村庄
柔美的躯体侧身在月光下
在昌黎,花朵像少女一样美丽
阳光与雨水一样可爱

弯弯曲曲的小路通向密林深处
悠悠晚钟湮没在秋后的田野
一切终将消散,唯有溪流永不止息
爱意盈盈地,流经大地的每一寸肌理
歌声停留处,野杜鹃次第开放

栗子树的叶子还在战栗着摇曳

九月的黄昏充满神的诱惑
没有什么比大地更守时
春华秋实,赠予耕耘者它的全部
肥沃的土地,丰美的粮食
以及,存在于平凡的事物中的真理

月光向着村庄一点点倾斜
也许夜莺还在歌唱玫瑰
敞开的门窗在山风中微微颤动
飞鸟的羽毛描绘出昌黎的边界
流水守着它的星辰,奏响蓝色的夜曲

碣石歌咏(组诗)

周启垠

碣石,站在动荡之间

舍去大海的浩渺,矗立云端
别想着巍峨
我不过,有一些风一直吹着
我不过,有一些浪一直打着

天下这么大
舍去沧海,我就在动荡中间险峻
舍去云雾,我就在起伏中间丰茂

不用在我的旁边,捧一本
《山海经》或者《尚书·禹贡》
不用翻动书页,太阳正缓缓升起
不用手指,全天下都有激情抑制不住
都有灿烂的呼喊喷薄而出

我穿过时间,回回头才发现
一直以来只有我无限独立

只有我用白浪滔天的声音告诫自己
这霞光灿烂的世界什么奇迹都会出现
包括，大雨落幽燕，一片汪洋都不见
包括，韩文公祠
在寒冷的日子把浩瀚扛在肩上

前方也会有落日
这不是幻想，世界需要燃烧
我一直坚定，且万世不敢动摇
任凭风吹浪打胜似闲庭信步
任凭所有人来过或者离开
我抱紧不可复制的辉煌

我爱，日月之行，若出其中
星汉灿烂，若出其里
我爱，站在动荡之间
一直长着吞吐苍茫的心

观沧海

我停下来，在石头上停下来
看那浪花盛开在它上一次粉碎的地方
和上一次一样，盛开得及时
和上一次一样，粉碎得没有叹息
石头是礁石，用火燃烧过
烟还在弥漫
我的脚，踩在上面有了痕迹

一阵风吹我，我坚定
又一阵风吹我，我不为所动
那浪花溅得有多高碎得就有多激烈

水何澹澹，山岛竦峙
落下来的那一刻，我知道
下一次，还会有重生的壮阔

碣石酒乡

整个土地都是一片海浪
一抵达，一桌子的热情
斟满酒的芬芳
瓷碗、筷子、高脚杯，透出灯光
这边海的涛声，那边杯沿碰响
碣石边上的土地，生长着葡萄
被酿成干红的时间激情荡漾
这边是客人，那边是主人
这边是土地，那边是海浪
这边是春的芬芳，那边是夏的舒爽
一浪接着一浪
东临碣石，以观沧海
浩浩荡荡的碣石酒乡
醉了有客自远方来的星稀月朗……

一座神谕碣石山修炼的长短句（组诗）

厉运波

序诗：临碣石山

——向东
临碣石，以观沧海。云水成诗篇，一腔豪迈的血气
壮山河

神谕之光——
草木咆哮，山石擎起，衣袖凛冽于碣石亭上。肋下
都是突围的笔墨，与山水

有更多的笔锋
横空出世。一个人的碣石山，在长吟短叹中
出神入化

在仙台顶上修成绝句

神的意念
顺从了灵魂的高耸。入云端，拱手就可加冕满身仙气

霞光已修成绝句
在风起云涌的仙台顶上，捧读天籁之诗。一念之间
就成了拜天的王
就是衣袂飘飘的吟者，荡气回肠

就是莅临，信仰一样崇高的神
深渊一样冥思的神。像一次登顶，参与了云水之悟
此刻，我们身体里吟出的海拔
是一个辽阔壮美的人世

信仰

仰望，即神圣
群峰的意象里，裹着朝霞、清风、深渊、念诵、神示
以及滑翔的天地

草木簇拥，念诵起——
一炷香火的苍翠，是大地还愿的风骨。或者，舍去云淡
在碣石山的信仰里，成为一段经文
在一柱崖石上，站成苍松的风骨

我一个人的仰望，也是世间万物的仰望
肋下草木
跌宕了无限诗篇，与险峰

云霞归处是仙境

一朵云霞的归处。草木凌空，听一页经文
驾驭万仞山

那浮出云霞的，都叫浮生
推演成世间，就是仙风道骨。那振臂一呼
可号令山河
飘浮的衣衫，都是修炼的羽翅

像在一块飞来石上，遇见盘坐的佛。我们所念诵的
都在集体升腾
云霞是道场。脚下生辉的，都是澎湃的山河

碣石湖语境

一语道破的天籁……多少浮光掠影
在替人世斗量着灵魂之轻

一朵水花，迎向清冽的供词。现在，整个天空的隐喻
都是你的
低头，或者俯身于那些起伏的脉象
听见水，打通身体里的关节。峰峦空灵，你捧起的湖面
是一朵盛大的花蕊

云抱着水
水抱着巨大的穹顶。神的水袖，抛出磅礴的光
脚边云鹤翔集，你指向的碣石湖
是心尖上谛听的沧海

草木禅记

原始的，神赐的羽翼——

草木，入鸿篇
入挺拔的形体。怪松斜出，一声鹤鸣
是攻心的霞光
山石飞掠，灵魂一呼百应。在碣石山的日月里，每一草一木
都是潜修的慧语

那临风，与峰巅一样高耸
那些游历，成全了云水之美。一个人的浩荡
浑然天成——

皈依碣石山的境界

更像布施，山水的慈悲之怀
一双衣袖越脱俗
越高深莫测。木鱼声是海拔，也是漫山释放的腹语
佛的授意，深入万仞峰峦

一个攀登的身影，需经得起草木的打磨
才能峰回路转
一步，一云朵。在碣石山的境界里，我听见的草木
都是救赎

与山水的皈依——

昌黎山水神韵，和那些被春天秋天命名的幸福词（组诗）

方小为

碣石山

碣石山，我习惯在红色文本里与它交谈
说说沧海的旧史、新史，谈谈一朵海浪的深度、亮度、经纬度

习惯那些逆向思维的春风
不是吹在直插云霄的天桥柱石上
而是吹向身在陡峭的草木、山花、望海兴叹的一代代追梦人

习惯用小股思潮洗石阶、攀登、眺望
洗洗一两滴落地生根的钟声

神岳之韵，不是来自石头的外表
而是来自石头的内心发出的每一声呼唤
最终飘向深海、大地、朦朦胧胧的月光

碣石山，被一群跋涉者写透写亮时

我才知道什么是高瞻远瞩、什么是沧海桑田、什么是悲悯天下

才知道,一枚装下、人民、祖国、民族兴衰的关键词
一直站在695米高的期望上,把一片苍茫
捧进春天册页

才知道,脚下的每一行行吟
都是历史赋予昌黎的特殊神韵和隐喻

许多时候,我该称它为红色之旅、红色之源
用心聆听一尊敬仰诞生的红色启蒙

水岩寺

青灯亮起来,经书外
是昌黎又一轮辽阔、和谐、安康、丰美
是大海低吟的那一首人间平安

我不能在这样的安静时光中
羽化什么、点亮什么、延伸什么

不能像一滴碣石山且吟且行的月光
穿过想穿过的事物,落在古刹眉头上

它那么自信地来到窗前,化光为幻
化幻为梦,化静为一条潺潺溪水
从青灯背影里,将慈悲与虚空
一同送到山下人间

路上,我们相遇在一盏萤火下
彼此说出夜色笼罩的碣石山上,一页页的美好与安宁

那一刻，我那么愿意剔除影子的水分
将碣石山一样的铮铮铁骨，呈现给涓涓经声

或是趁着春风未老
去聆听一场佛、道、儒共同孕育的千年沧桑、百年荣光

让每一滴经声，落在昌黎挺拔的脊梁上

五峰山

他站过的地方、坐过的地方、敲打过的地方
已长出茂密的中国思想、绿色言行

他写过的地方、读过的地方、梳理过的地方
已被一只布谷鸟深深地爱着、歌唱着

两本书，一种红色记忆
为一个苦难的民族，拨云见日
铺开波澜壮阔的峥嵘年代

九十年后，五峰山上每一朵花、每一棵草、每一块石头
依然记得那个捧着黎明上山的人
心中一座江山，刚刚长出嫩芽

像我捧着一束红杜鹃，走向继往开来的春天
把一颗颗忠诚、忠贞、忠心，继续撒在五峰山深褶里

今天，我有幸站在他对面
时光泛起的层层追忆，都在娓娓道来钢铁是怎样炼成的

黄金海岸线

从碣石山的红色思维里走出来
再一步步进入昌黎宽广辽阔的进取意识、开拓意识
心中的一阵阵浪潮慢慢安静下来

黄金海岸,以行书、隶书、楷书
临摹一幅美丽山河浪漫史

一行脚印、一行舒缓、一行温情
我好像到了蓝色梦幻中央

一滴温柔、一句温馨、一朵乡韵
我好像走进一湾浅浅的乡愁

前方,童年来了、少年来了
浪花来了、欢声笑语来了
我所钟情的碧波荡漾、声声慢歌来了

一只沾满湿漉漉海风的手,伸向我
水清、潮平、沙细、滩缓,在那舒展的手指上
结出一串串熟悉的乡音、乡情、乡结

此时,那么多阳光、那么多深情的黑眼神
与一枚贝壳结伴而行

葡萄沟

昌黎,这一沟的好风光
有紫的、青的、蓝的、黑的、晶莹剔透般的修辞音

架上每一片叶子
都在煽动着小小的翅膀

它们想飞上蓝天、飞向大海
飞出一道多彩多姿的葡萄沟风景线

每一颗初心，盛满了甘甜、喜悦、欣慰
垂向大地的串串丰年，代表了昌黎千千万万个心愿

那一杯醇厚浓郁的干红，是不是从这里起步
带着 56 万幸福感、获得感、归属感，奔赴春暖花开

是不是昌黎的每一滴醉美里
都含有源源不断的花元素、春元素、诗元素
都和红色传承的一行行忠诚、忠贞、忠心，紧密相连

1212 平方公里的秋天画册上，满沟、满园、满坡的葡萄熟了
我赶上了一场采撷，被昌黎的葡萄风
一度染成紫蓝色

我闻到了昌黎干红的气息，在天与地之间
在山与海之间、在诗与酒之间
举着淡淡的乡愁

我这发现，一粒葡萄就是一个甜美的世界
一座山，就是一座永恒的丰碑
一杯干红，就是昌黎最想表达的春天献词

昌黎：甜蜜的葡萄沟（组诗）

陈思侠

太阳的子民

在阳光部落，这些太阳的子民
有了香甜丰盈的名字：
玫瑰香、蓝宝石、红提和马奶

粗壮缠蔓的百年树王
据说是一架天梯……
据说进了十里铺和龙家店
珍珠，挂满了重峦叠嶂

葡萄长廊……葡萄沟
藤绕藤，染翠的凤凰山峡谷
就有了甜蜜的味道

是阳光的味道。行走其间
太阳的华盖，护佑了一口
人间生命的深井

家园，葡萄的山水

冰雪开化，昌黎，就从温棚
从第一枝葡萄藤上苏醒了

修剪，蔬果和水肥应用
每一步，经验丰富的果农
胸有成竹

种葡萄是一种生活
种一辈子葡萄，就有了
自己的山水，家园的山水

汁液浓于水，葡萄
老百姓眼里的根脉
就有了日常烟火里的乡愁

有一种至味，叫嫦娥指

是山泉浪花，带了银铃声
是月里嫦娥，舒展了盈盈水袖

嫦娥指，世间的至味
有昌黎品质。是果农用汗水
酿造的

藤蔓下，培苗、繁育
一条葡萄沟，挂满了繁星
仙子起舞，那是一条银河

美的滋味，也叫宝光、春光
那时候铺开的道路
叫振兴路、致富路、幸福路

昌 黎 之 韵

丁济民

昌黎深深浅浅的叙事，大写在岁月的相思
而我，在打捞昌黎一袭优美的词语
昌黎的新旧传奇，已高出浩瀚典籍，高出碣石水流
贴紧大地古典的皮肤，如一支淡定而又庞大的水系

丰沛的水韵，容纳得下三国的苍凉
光阴不老，容纳得下唐朝的遗址
水何澹澹，山岛竦峙；曹孟德、韩愈用诗文装点了
一爿大美壮丽之乡，焐热了昌黎闪逝的灵魂
被二十一世纪春风，一股脑剪辑了远去的前朝旧事

昌黎只需你截取时光中的一段
就能，废黜天下所有关于蓬勃奋进的简史
昌黎用自己的方式，从岁月深处款款走来
又额首向远方，大步流星走去

我欲提春风万里，荡开泛起涟漪的
所有的故事，用她诗意的辽阔
摁下与修葺起体内的潮汐
接纳春天的祝福与洗礼

昌黎——居一隅而心怀天下
将时代的美轮美奂，收藏为经典
我欲撷一片明月，与韩愈的一阕词
让昌黎不必锦衣夜行
将美丽山川重新装订、安置……

梨花带雨,昌黎的醉美抒情(外一首)

袁斗成

从春天走向秋天　千古名篇试探着神秘神奇写下光明之书
关于昌黎　梨花带雨深爱的土地正在苏醒
就像我翻遍了三月的卷首语
一朵朵一丛丛一团团一簇簇活出生命的最强姿势
妖娆妩媚交给老梨树新梨枝

年复一年　虬枝扎进良田沃土做了忠诚的儿女
粉白似雪飞扬了激情燃烧的青春
溪水潺潺灵动了大地的深呼吸像风一样自由自在
抽出青词的小麦读懂了农谚水到渠成
品味大海　挑战大海分泌出甘甜的乳汁

一群蜜蜂　一群蝴蝶从不轻易偏离回家的路线
花语　花事　花魂披着风雨　阳光温暖了锦绣副本
在郁郁葱葱的叶脉间遣词造句
七里海　滦河翻卷的浪花比我的思念还要清澈
以山海的叙述展开果熟飘香的情书
谁都会大胆登上碣石山用烟光凝翠为乡愁命名

高举酒杯　阅尽春播秋收的使用说明书

提取韩氏家谱　喝不醉的干红致敬唐诗宋词
果实落地的声响划过甜过初恋的畅想
山间沟谷　房间屋后　原野田畴的方寸之间
乡音　乡韵的钥匙挂在新叶满枝
祥云飘落梨园深处　红艳的苹果也扭起地秧歌误入深不见底的大果园

伸出手指采摘　有氨基酸　蛋白质　矿物质　维生素嵌入籍贯拒绝更改
不管叫甘棠梨　波梨　卜梨
成长的过程囊括了美学读本或暖暖牵挂
村落点点与绿同行红黄粉白拼配了大地原色
松土　施肥　浇水　剪枝
生态良缘诸多回放的细节里
甜甜的汁液充盈了比永不分离还要香脆的品质

聆听着浪漫花开纷纷扬扬打开绿色　有机　健康的祝福
花舞人间懂得向梨膏　梨干　梨脯　罐头华丽变身
种梨的人　赏花的人　品梨的人遇见　看见　相见
美在昌黎以沉甸甸的果实走向更深　更浓的金秋

梨花路　梨花车　梨花屋
做强了一个产业　富了一方百姓夯筑了奋斗者的丰碑
我从色白如玉的果肉里听到了丰收的喜悦
有一种蜜梨甜透的心引领新时代的山乡巨变
你看　你看　消融的冰雪提交了绿韵清流
褴褛里的花枝布满了幸福清单再一次启程

春风辞，以仙踪侠影拜访碣石山

漫长的岁月里　一座山容纳了风霜雨雪
与帝王邂逅拥有了山海奇观的精萃

风从渤海湾吹来　潮起潮落动摇不了傲然挺立的姿态
钟灵毓秀　芳香馥郁沿着盘曲石阶指向天际
耳边回响着《观沧海》的抑扬顿挫早就热泪纵横

此刻　五峰叠翠不语
移步换景陪伴了道骨仙风扯下彩云飘飘
光阴里的一把刻骨完成了雄奇险幽的肖像画
我从崭新的墨迹上
走不出封神故事与三宵娘娘　赵公明把酒问青天
天海一体承载了日月星辰

总有一轮穿越黑夜的日出揭开云遮雾绕的面纱
或许被禅化了的春暖花开　秋叶红艳掌握了安家落户的智慧
试问孟姜女哭倒的长城窖藏了多少传说和典故
无论是彩蝶误入花海丛中　还是我大口大口深呼吸洗着肺叶
用清泉石上流过滤勇敢者的足迹
停云深处　香火缭绕鲜灵了数不清的尊崇和敬意

遍地流金毫不犹豫接过了清凉一夏的使命
灿若红霞　粉白如烟搂紧松涛阵阵跳跃着曼妙音符
千姿百态　风情万种泼一纸翰墨
花朵草木瓜果溪涧组成了浩浩荡荡的队伍
巡游家园从不使用美丽这个词
天下神岳以地老天荒的方式记录天柱凌云　水岩春晓的印章

如果我的想念比一潭碧波映日月还要清　还要深
别有洞天笃定为龙腾虎跃清理出空间
即使泊在人迹罕至处　翻烂《山海经》征服了风花雪月
同样打动了春暖花开　遍地流金的所有想象
草木山川是我血脉相承的亲人恪守了一生一世的相依

奇形怪状的石头开口会说或唱歌
一个人的寻访也能从容刻度好山好水的盛典
一群受伤的鸟儿廖廖几笔出示一览众山小
推开窗或打开门　绿起来　美起来是绵绵不绝的梳妆
我依然会在一阕词牌里倾听着涛声涌着相思
回到故乡　高耸着的仙台顶破译了天地辽阔让群山低头

山海情（组诗）

金　池

山海联袂

海在唱歌，山在打坐
碣石山拴住海
山之尽头海之畔，终点和起点
山海缔结联盟

链条如金兰，海水顶撞
越剧烈，关系越牢固
大禹之船系住水神
四海之心骤然安稳

始皇的车辙深陷碣石内部
隐秘的日落需要一车鲑鱼掩护
结束与开始沿着同一道印痕
长生不老从来不是能求就求来的

娘娘顶八仙终日寻欢作乐
张果老承让

碧霞宫仙乐飘飘
神仙的脚印被汉武帝踩上

碣石山天乾地坤，适合发轫
铁肩担道义，妙手著文章
海天莫辨、旷荡无崖
道之所在，虽千万人吾往矣

葡萄树王风餐露宿一百五十年
举起盛世的高脚杯
醒悟跨世纪况味
满口都是浓烈新时代回甘

来吧，共饮此杯
缔结下山海盟约
做个新碣石山人
完成神仙未完成的另一部分

山海联欢

山坐在海边
云读书，水也读书
海向山学会平静
山向海学会激越

魏武帝沉思在一杯澄澈的葡萄酒前
偶尔看一眼始皇求仙入海处
他站在思虑往返的一线间
站在海对水的一再劝说里

海披一件雾衫，轻柔按摩着山脚

山低头看见内心的闪电
山海二目相对，一行白鹭上青天
太阳走过来，揭露他们重叠的衣角
只有沉浸在月光里，才可以尽可能地
互相拥有

山海日月时时被耗费
却从未被耗尽
勉力捧着流传下来的几道
日渐模糊的碑文

从来没有哪位帝王
降服过风雨
只有山海之间的清欢
永恒而月新
无论是山对海忍让多一点
还是海对山包容多一点
完全都在情理之内

再也不离开

自从碣石山与渤海缔结盟约
风调雨顺便成为天条中的一条

山帮助海看得更高
海帮助山看得更辽阔
乾坤阴阳，和合之道

闹中取静，波澜尽情翻滚
山如磐石，有几个世纪的坚定
闪光的海水洗亮神的眼睛

葡萄沟莹光闪烁

钩针走线历史的蕾丝
一团超细粉丝成为隔洋的牵挂
千金裘拥着葡萄美酒
夜光杯斟满星汉
灿烂了那首《绣灯笼》

红灯笼透射出的祥和
熨烫干姜女的眼泪
碧霞宫传出串串笑声

我挨着张果老的棋盘落座
看盛世棋局排兵布阵
往前看，有大海的苍蓝
往近看，有山的嫩青
再也不离开

中国·昌黎（组诗）

杨文霞

在碣石山，吟哦"东临碣石，以观沧海"

如果想临摹天下，就去昌黎。碣石
是一个影壁，历史风流人物频频造访
一只白鸟挣脱红尘，吟哦着一句诗
飞向大海。我以虔诚之心匍匐在地
山海情深一般在碣石山都可以找到矗立的碑铭
我的目光像航帆闪耀的白光，我的背后
碣石像神的手掌一直推着我矗立不倒
观沧海，庙宇安详，水岩寺设计了光阴的斤两
庙宇之上被鸟啼覆盖，庙宇之下
韩昌黎的笔墨被背诵成抑扬
我看见山、海、河、湖、滩、泉在笔墨里停顿
我看见凤凰山梳理出锦绣的羽毛
我看见龙王庙、娘娘庙在人间站有一席之地
而历代名帖被反复临摹
龙潭洞、天桥柱，一股光阴幻化成潺潺
从滴落的那一刻，我笃定碣石山是仙人留下的瞩望台

只有雄心壮志者才能抒发出如此的情感
而寻常百姓也甘愿为一株香火反复攀延
为这雄壮敬献烟火之气
与缥缥缈缈之间，明灿灿的露珠挂在眼前
时间是一个不等式，我禁不住
面对沧海一次次禅悟大美
在昌黎的渔港以铁锚拴住一只只大船
从碣石山往下看，所有的汹涌都有所指代
在太阳白茫茫的光里，我在高山之巅寻找历史的遗篇
我在山巅，一股气吞山河之势在脉管里翻涌奔腾
浪尖之上纷纷脱落，一朵朵，空茫
叠起铺垫的海潮，一点点皎洁的光
正幻化成昌黎的灯火，我的自豪感

翡翠岛，大美昌黎，生态的处女地

黄沙、绿林、碧海、蓝天，这些多彩的画卷相互组合
黑嘴鸥的鸟喙上，挂满虔诚的回音
一块生态处女地不忍打扰
一条文昌鱼的尾翼画出的涟漪被观澜
鸟国的天堂，优美在翅膀叠加上
活化石的文昌鱼是水域良好的检测员
而黄金海岸绵延起伏，像是一幅画有了高光的部分
以翡翠盘摸出莹润，在时光的深处刻画与周旋
我痴迷这里的一片片槐林，我也痴迷鸟翅之下
浪潮带着歌声，追光的道具摆满眼前
一方涵养的绿地，有翠绿洒满的光辉
有壮丽的光弧被金色的沙滩描绘
也有游人小心翼翼，每一个动作，都是一幅风景
我站着或把身体交给砂粒
我滑翔或学着黑嘴鸥丢下翠绿的鸟啼

都能感觉得到，自己与昌黎的阅读声合二为一
向大海交出自己的激情，并酝酿出万种风情
傲立成昌黎的生态风骨
并在姹紫嫣红里，喷射出它的激情
因此我相信翡翠岛是昌黎定格在生态上的信念
我相信起步在绿云朵朵上的葱茏，为鸟翅筑巢
我更相信游鱼也把灵魂放飞
交替在目光的驿站里，走进热情的环拥
去昌黎，去感受那种滞留与排闼
在美好的呼唤中，滋发行程的动力
并带着笔墨颜料，为昌黎画一幅像
在翡翠岛刷新辉煌的伊始，鸟群簇拥下完成诗意
允许游鱼撞击苍茫的记忆
宛如是山水的盆景一并端出来
在昌黎生态光环下，奉献深深的敬意

昌黎葡萄沟，写意干红之乡的振兴

在昌黎的振兴史上，葡萄沟的梦
像诗一样最先饮醉了我
那些挂果的藤蔓上我称之为美
我看见同样美的剧情在一杯杯干红上演绎
我看见的是一股振兴的力量
把干红之乡笃定了幸福的修辞
去葡萄沟，小康里的财富没有藩篱
用绿色葱茏的原始诗意
用憧憬激动了生态的语言
让一杯干红在你我的世界，署名昌黎
之后，葡萄沟是财富的一个词库
而我看见方圆同感美的距离
我看见的是酿造，探索着振兴的笔墨

去书写大美昌黎的磅礴体
并把昌黎的花果之乡一遍遍推荐
经山历海,看见恒久的坚持
写下西山场,写下美丽乡村,写下张口就来的美酒与夜光杯
写下频频与身体接触的葡萄,也写一写漫山遍野的
山杏、沙果、柿子、枣、梨、核桃、山楂、板栗
就写出了甜蜜多汁,写出幸福感
去葡萄沟,就在碣石山的背后
仿佛是为高亢吟哦备好润嗓的美酒
仿佛一棵葡萄老树王早早知道以美酒刺探诗心
怀沧海而奔天下,把一个梦酒酿在最好的地方,以干红馈赠
放眼望去,满坡的葡萄,全是壮苗
巨峰、龙眼、玫瑰香,最后以瓶装的诗意带出去
为心醉东张西望
绿色撞个满怀,果林又带着你向前奔跑
把山水之美挂在枝头

三歌一影,韩愈祖籍地,发现昌黎人文之美

以源影寺塔为乡愁的地标
大美昌黎的人文之美,到处都是庙宇林立
我慰藉在地秧歌上,找到韩愈的足迹
在五峰山上,拜谒韩文公祠
突然发现民歌、吹歌与皮影戏,在山歌一影里写意昌黎
突然发现只要有韩昌黎在的地方
山水成为诗韵的美,家园里的乡愁被星辰支撑
我看见的山水皆是自然的唯美主义
我看见昌黎诗画之中皆为歌咏
大海涨潮,漫过碣石山,爱恋的眼神被推移
在昌黎的所有港湾,找到落脚的星火
找到唱和的人生,以歌舞典故在昌黎人文的美学里

我知道昌黎还不止这些
因为每一次冥想都能安放一次辉煌的相逢
只不过是借用韩愈的文采，静静听任美的丰富
只不过时间永驻，用一张皮影摆出幸福的姿势
而我在昌黎的屏幕上看到的是一种呼唤
找到幸福攀延的碣石山
找到52.1公里的黄金海岸线
找到一场吹歌里的欢欣鼓舞
仿佛是梦里的诗心，总要苏醒
醒后的心，更加温柔。仿佛是云水留在山头
将瞩望变成枝头上的果实
我借韩愈的笔写出浓艳的诗句
并用生态敏锐了美的深邃
我借沧海桑田，时时嵌入的梦境
在源影寺塔下仰视，一次次掏出内心的潮涌
用幸福感去涂色地秧歌里彩绘的脸谱

山海，昌黎（组诗）

张志荣

登碣石山

迎着栀子花开的方向
一路向北
便是向阳而卧的碣石山
鸟鸣啄破朝霞
钟鼓敲圆日出
悠长的梵音
润了松针儿
肥了树木儿
我登在朝霞的碣石山
沿一级一级的台阶
步履而上
连绵起伏的山峰
在晨光中
沾满了野花花香

登碣石山
携着花朵

摸着沉默的石头
山谷里肆意地流着绿色血液
从水岩寺到娘娘顶
天荒地老
东临碣石，以观沧海
千古绝句
是昌黎这座城的封面
是昌黎这座城的坐标

赶海

我赶着海风
我赶着潮水
我赶着浪花
这是多么辽阔的大海啊
我听见贝壳在沙滩上
窃窃私语
一不小心踩疼了它
千千万万的贝壳
吟唱出海的声音

水藻一朵比一朵绿莹
浪花一朵比一朵洁白
一眼望不见尽头的大海
与天空的灵魂融为一体
天湛蓝蓝
水湛蓝蓝
海鸥拍打的浪花
翅膀扇动着海风
无忧无虑
与海水浪花嬉戏

蓝天，海水，沙滩
阳光明媚地带
海域里生长的螃蟹
快活的皮皮虾
张着小嘴呼吸的
扇贝，海参
这些都是大海的灵魂
渤海湾
是昌黎最美的丹青
是昌黎壮美的风景

绿了，葡园

一片叶，两片叶，三片叶
又绿了
像是从水里捞出来的
那么清澈
吐着嫩嫩的叶
吐着春的香气
绿了绿了，又绿了
绿成了去年一样的模样

葡萄园绿了
这种绿
躲开了荠菜交头接耳的地方
躲开了蒲公英开花的地方
葡萄园的细藤儿上
一粒粒细密的小米粒
正在谈一场轰轰烈烈的爱情
每一串紧密地拥抱在一起

羞羞答答
孕育春天
葡萄园的春天
绿出了一片新天地
绿出了一幅《早春图》

诗歌部分

碣石写生

王 刚

时光留下的拓片
被七彩浸染
落叶上的纹脉，五线谱
在跳动。风、雨
唤醒了这里
曾经久久沉睡的土地

灰暗的色调
已被歌声掩埋，五峰的
旋律，在山坳回响
声波，萦绕了龙的故乡

山泉
眷恋母亲
坚实的臂膀，屏蔽了
洪水的宣泄
偌大的眸子在闪动
黑土、蓝天，几朵白絮
漂浮着
乳汁，依着毛细血管
喷涌

山峦，晒一些
先人的脚印，阳光下
不再像木乃伊那样干瘪
孵化出的鲜活胚胎
被画师描摹

山花飞入农家院落
温馨着，却又不甘寂寞
乘着一抹彩虹
在缤纷的都市出镜
为喧嚣注入了一丝静谧
小小的私密空间
裂变出
久违的桃花源

老宅的葡萄古藤
与另一时空嫁接
红色玛瑙繁育出新的情愫
山里人的粗犷豪放
转身为温润细腻，和着
山乡的氤氲之息
开始享受
西班牙橡树林的负离子

极目眺望
银色的浪花正与金黄的沙丘亲吻疗伤
粼粼波光，释放了
往日的梦
朦胧中，海似乎耸立起来
眼前的大山——
突然远了

落户碣石的凤凰

王淑芳

第一章 记住乡愁

乡愁啊,
你是诗人的海峡两岸的惆怅,
你是农民的绿水青山的守望,
你是一缕炊烟相伴的孤村草堂,
你是一丸明月映照的异国他乡。

你是渤海湾掀起的每一层细浪,
你是凤凰山振翅的每一次飞翔。
你是葡萄架绵延了千年的故事,
你是耿学刚怀揣了一路的梦想。

第二章 毅然返乡

那个时候的记忆是那样深长,
那个时候的情缘是那样宽广。
辞别了长期的暗淡与忧伤,

中国迎来了改革开放的曙光。

那是一个激情澎湃的世界，
那是一段热血沸腾的时光。
大街小巷传唱着春天的故事，
男女老少都把目光投向了诗和远方。

上技校，进工厂，
最起码也要在城里找个好对象。
"喜工厌农"，"弃农经商"，
托人弄脸也要换一个"商品粮"。

做一名城市建筑公司的设计师，
那是多少同龄人求而不得的奢望。
可是耿学刚，
已是高薪高位的耿学刚，
却义无反顾，辞去了让人艳羡的工作，
离开了众人向往的城市，
一心要回到凤凰山，
回到那个生他养他的地方。

这是一个上天赐予的宝地，
这是一个生长传奇和梦想的地方。
山坡砂砾土，海洋性气候，还有充足的阳光。
攀爬满架的葡萄秧，
把序曲拉长再拉长，一任他
去谱写关于凤凰的华美乐章。

第三章　大展宏图

葡萄的世界真小啊，

只有巴掌大的葡萄叶，
手指粗的葡萄秧。
串串葡萄粒又小，
皮又厚，籽又多……
酸涩的感觉，
仿佛都是不讨喜的模样。
与葡萄一样卑微的
是种葡萄的人：
他们自惭形秽，
低价抛售卑微的付出和愿望。

葡萄的世界真大啊，
从高原到海岸，
从波尔多到凤凰山下的耿庄。

葡萄是多么神奇的精灵，
她可以在藤架上剔透玲珑，
又可以变身为一泓清酒，
蜗居在橡木桶中，
像一个睡美人，
把生命延伸成无尽无休的风光。

第四章　向心而生

谁不想志存高远？
可他的高远，
并不在把酒堡做大做强；
谁不想功成名就？
可他的功名，
却不是为自己挣足银两。

他就是一株葡萄树,
认认真真地扎根发芽;
他就是一株葡萄树,
一门心思地痴情生长。
一个个满含期待的芽苞,
一串串真诚以待的花穗,
都在他的生命里尽情绽放。

他懂得葡萄的好恶,
他深知葡萄酒的冷暖。
为了葡萄保鲜,
他四处奔波,寻找可行之方;
为了葡萄酿酒,
他远赴欧美澳,虔心作拜访。
第一个恒温库,
第一瓶干红酒,
都浸润了他的汗水,
诉说他的衷肠。

第五章 人酒同修

昌黎是家,
葡萄是命,
凤凰既已重生,
就不能再次跌入深坑的迷茫。

家族的姓,
酒堡的名,
几代人的好家风,
一家人的同方向。

修叶修花修正果，
酿今酿古酿人生。
一句话，概括了他做人的信条；
不做百强，只做百年，
八个字，书写了他做事的主张。

农业与产业融为一体，
酒品与人品难论短长。
创新是为了与时俱进，
传承是为了不负众望。
不断开拓的是脚下的路程，
矢志不渝的是心中的信仰。

第六章 林樾振声

爱，是荡涤心灵的放浪形骸，
真，是穿越山谷的惠风和畅。
历史，总在讲述凤凰的故事，
世界，总会致敬涅槃的胆量。

落户碣石，一山的葱翠
蓄养凤凰的翅膀；
落户碣石，满身的荣耀
辉映美丽的家乡！

一座山的哲学

辛泊平

一座山有不同的登山路径
生存的路径，风景的路径，历史的路径
每一条路径都有不同的腹地和远景
你可以选择任何一条

一座山不仅仅是石头的组合
用眼睛，用脚印，用文字
在一座山上你可以留下一种印记
也可以同时留下来

比如说到碣石山，我可以说起
一段传说，说起魏武挥鞭
说起一首星汉灿烂的大诗
说起一种吞吐天地的胸襟

然后，我还可以继续说下去
——先民的血脉始终流淌
用葡萄的藤蔓给夏天降温
用秋天的红酒给远客洗尘

我读不懂一座山的哲学
但我愿意尝试一点点理解
——看山上的草木荣枯熟悉的四季
听山下的人们说日常的话语

魅力昌黎

方 菲

你好,昌黎
你是渤海湾一颗璀璨的明珠
碣石是你的小名
你从远古走来
秦皇汉武为你驻足
赐予你帝王的风姿
碣石的傲骨
我爱你魅力昌黎

你好,昌黎
我骄傲在我的籍贯中
填写着你的名字
一百年前我的祖父
走出了碣石
走向了中国玻璃工业的摇篮——耀华
一百年后我无数次地走进你
日新月异的魅力昌黎

你好,昌黎
你是中国首批沿海开放县
酿酒、钢铁、皮毛、文化舒展昌黎魅力

你是一座香溢四海的干红城
你的新中国第一杯干红葡萄酒
引来金凤凰为你倾城
长城干红、茅台干红、朗格斯干红、地王干红
醉倒了国内外的餐桌
金士酒庄、华夏庄园、茅台凤凰庄园
把红酒文化深情地传播

你好，昌黎
你是红色旅游胜地
五峰山松篁万里
革命先驱李大钊旧址
是河北省爱国主义教育基地
清明时节我和无数共产党人
肃立在李大钊的雕塑前
缅怀先烈的遗志
激情澎湃重温入党誓词

你好，昌黎
在一个春暖花开的日子
我作为一位采访者
读懂了宏兴钢铁公司的魅力
在宏兴钢铁的熔炉中
燃烧着一个农民企业家的大爱
在宏兴党建工作室
抒写一个共产党人的赤诚
在宏兴报纸、宏兴电视台
传播着祖国母亲的声音
在宏兴职工俱乐部
吟唱着现代企业文化的歌声
在宏兴实验中学琅琅的读书声
述说着企业家的担当

表达着对这片热土的恋情

你好，昌黎
在金秋收获的季节
我徜徉在十里铺葡萄沟景区
一串串紫红色，翠绿色的葡萄
悬挂在一个又一个的葡萄园里
丰收的美景令人陶醉
玫瑰香、奶葡萄还有农家饭
满足了挑剔的味蕾

你好，昌黎
在母亲节思念的日子
我驱车六十公里
来到百年赵家馆
点一份海鲜饺子
体会家的味道
喝一杯甘甜
让思念的情愫浓郁

你好，昌黎
在收获爱情的花季
我走进刘台庄一个农户家里
为一对新人主持婚礼
献上对新娘新郎的祝福
加入热闹的秧歌队
与大叔大婶翩翩起舞
舞出幸福生活的惬意

你好，昌黎
我要大声说出
我骄傲我是昌黎人

我爱你帝王的气质
碣石的品格
渤海的心胸
情意绵长的滦河
还有不断奋进的昌黎人

你好，昌黎
你用黎庶昌盛
护佑着你的子民
我庆幸我和唐宋八大家的韩愈攀上亲戚
你更爱你昌黎
你的花果之乡、鱼米之乡、文化之乡、旅游之乡的美誉

你好，昌黎
我永远爱你
令我魂牵梦绕的魅力昌黎

每一回醉酒，我都看见爱情最初的模样（组诗）

简 枫

1

在酒乡，每一天都醉着
看山峦蜿蜒地走向渤海湾
那时我情愿改换了名字，我叫玫瑰
那个轻声唤我玫瑰的人啊，像我的父兄和祖辈
他说：玫瑰。我便笑着一饮而尽
来吧来吧，酒乡的风是酡红的
一路扶摇直上，那青云那瓦蓝那灰椋鸟

从没这样被宠爱过，像爱情重又来临一般
我把自己交给了这片甜美的土地
我喜欢乡音里柔软的尾音，打着卷儿
在昌黎的日子，山与海亲昵地偎依在一起
除了酒红就是海蓝，而我宁愿
沉醉不醒，去梦里纵情放歌

2

那个唤我玫瑰的人啊
为我唱歌画画，搭建童话里的茅屋
我的心充满羞愧，玫瑰原本属于葡萄啊
我像个偷猎者，在偶然路过的时候
生了贪婪之心，觊觎然后窃为己有并沾沾自喜
也罢，让我变成一粒饱满多汁的玫瑰香
汲取日月精华成为杯中那一抹嫣红

让我在闪展腾挪之后变给你看
干净的醇香的，让世间的修辞都为之羞涩
云朵落进大海，海浪飞上云头
大地上长出无数的爱情，且沉醉且白头
我甘愿俯首低眉为你

3

我已经历尽沧桑，我依然纯洁如初
我用笨拙的方式向你表达，那天在朗格斯
浓郁的香气宛如蝴蝶扇动翅膀，诱发龙卷风
我该如何倾诉又该如何接受得心安理得
我只是一个刚成年的少女啊，飞翔在千亩葡萄园上空
那个唤我玫瑰的人啊，千般恩宠还嫌不够
原是大海模拟了情话，原是风掀起了酒香的狂浪

我一回回地奔赴昌黎，奔赴葡萄园
剪葡萄的女人是金色的，她们笑一回酒便升高一度
一个令人沉醉的地名，等候一些人赶来
一次醉酒爱上一个地方，山水滩涂和芬芳的大风
爱上往后余生

昌黎（组诗）

陈寿才

昌黎：碣石神韵

我进入到你的身体
灵魂深处。如是让人热血沸腾
在夜和黎明之间修行。悟出
生的玄机

我是一匹脱缰的野马
穿云入海。不能限制我的想象
所有的思想者，所有的实践者
都高昂着头颅，如你
直入云霄

我听见涛声，鸟鸣
山寺梵音，缭绕
我看见桃花依旧，蝶舞绵绵
入清丽，入含香，入爽嫩，入柔软
"水何澹澹，山岛竦峙"
将以怎样的方式：

"往事越千年""东临碣石有遗篇"
在生命交织的锦绣里
何是为悦己者,动容

风,触摸着你坚实的胸膛
浪,在挂壁的诗语中长吟
音乐,情话,诗歌,地理
将为一场醉而雀跃
这画,谁落款。这诗,谁执笔
记忆和想象,朝向——

石和水的意向,继续留白

北国,春

雪,在消融。雨落会来
我在低头寻思:
每一事物如匆匆过客,会消失、隐退

在昨天、今天、明天之间停留
时间、空气,以及林木、山峦、海水等
所有物像们
经过千年的洗礼,上面镌刻的经文
仍然保持苍劲
我经过时,你
刚好醒来。鱼儿的胸膛正裸露着
是一样的:温感灼热,燃烧着
青春的激情
倾听大地的呼吸,和着我今夜的梦
从此不再孤单。采撷

——月色高光。邀人，共享

黄金海岸，日出

或是为了给这些金灿灿的黄沙
更多的光芒
将灼热的胸口贴上，和着母亲的微笑
感受大海的心跳。如是

让我尽情欣赏
这早晨动感里的一个组合：
晨曦里的海鸥，披着彤红
点燃了这海市的街灯
这早醒的灶膛、高炉、钢花
山川、田园的瓜果——京白梨、草莓、柿子等
一同呼吸着心头的荡漾
与煮沸的黎明，相得益彰

时空里，我急忙
拾起这闪亮的美奂，与绝伦

在昌黎（组诗）

王东宇

诗意昌黎

昌黎一片生长幽燕诗魂的土地
诗意洋溢链接古今
回望历史，诗意渊源传承
东汉诗人曹操北征乌桓
东临碣石，以观沧海
唐宋八大家韩愈
自称郡望昌黎
革命先驱李大钊
天外桃源碣石山
诗人毛泽东在北戴河
东临碣石有遗篇
行走在诗意盎然的昌黎
熏染一身书卷气
持续收集原始的荒凉
关于自然、历史与人文
完成一次研学之旅
阅读画境山海，诗意昌黎

全部释放当前的温暖
踏沙而行，在黄金海岸
面朝大海，豁然开朗
观察诗歌，抽芽吐绿
分辨春暖花开中的昌黎
碧海蓝天等你来
发现葡萄沟正在生长的
昌黎动态立体之美

生态昌黎

葡萄，果盘旋生绿荫
发育北方花果之乡的元素
丰饶美丽的渤海之滨
绿色丰满昌黎的腰身
北国风情，画境山海
皴染生态城市的意境
昌黎绿色清新的空间
这个城市追逐绿色
细雨中穿上绿衣裳
林中散步，绿色环绕
演示慢生活的场景
演示昌黎行，好心情
绿色之城，生态悠闲
游人融入绿的深邃
在甜美、芬芳里行走

葡萄，绿色清新的地域符号
渤海湾独特的生态屏障
叙述街道、村庄、城市
明晰定义生态昌黎的范畴

为美丽中国写生增彩
走昌黎，融入绿色
体验生态之旅的美妙、传神
把玩绿肺，跌入天然氧吧入睡
绿色，生长在昌黎的呼唤
灌木、乔木搭配、绿叶衬红花
散发四月的清香、芬芳、柔和
安抚疲惫的心灵，浮躁的心情
童年的欢乐躺在青翠中
是谁在浓绿中呼唤乳名
告诉我生态环保的主题
从春天到冬天，四季更替
永恒不变的是灿烂的阳光
无缝隙地照耀
绿水青山、碧海沙滩
时刻演绎着周末度假
与国民休闲的新空间

碣石山

碣石山历经沧桑，缥缈仙境
演绎立体盛景，凸显昌黎之美
存储丰饶的人文画卷
东临碣石有遗篇
这是伟人毛泽东的传世之作
童年从小学课本上读到
碣石山在秦皇岛昌黎
大雨落幽燕的地方
东汉诗人曹操观沧海
秋风萧瑟，洪波涌起
苍天大海，气势磅礴

生长历史，传奇故事
百读不厌，生动传承
融入昌黎的文旅场景
牵引天南地北的研学愿望
挤进昌黎全域旅游的范畴
发现碣石神韵的生长
古往今来被无数诗人吟咏过
至今依然平凡的山谷
杜鹃花让眼睛收视春天
掐一把香椿品尝春的滋味
坡上崖下屋前檐后
悬挂独特的地域风情
金秋时节珠宝遍地流淌
葡萄沟里穿行触摸龙眼
脚踩沙滩漫步黄金海岸
涛声依旧大海放歌
这里有立体交通网络
陆海空畅通无阻
链接互通海内外
承载世界休闲的目光
注视认知中国昌黎
和具象的地域风情
研读这么近，那么美
周末到河北的外延
滨海旅游带，花果之乡
美丽的昌黎等你来
向世界预约，为旅游加分
美食，酒庄，民宿，滦河
动态解析绿水青山
就是金山银山的方程
与走进渤海之滨的路径
秦皇岛外打鱼船路过昌黎

观 海 记

李冬侠

燕山伸向渤海的脚
惊醒了红日,也惊醒了海潮
坐在海风吹凉的碣石山上
我抚摸着疼痛的脚趾
也摸到沧海里涌动的波涛

当红日高过船帆
光晕铺满海天一线
岁月的鼓点敲打着记忆
把历史镌刻在碣石山上的人
还在高举,倒置的酒杯

这里的海喝高了
浪花想亲吻空中的云朵
还想把一轮明月,紧紧地
抱在情谊深深的怀里

我的脚步在尘世行走
怎么也长不过历史
像大海,永远无法挣脱岸

昌 黎 赋

李树渭

渤海明珠，昌黎胜地。雄踞冀东，地临京畿。南北交通，锁钥之冲。枕山拥海，繁华之乡。天逼穹庐阔，山连燕山际。平畴漠漠如织锦，瀚海沧沧欲啸天。山河雄壮兮，人间福地，百业兴盛兮，物阜民丰。

曰文化之乡，钟灵毓秀，名彰华夏。宇宙洪荒，文明有始。遗物、遗迹，溯旧石器文明；伯夷、叔齐，留孤竹国旧事。星移斗转，历史更迭。金废营州，始命昌黎。

山不在高，帝临则名；水不在远，仙存则灵。巍巍碣石浩荡，九代帝相造临；泱泱渤海雄阔，几多王者求仙。秦皇肇造，驾长车兮刻《碣石门辞》；汉武中兴，率百臣兮留踪"汉武台"。魏武登高赋诗《观沧海》；唐宗过临吟《春日望海》。更有领袖毛泽东词云"往事越千年，魏武挥鞭，东临碣石有遗篇"。近代中国，情势颇危。救国之学，源起马列。有五峰屏开，召拓荒神使。高山烟雨稠，蕴北李论著①；阔空飞云淡，酬孤松②和诗。

千载古镇，地杰人灵。古有张翰林、马蓬瀛、齐大勇、韩寓仲、戴克昌③，留名青史；近有马洗凡、阎海文、张其羽、张朵山、王大中④，功建华夏。地秧歌增辉民艺，老呔影⑤艺苑奇葩。"赵家馆"饺香冀东，"绣灯笼"歌甜民乐。些小斯乡，科技图强。汇文源远，学子兴昌。几废几立，演绎沧桑。多福多贵，酬报桑梓。县师虽小育英才，几多师表自中来。高等学府矗城中，招贤纳德造风流。明朝自是海天阔，诚待英才尽风骚。

曰山水之乡，天开海岳，鬼斧神工。山瞰水，水映山。山海相应，水土相亲。千年神岳雄秀，一顷碧海涛长，如带滦河水碧，膏腴沃野香飘。星垂平野，月涌汪洋。足走锦绣，笔赋华章。龙潭洞、范公洞、柏源洞、石佛洞，洞洞别有洞天；

夫文庙、水岩寺、隐仙庵、云峰寺，庙宇各彰不同。源影寺塔、双阳塔，塔现奇观；施各庄古墓、西大刘庄古墓，墓藏古韵。韩文公祠，松柏叠翠映铮铮伟丈夫；源影寺塔，钟铃脆鸣诉悠悠千年史。五峰山，山展五屏争空；九龙山，山生九头探海。百里海防林，百里葱茏，百里花香，是天然氧吧；七里海潟湖，七里苇生，七里鱼欢，为泽国乐疆。碣石四季景，景景如画，春花灿，夏草长，秋果黄，冬雪洁；渤海一长卷，卷卷悦人，初日壮，鸥鸟翔，碧波涌，帆樯忙。京东大漠，蔚为壮观；沙雕世界，巧夺天工。滦河口，珍禽福泽，最奇是白鹳⑥逗留，最稀为黑嘴鸥⑦翔，万鸟齐汇，疑似朝凰；凤凰山，葡萄长廊，最美为其味甜醇，最壮是五色十光，十里绵延，冀东新疆。百里昌黎百里景，一个昌黎一天堂。

曰物产之乡，生资丰饶，事业鼎昌。

斯乡地富。天滋浆露润福地，地丰五谷溢醇香。百里沃野耕牛忙春，一线滨海渔歌唱晚。蒙回满几族和睦，农牧渔业业兴旺。无垠沃野，粮产基地，稻麦黄、包谷青、棉花白，锦织如屏；低缓丘陵，地蕴矿藏，大理石、花岗岩、石灰岩，其量最丰。

斯乡山富。峰高逶迤，百木葱葱；瀑飞叠雾，花香郁郁。自然生态景，美自不言传。凤凰山引凤凰来，霞流雾霭卉生丹。山民绽笑伴卉灿，走俏京城富乡间。碣石山伴碣阳水，湖载山影水跃光。童子敏捷折椿芽，投箸引杯唇腮香。葡萄晶莹流翠誉四海，蜜梨脆爽宜人待三江。仙桃吐香，苹果绽绿。人赞花果盛地，我言锦绣华乡。

斯乡水富。一海一河一潟湖，蕴成斯地鱼米乡。最称春好，鱼汛虽来虾蛄最肥；还是秋爽，贝类丰盛梭子蟹黄。扇贝、文蛤、毛蚶名远，河豚、红甲⑧、对虾声扬。

地富山富水富，天欢地欢人欢。举杯畅庆，深谢神酬。

斯乡人智。此地丰饶，斯人劬劳。天道酬勤，丰实永昌。斯地富酒，先说地王。梁米醇香，酿造琼浆。葡萄流彩，更有佳酿。波尔多⑨别居斯地，干红酒问鼎世博。初闯巴黎，勇摘金奖；再争香港，二度开梅。班门弄斧后居上，蜚声世界盛名扬。小城载誉如此，它荣在肩几多？中国养貂之乡，名副其实；马芳营旱黄瓜，走俏京城。华夏粉丝第一村，当仁不让；全国文化先进县，擎取荣光。经济走廊，首批扩权⑩；坐拥机场，衔通华疆。今日佳荣累至，明日更当图强。不负斯地，握紧流光。

汤汤渤海，粲粲昌黎。山高贯宇，海阔接天。政通人和，百业兴盛。愿弘伴潮生，志坚弥山高。谋兴域之略，迎康庄宏光。

美哉，昌黎；壮哉，昌黎！

昌盛黎庶，昌黎永昌！

【注释】

① 北李，指中国共产主义运动先驱李大钊。中国共产主义运动先驱陈独秀、李大钊被合称为"南陈北李"。

论著，指中国共产主义运动先驱李大钊于1919年7月在五峰山避暑时完成的马克思主义论著《再论问题与主义》与《我的马克思主义观》。

② 孤松，指中国共产主义运动先驱李大钊于1919年7月在五峰山避暑时用白话文写诗而启用的笔名。

③ 张翰林，即元朝时昌黎县的著名儒士张勔，官至翰林国史院编修。

马蓬瀛，元末明初人，昌黎县历史上出现的第一位女科学家。

齐大勇，雍正八年武状元，昌黎城关人。征南战北，功勋显赫。

韩寓仲，即韩超，荒佃庄乡韩营人，传为韩愈33代孙，张之洞的老师，屡立战功，官至贵州巡抚。

戴克昌，晚清著名画家，昌黎县城关观音阁西街人。

④ 马洗凡，约于19世纪90年代初出生在昌黎县城东关，新中学会创立人之一。

阎海文，祖籍昌黎，淞沪抗战空军烈士。

张其羽，昌黎县的第一个共产党员，出生于滦河边的信庄。

张朵山，出生于昌黎县城，我国著名的纺织教育家，高等纺织教育的奠基人之一。

王大中，出生于昌黎县城东关，曾任清华大学校长，中国科学院院士。

⑤ 老呔影，即皮影戏。

⑥ 白鹳，国家一类保护动物。

⑦ 黑嘴鸥，是世界上仅存的一种以中国海滨河口湿地为唯一繁殖地的鸟类，目前全世界分布数量仅有5000只左右。

⑧ 红甲，即红甲鱼。

⑨ 波尔多，法国干红葡萄酒产地，紧邻比斯开湾。

⑩ 首批扩权，指2005年昌黎县被河北省列为首批扩权县之一。